nem santos nem anjos

ivan klíma

nem santos nem anjos

Tradução de
ALEKSANDAR JOVANOVIC

EDITORA RECORD
RIO DE JANEIRO • SÃO PAULO

2006

CIP-Brasil. Catalogação-na-fonte
Sindicato Nacional dos Editores de Livros, RJ.

K72n Klíma, Ivan, 1931-
Nem santos nem anjos / Ivan Klíma; tradução
Aleksandar Jovanovic. – Rio de Janeiro: Record, 2006.

Tradução de: Ani svatí, ani andélé
ISBN 85-01-07010-6

1. Ficção tcheca. I. Jovanovic, Aleksandar, 1950- .
II. Título.

06-1758
CDD – 891.863
CDU – 821.162.3-3

Título original em tcheco:
ANI SVATÍ, ANI ANDÉLÉ

Copyright © Ivan Klíma, 1999

Todos os direitos reservados. Proibida a reprodução, armazenamento ou transmissão de partes deste livro, através de quaisquer meios, sem prévia autorização por escrito. Proibida a venda desta edição em Portugal e resto da Europa.

Direitos exclusivos de publicação em língua portuguesa para o Brasil adquiridos pela
EDITORA RECORD LTDA.
Rua Argentina 171 – Rio de Janeiro, RJ – 20921-380 – Tel.: 2585-2000
que se reserva a propriedade literária desta tradução

Impresso no Brasil

ISBN 85-01-07010-6

PEDIDOS PELO REEMBOLSO POSTAL
Caixa Postal 23.052
Rio de Janeiro, RJ – 20922-970

EDITORA AFILIADA

Capítulo Um

1

Esta noite matei meu marido. Abri-lhe um furo mortal no crânio com uma broca de dentista. Esperei para ver se uma pomba saía voando dali, mas foi um grande corvo negro que surgiu.

Acordei cansada e sem gosto pela vida. À medida que envelheço, meu prazer de viver vai diminuindo. Será que algum dia senti um gosto intenso pela vida? Não estou certa, mas decididamente já tive mais energia. Expectativas também. Vivemos enquanto esperamos por alguma coisa.

É sábado. Tenho tempo para sonhar e ficar triste.

Arrasto-me até o meu sofá solitário, pois o outro há muito tempo carregamos com Jana para o sótão. O sótão ainda está atulhado com os trastes de Karel. Esquis vermelhos brilhantes, um saco de bolas de tênis gastas, uma caixa de velhos livros escolares. Já deveria ter me livrado de tudo, mas não me decidi a fazê-lo. No lugar do outro sofá, coloquei um vaso com um fícus. Esta planta não se deixa abraçar, não acaricia ninguém, mas também não trai ninguém.

Já são sete e trinta. Deveria passar um tempo com minha filha adolescente, ela precisa de mim, mas devo correr até minha mãe. Prometi que a ajudaria a organizar as coisas de meu pai. Os objetos nem importam, mas ela está sozinha e fica aflita. Precisa falar sobre o papai e não tem com quem trocar uma única palavra. Refere-se a ele como se fosse um santo, embora, pelo que me lembre, apenas desse ordens a ela ou a ignorasse.

Como disse minha amiga Lucie, a gente acaba sentindo falta até da tirania, se se acostumou a ela. E isso não se aplica apenas à vida pessoal.

Não sinto falta da tirania; esta noite matei meu ex-marido com a broca de dentista, apesar de não sentir ódio dele, tenho até compaixão; é mais solitário do que eu e seu corpo está sendo corroído por uma impotência mortal. E quem de nós não tem o corpo carcomido? A vida é triste, com exceção daqueles poucos instantes em que o amor lhe anima.

Sempre me perguntei por que vivia. Perguntava a meus pais e eles jamais me responderam de modo correto; talvez nem mesmo eles soubessem. Mas quem sabe?

A gente deve viver, uma vez que nasceu. Naturalmente, não se precisa; pode-se acabar com a própria vida, como meu avô Antonín, minha tia Venda, Virginia Woolf ou Marilyn Monroe. Esta nem mesmo se suicidou; disseram isto para despistar o crime. Parece que teria tomado cerca de cinqüenta comprimidos de um barbitúrico qualquer, embora uns 15 já bastassem. Os homicidas foram minuciosos. Carrego um tubo de analgésicos, não para suicidar-me, mas para o caso de ter dor de cabeça. Mas eu seria capaz de me suicidar; o problema é que cadáveres me dão asco. Na sala de autópsias, sempre precisei me dominar muito; já na véspera não tinha coragem de comer e preferia permanecer faminta.

E as pessoas que me são queridas, o que fariam se tivessem de ocupar-se de meu cadáver?

Um dia deverão fazê-lo. Quem será? Provavelmente Janinka, pobrezinha.

Nem deveria chamá-la de Janinka. Ela não gosta; soa-lhe infantil demais. Meu ex-marido, quando fui visitá-lo na ala de oncologia, chamei-o de Kájínek; pensei em consolá-lo na enfermidade, chamando-o como fazia antigamente. Mas ele objetava, dizendo que era assim que se chamava um assassino de aluguel condenado à prisão perpétua.

Todos temos nossa prisão perpétua, pensei, sem querer dizer-lhe.

Sinto minha depressão matutina penetrando em mim. Ontem tomei uma garrafa a mais de vinho; os cigarros, prefiro não contar. Lucie me garante que não sofro de depressão, que eu me deixo levar pelo mau humor.

Conheci Lucie na faculdade, mas enquanto eu fui aprovada em anatomia no exame de recuperação, ela jamais conseguiu — abandonou o curso, preferiu dedicar-se à fotografia e deu-se melhor do que todos nós, que ficamos no curso. Nós sempre nos divertimos juntas, porque nos conhecemos e provavelmente porque diferimos em quase tudo. Ela é miúda, tem pernas tão fininhas que até mesmo uma brisa poderia quebrá-las. Jamais a vi triste.

O que fotógrafos entendem de depressão? Ela me aconselha a parar de fumar e a não tomar mais do que três taças de vinho por dia, embora ela própria beba seus limites. Deixarei tudo isso para quando completar cinqüenta. Terrível, faltam menos de cinco anos para que chegue esse dia funesto, essa idade vergonhosa. Bem, isso se ainda estiver viva em quatro anos e 11 meses. Se ainda estiver viva amanhã.

A melhor forma de combater a depressão é fazer alguma coisa. No consultório não me resta tempo para a depressão. Não tenho tempo para pensar em mim, mas hoje é sábado, dia de portas abertas para sonhos e melancolia.

Espio o quarto de minha adolescente, que dorme tranqüila. Ano passado, tinha cabelos compridos, mais longos que os meus, e os meus descem até quase o meio das costas; agora ela os encurtou e quase parece um garoto. O brinco em sua orelha tem um brilho prateado, mas sobre o travesseiro ao lado dela está deitada uma boneca de trapos chamada Bimba, que ela tem desde os sete anos e que carrega para cima e para baixo. Sua calça jeans está jogada no chão, e a blusa, inflada e enrugada sobre a poltrona, tem uma das mangas viradas. É amiga de uns *punks*, porque eles não ligam para a propriedade e para o trabalho. A última vez que fomos juntas ao teatro, insistiu que fôssemos de ônibus. Quer ser independente, mas o que significa ser independente num mundo em que vivem bilhões de pessoas? No fim das contas, a gente sempre acaba ligado a alguma coisa ou alguém.

Na cadeira ao lado da cama há um livro aberto. Não faz muito tempo, ela ainda lia contos de fadas e gostava que lhe contassem histórias sobre países desconhecidos, animais e estrelas; era um prazer conversar com ela sobre essas coisas; ela sempre me pareceu inteligente demais para a sua idade e particularmente compreensiva com as outras pessoas. Quase sempre percebia quando eu estava triste e nessas ocasiões procurava me consolar. Agora tenho a impressão de que mal toma conhecimento de mim ou me encara como alguém que a alimenta e toma conta dela. Digo a mim mesma que isso se deve à idade, mas ainda assim tenho receio por ela. Uma vez assistimos a um programa de televisão sobre drogas e perguntei-lhe se alguma vez já fora abordada na rua por um traficante. Ela me respondeu quase aterrorizada: claro que sim. E, obviamente, ela pôs o sujeito para correr. Disse a ela: se eu descobrir que você está tomando qualquer coisa parecida, mato você. "Claro, mamãe, e depois você vai me atirar aos abutres!" Rimos juntas, mas eu não tive vontade alguma de rir.

Fecho a porta do quarto dela e vou ao banheiro.

Por um instante, vi meu reflexo no espelho hostil. Não, o espelho não é hostil, é desapaixonadamente objetivo; o tempo é hostil.

Meu ex e até agora único marido certa vez tentou me explicar que o tempo era tão velho quanto o universo.

Não entendo, disse-lhe na ocasião, o tempo não podia ser velho. E ainda por cima é uma palavra do gênero masculino. Em alemão, o tempo é uma palavra feminina; em latim e inglês, tem gênero neutro, ele me explicou; ele queria apenas dizer que o tempo surgiu junto com o universo. Não existia antes. Não havia nada, nem mesmo o tempo.

Disse-lhe que ele era terrivelmente culto e inteligente, em vez de dizer que ele não tinha senso de humor.

Não me interessa o que havia há bilhões de anos, se o tempo é velho ou não, me interessa o tempo da minha vida, que me tirou o amor e me deixou rugas, que fica à minha espreita em todos os cantos, corre adiante e não atende a qualquer dos meus pedidos.

Não atende a qualquer pedido; o tempo sabe ser justo. E o que é justo pode ser cruel.

Mas comigo o tempo até que tem sido misericordioso. Pelo menos até agora. Tenho bem menos cabelo que aos vinte anos e preciso usar produtos químicos para impedir que o mundo perceba que estou ficando grisalha. Meus cabelos louros, que antigamente eu prendia em forma de trança, chegavam até à cintura. Por isso, mantenho minha postura exatamente como naqueles tempos. Os seios estão caindo, mas ainda são grandes, e por que devo arrastá-los pelo mundo afora? Talvez para satisfação dos homens, aos quais agradavam. Para satisfação desses egoístas! Nada pode me salvar do tempo. Injeções subcutâneas de gordura podem acabar com as rugas em volta dos lábios, mas essa idéia não me agrada. Não tenho ainda tantas rugas. Somente ao redor dos olhos. Meu ex e banal marido dizia que meus olhos eram azul-celeste, mas qual é a cor do céu? O céu muda, depende do lugar, do vento e da hora do dia; mas meus olhos são permanentemente azuis, da manhã à noite, na alegria e na tristeza.

Quando saio do chuveiro, estremeço toda, mas não é de frio. Embora estejamos em abril, ainda uso a calefação. Tremo de solidão, sacode-me o pranto que escondo, o pranto por mais um dia que escorre, rio sem águas, leito ressequido repleto de seixos agudos. Estou descalça, nua, o penhoar jogado no chão e ninguém contempla meus seios. Eles também choram, abandonados, sem carícias, e nunca mais jorrará leite deles.

Do aposento atrás de mim ouço o som daquilo que hoje consideram música, e que minha filha aprecia: Nirvana ou Alice in Chains ou Screaming Trees, heavy metal, hard rock, grunge, coisas que não consigo apreciar. Foi-se o tempo em que músicas como essas me animavam. No consultório, quando a cadeira de dentista está vazia, Eva quebra o silêncio e sintoniza uma estação de rádio qualquer, mas eu nem percebo. Minha assistente teme o silêncio, como quase todas as pessoas hoje em dia. Mas eu prefiro o silêncio ao meu redor, anseio por um instante de silêncio dentro de mim, aquele silêncio que me permitiria ouvir o fluxo de meu próprio sangue, as lágrimas escorrendo pelas faces ou as chamas, se se aproximassem de mim.

Mas essa espécie de silêncio existe apenas nos túmulos, nas paredes do cemitério da aldeia nos confins de Rožmitál, ali, onde repousa o maestro Jan Jakub Ryba, que cortou a própria garganta porque não suportava mais seus sete filhos. Pobre sra. Ryba! Nessa espécie de silêncio, homem algum consegue ouvir coisa alguma, porque sangue e lágrimas cessam e o maestro Ryba não pode ouvir as palavras da missa de Natal que compôs: "*Senhor, olhai a luz, o céu que reluz agora no escuro, a beleza pura.*"

Ao contrário das lágrimas, o sangue é o símbolo da vida, e cada vez que me sangra uma ferida na boca, procuro estancá-lo rapidamente.

2

Servi o café-da-manhã à minha filha, lembrei a ela de que deveria estudar e saí apressada para a casa de mamãe. Jana quer saber quando estarei de volta e, ao dizer-lhe que será por volta do meio-dia, mostra-se tranqüila.

Nas manhãs de sábado não é difícil atravessar as ruas que, durante a semana, estão apinhadas de veículos. O ar cheira mal e eu tenho a impressão de que consigo sentir o cheiro dos lilases atrás da cerca de uma casa.

As casas de nossa rua são assexuadas, foram construídas no final dos anos 1930 e não possuem estilo algum. Nessa época começaram a erguer essas coelheiras, feitas de tijolos em vez de concreto pré-fabricado, com quatro ou cinco andares em vez de 12. Mamãe contava-me que, depois da guerra, no verão, as pessoas costumavam colocar cadeiras diante das casas e conversavam. Naquela época, aqui eram os confins da cidade e as pessoas dispunham de mais tempo para conversar e sequer suspeitavam de que um dia o diálogo humano seria substituído pelo horror da televisão.

Mas, durante a guerra, elas temiam manifestar-se, porque os pensamentos poderiam custar-lhes a vida, e isso mamãe sabia bem por experiência própria. Durante o comunismo, também tinham medo, mas graças a papai não fomos tão atingidos. O que acontece com as pessoas que passam a vida com medo de manifestar a própria opinião? Provavelmente deixam de pensar, ou então acostumam-se a falar de coisas que não têm sentido.

Mamãe corria risco de morte durante a guerra, embora fosse pequeno. A mãe dela, a vovó Irena, de quem ela pouco falava, foi morta pelos alemães na câmara de gás. Foi assim com os pais, irmãos e sobrinha de vovó. Mamãe contou-me isso quando eu já era quase adulta. Tudo o que eu sabia antes era que vovó havia morrido durante a guerra. Só fui saber que ela era judia muito tempo depois. Mamãe não foi enviada a um campo de concentração; ficou com o pai durante a guerra. Ainda assim, ao longo dela, mantinha uma mala pronta com os itens de necessidade básicas, porque a gente sabia, disse-me mamãe, que para vovó deram apenas uma hora a fim de que empacotasse suas coisas.

O pai de mamãe, vovô Antonín, tinha uma loja de móveis. Para evitar que fosse arianizado, fingiu divorciar-se de vovó assim que os alemães invadiram. Salvou o negócio, mas por pouco tempo, pois os comunistas tomaram-lhe tudo; mas não conseguiu salvar a própria esposa.

Mamãe jamais o perdoou por isso e saiu de casa assim que completou 18 anos. Dois anos depois casou-se de propósito com um comunista que não era nem judeu nem cristão e acreditava que a religião era o ópio do povo.

Vovô Antonín tampouco perdoou-se pelo divórcio. Quando lhe ordenaram que deixasse a loja que lhe haviam confiscado, não viu mais razão para continuar vivendo. Foi até o depósito, sentou-se numa cadeira nova da marca Thonet e suicidou-se com um tiro. Isso aconteceu muito antes de eu ter nascido.

Mamãe não mora muito longe, e daqui posso ir até a casa dela a pé pelas ruas dos casarões. No caminho, passo pela vila em que meu escritor preferido morava, o bom homem e mágico das palavras Karel Čapek. Detenho-me junto à cerca, na esperança de que, tantos anos após sua morte, seu espírito livre possa revoar. Nenhum sinal do espírito, mas as árvores cresceram ali, e devem ter crescido nesse período, porque não me lembro delas pequenas. Quando nasci, o jardineiro já havia morrido fazia 15 anos. Isso aconteceu muito antes de eu ter nascido. *Querida*, escreveu o romancista para o único verdadeiro amor de sua vida, *suplico-te, por Deus, aprende a ser feliz. Nada mais desejo para ti, e, apesar de não poderes dar-me o teu amor, não há nada mais belo que a tua felicidade.*

Isso o meu Karel jamais escreveu para mim, embora assegurasse que me amava na época em que talvez ele realmente me amasse ainda.

Por que as pessoas boas morrem tão jovens, enquanto os velhacos não querem deixar o mundo?

As pessoas boas sofrem mais porque absorvem o sofrimento dos outros. Não sei se sou uma pessoa boa, mas tenho aflições de sobra.

Vou serpenteando por ruas estreitas até chegar numa que se chama Ruská, desde que me lembro. O nome da rua sobreviveu a todos os regimes, diferentemente de outras. Aqui vim ao mundo, num apartamento de dois cômodos, com um jardim minúsculo na frente do prédio e outro pouco maior nos fundos. Do outro lado da rua, há mansões e, entre elas e a rua, uma faixa gramada com duas fileiras de tílias. Naqueles dias, alvéolas tagarelavam e cantavam nas copas das árvores. No apartamento existe apenas mobília barata, daquela espécie muito fabricada no pós-guerra, mas pelo menos é feita de madeira mesmo. Não há quadros nas paredes. Papai mantinha um retrato colorido de Lenin sobre a mesa e mamãe, uma foto emoldurada de sua própria mãe, de uma época em que vovó Irena era estudante. Naquela foto, vovó aparentemente guarda semelhança com sua famosa contemporânea, Mary Pickford, com queixo grande e nariz expressivo. Seu cabelo, na foto, está pintado de ruivo. Jamais perguntei à minha mãe se vovó realmente era ruiva, mas espero que sim, porque gosto dos ruivos.

O cabelo de mamãe já perdeu a cor ruiva, apresenta um tom louro-palha, exatamente como o meu, mas começou a ficar grisalho. Continua vestindo preto, embora já se tenham passado seis semanas desde a morte de papai. O luto pode durar até mesmo um ano, isto é uma coisa de que me lembro das aulas de psicologia. Estou de luto? Não, não mais do que o habitual. É como se papai não pertencesse a mim, como se fosse parte de um outro mundo. Não, era o mesmo mundo, mas um tempo distinto. Os pais costumam habitar um tempo diferente, ao menos alguns deles. Mas não deveria ser assim, pois o que representam, afinal, vinte ou trinta anos? É o que o meu ex e único marido teria dito. Somente um momento insignificante comparado ao tempo cósmico.

— O que farei com todas essas coisas? — lamentou-se mamãe. Ela abre diante de mim um armário entupido de roupas que cheiram a naftalina, e eu descubro, horrorizada, que o velho uniforme cinza da milícia popular continua pendurado ali. Ainda não o jogou fora. *Como se desejasse que a vergonha sobrevivesse a ele,* dizia um autor que papai jamais leu. Eu tinha o hábito de lê-lo, porque havia sido praticamente banido, e porque tinha o costume de ser triste e também solitário. E tinha medo do próprio pai e do futuro. Talvez também tenha tido receio, porque era judeu, a exemplo de minha avó Irena, que terminou seus dias de modo horrível na câmara de gás, dez anos antes de eu nascer. Ele também poderia ter morrido lá, se não tivesse desaparecido tão jovem. Pergunto-me se vovó também temia o futuro. Teria sido ela capaz de imaginá-lo? Pode alguém imaginá-lo de fato?

— Você acha que pode usar alguma coisa daqui? — ela pergunta.

— Mamãe, não temos homem algum vivendo lá em casa.

— Eu sei, talvez fosse necessário reformar.

— Principalmente isso — indico o uniforme.

— Você sempre vê a mesma coisa. Papai era assim. Não virou a casaca da noite para o dia, como tantos outros. Mandou fazer isso para o nosso casamento — disse ela, indicando o terno preto, de cuja origem ouvi falar pelo menos umas cem vezes.

— Eu sei.

— Cem por cento lã. Naquele tempo era muito difícil obter um corte de lã.

Mamãe arruma os ternos e desespera-se. Ela ainda não pode jogá-los fora, e não sabe de ninguém que precise deles. Sinto uma repreensão muda por ter ficado sozinha. Se soubesse segurar o marido, como ela soube, até o último instante, ainda que isso significasse escravizar-me, poderia levar-lhe para casa uma valise cheia de trapos velhos, usados e inúteis.

Digo-lhe que irei ajudá-la a arrumar tudo e, aquilo que tiver uso, levarei para uma instituição de caridade ou algum abrigo de sem-teto.

— E o uniforme? — ela ataca. — Não o aceitariam num museu?

— Deve haver vagões de uniformes como este. E apenas um basta para a posteridade. — Fico imaginando a vitrine: Uniforme da Milícia Popular, braço armado da classe operária. Doação do espólio de Alois Horák.

— E o que faremos com isto? — indaga-se mamãe.

— Corte-o em trapos. Você devia ter feito isso há muito tempo.

Quando nasci, Alois Horák e seus companheiros haviam sido colocados de prontidão. Evidentemente foi o dia em que o enviado de Deus finalmente libertou o mundo do tirano soviético. Mamãe me contou que, quando me carregaram, chorosa, para fora da sala de parto, ela olhou pela janela e ficou apavorada ao ver lá fora, como, aos poucos, uma bandeira negra estava subindo no mastro. Papai veio visitá-la, pela primeira vez, somente três dias depois. Ele envergava o uniforme e então começou a chorar. Perguntou à minha mãe, que lhe mostrava a recém-nascida, no caso eu: "Que faremos agora? Como iremos viver?" Sua indagação desesperada nada tinha a ver com o fato de que havia se tornado pai, mas sim como haveria de viver ao ter se tornado órfão do tirano. Feriu-me com isso. Feriu-me já no terceiro dia em que eu estava no mundo, e eu não suspeitava de nada. Era um mestre em ferir os outros, assim como em saber fazê-los sentir culpa.

— Por favor, papai não sobreviveria a isso.

— Sobreviveria, sim — eu disse, sem mencionar que ele não estava mais vivo e que ela finalmente deveria deixar de ter-lhe uma consideração servil. Mas mamãe apenas o usa como desculpa: ela jamais destruiria algo que se pode usar ainda. A guerra marcou-a. Quando comprava roupas novas, sempre sentia-se como se estivesse fazendo uma ofensa a todos os seus próximos que desapareceram. "Não sobrevivi para ficar desfilando!" Ouvia ela dizer isso incontáveis vezes, de modo que sempre me sentia culpada ao permitir-me algo novo.

— Os jornais noticiaram — mamãe comentou de repente — que os *skinheads* reuniram-se e gritavam *Sieg Heil*. E a polícia não fez nada!

Mamãe não se acostumou que nos últimos nove anos tínhamos uma polícia completamente normal — ou, ao menos, chamávamos de normal.

— Não tema, ninguém irá ressuscitar Hitler!

— Não receio por mim, mas por vocês. Só Deus sabe o que estão maquinando.

Acaricio-lhe o cabelo.

— Não tenha receio por nós. O mundo mudou. — Ultimamente ela falava a respeito de sentimentos de angústia que vinha experimentando desde a infância, e jamais suspeitei deles, porque jamais os manifestou; ao contrário, sempre se mostrou cheia de vida e as preocupações nunca a abateram. Durante anos, trabalhou numa construtora e sua tarefa era a conservação das casas dos estudantes. Tinha contato com dezenas de trabalhadores e, de vez em quando, levava-me para acompanhá-la, e, embora eu me sentisse triste entre as pessoas, apreciava a maneira com que ela era capaz de rir ou conversar com eles. Em casa também, especialmente quando papai estava numa reunião qualquer, o que acontecia quase sempre, ela ria de coisas que, com certeza, irritariam meu pai.

Ela me leva até um armário cheio de livros.

— E que fazer com isso?

— Os livros você pode deixar, as traças não os querem.

— Os livros dele? Jamais haverei de lê-los.

Sim, livros dos intelectuais soviéticos, de capas cinzentas como a linguagem aborrecida em que foram escritos, uma estrela vermelha sobre o título, como símbolo do sangue que derramaram.

— Existem ainda as cartas — lembrou-se mamãe. — Não quero revolvê-las. Inclusive algumas cartas suas.

Não me lembro de ter escrito para papai. Mas talvez sim, na época do acampamento dos Pioneiros.

— Elas podem ficar aí.

— E pilhas de discursos e anotações.

Papai estudou para tornar-se chaveiro, mas não consertou muitas fechaduras durante a vida, acabou responsável pela doutrinação, um funcionário pago, de tal modo que tinha o dever de fazer pronunciamentos. Jamais ouvi ou li qualquer pronunciamento seu, mas posso imaginá-los bem, por ter ouvido dezenas de outros. Eram todos idênticos. Tédio cinzento e enregelado, que espalhava terror, porque o espectro da sangrenta estrela pairava acima dele.

— Preparei este pacote para você. Pensei que você gostaria de encontrar aí algo a respeito de seu pai. Ele não era tão horrível quanto você imagina.

— Mamãe, o que poderia eu descobrir? Conheci-o por 45 anos. Todos os anos, no meu aniversário, ele acendia uma vela em memória de um assassino que jamais viu em vida. E comprava cravos brancos, para colocar diante do pequeno busto que conservava sobre a escrivaninha. Talvez tenha comprado flores para mim três vezes durante a vida. E, claro, tinham de ser cravos, porque havia uma espécie de camaradagem.

— Há muito tempo ele não fazia nada disso.

— Verdade? — Não quis dizer-lhe que provavelmente era por ter pena de gastar dinheiro com velas e cravos. Nos últimos anos, jamais me ofereceu flores. Nem sequer me visitava em meus aniversários, em vez disso telefonava-me desejando muito sucesso. Nem sei o que tinha em mente. Se era alguma carreira fantástica de dentista, ou um casamento espetacular, ou o primeiro lugar num concurso de as mais belas balzaquianas. Nada, certamente. Para ele, sucesso era felicidade. Não havia amor entre nós. Houve um tempo em que discutíamos, mas até isto cessou. Mas não passamos a gostar um do outro. Ausência de amor paterno parece ser lugar-comum em nossa família. Não posso afirmar que ele jamais tenha tido razão. Tentou convencer-me a desistir do casamento com meu primeiro e único marido que já havia casado outras vezes. "É um homem sem ideais", advertiu-me.

Melhor não ter ideal algum do que ter os seus, eu pensei comigo mesma.

Descobri agora que pessoas sem ideais são como máquinas. Máquinas de fabricar palavras, fazer dinheiro e amor, degradar os demais, exaltar a si próprios, máquinas para suportar os próprios egos. Papai tinha ideais, devo reconhecer. Pode ser que ele realmente acreditasse que, com o seu partido no poder, ninguém passaria fome e que a justiça seria feita no mundo. Era uma crença tão cega que não podia enxergar as injustiças cometidas ao redor dele. Ele próprio procurou ter uma vida honrada e sem luxos. Possuía apenas um terno para os dias de semana, e o famoso terno do casamento. Quando fazia frio, punha o mesmo velho boné que possuía desde a minha infância. Era rígido com mamãe, mas nunca a deixou, e nem mesmo acredito que tenha sido infiel a ela. Não me lembro de ter recebido dele um abraço, mas, de tempos em tempos, contava-me histórias sobre o venerável Lenin ou a respeito dos camaradas que amavam a pátria. Sim, era esse o discurso que empregava, mas naquela época eu me sentia feliz, porque ele se sentava a meu lado e me dedicava um pouco do seu tempo. Somente depois, quando os soviéticos invadiram e ele os recebeu como salvadores da pátria e não ocupantes, é que me tornei opositora de tudo que ele apreciasse, ou de qualquer coisa em que ele acreditasse.

Assim que passei a cursar medicina — em parte, graças à minha origem social — soltei-me, comecei a freqüentar bares, a beber, fumar e ter inúmeros namorados. Fazia isso contra a vontade de papai, embora nunca tenha sabido a história toda, e sentia-me satisfeita, porque podia provar que era capaz de ser independente.

— Kristýna, você não deveria falar assim a respeito dele — advertiu-me mamãe. — Ele jamais pensou qualquer coisa ruim. Stalin, ou os russos, salvaram-lhe a vida. Se tivessem chegado um dia mais tarde, ele teria morrido.

— Isso foi o que ele contou para você.

— Não, foi assim. Mostrou-me suas fotos, de quando regressava do campo de concentração. Parecia um esqueleto. Esqueleto coberto de pele.

— Mas isso não o impediu de ajudar a montar campos de concentração aqui.

— Seu pai jamais montou qualquer campo de concentração.

— Talvez não, mas o partido dele, sim.

— Seu pai combateu os alemães — ela observou. — Isso é algo que você deveria ao menos respeitar, sabendo o que eles fizeram com minha mãe.

É desconsideração de minha parte atormentá-la com esse tipo de conversa. Até mesmo quando tentava contrariar meu pai com o meu comportamento, ela era a única a quem eu feria. Papai notava unicamente aquilo que o atingia pessoalmente, ou à sua carreira.

Sentei-me ao lado de mamãe e tomei-lhe as mãos.

— Você deve parar de pensar nele o tempo todo.

— Em quem devo, então, pensar?

— Você tem a nós, não tem?

Quem somos nós? Somos eu e Lída, minha irmã cantora que vive em Tábor e visita mamãe apenas quatro vezes durante o ano. Claro, também existe Jana, a pequena e doce neta, que recentemente começou a tornar-se rebelde. Ela cantou no funeral do próprio avô — não a "Internacional", como ele provavelmente gostaria, mas o *spiritual* "Doze portas". E eu — cansada, gasta e vazia —, um vaso sem flores.

Peguei a caixa com os escritos de papai, abracei e beijei mamãe.

A caixa está embrulhada em papel de Natal e amarrada com fita dourada. Pesa pelo menos cinco quilos.

3

Ainda não é meio-dia e já estou em casa novamente. Apresso-me para fazer o almoço de minha filha, embora, na idade dela, ela poderia ou deveria fazer o almoço da mãe.

De seu quarto vem um barulho de tambores. Ela tem dois tambores e os toca para desgosto dos vizinhos. Também arranha na guitarra e canta bem. Desde que ingressou no secundário, deixou de freqüentar as reuniões dos escoteiros e agora canta e toca numa banda chamada Filhos do Diabo. Não faz muito tempo convidou-me para que a ouvisse tocar numa discoteca próxima a Praga. O lugar era horrível e o que eles tocavam deprimiu-me e irritou-me por algum tempo. Perguntou-me, depois, se eu havia apreciado. Não lhe disse que era uma música doentia de almas perdidas. Apenas elogiei o seu desempenho.

Onde estão os dias em que ela andava inocentemente de *skate* pelas alamedas do pequeno parque local, com uma multidão de outras crianças, aterrorizando pacíficos aposentados? Na escola, não dizem coisas positivas a respeito dela. Repetiu em matemática, no exame do meio do ano, e foi mal em química. Herdara do pai um talento para essas matérias, a ponto de ajudar os colegas de classe não faz muito tempo, mas agora perdeu o interesse. Afirma que deseja concentrar-se na música. E, segundo o que imagina, tudo o que os músicos devem saber é de música.

Deveria proibi-la de tocar bateria, guitarra e de passear. Bem, de fato eu gostava de tocar violino e meu professor dizia que eu tinha talento, e não fosse pelo violino perdido, ou por papai e sua obstinação, certamente eu teria tido uma carreira diferente, em vez de ficar parada diante de uma cadeira de dentista oito horas por dia.

Espio no quarto dela. Está sentada de camisola sobre a cama desarrumada, os jeans ainda estão no chão em meio a uma pilha de papéis, certamente partituras. O livro que jazia de manhã na cadeira, junto à cama, caiu no chão e sobre ele vê-se meia fatia de pão mordido; minha filha deve ter feito uma visita à cozinha para servir-se de pão.

— Isso é tudo o que você fez enquanto estive fora? — eu digo, entrando no quarto.

— Mamãe, hoje é sábado! — Parece estar com ótima disposição. Põe de lado as baquetas e avisa que à tarde tem um encontro com Katya e Marta.

— Com aquelas *punks*?

Acena com a cabeça.

— Jana, não me agrada esse seu grupo.

— São amigos muito legais.

— Legais como?

Ela encolhe os ombros e afirma sem convicção:

— Em todos os sentidos. — Ela não conta que gastam o tempo tentando convencer uns aos outros que é certo escarnecer das aulas, do trabalho e das pessoas que desperdiçam seu tempo trabalhando, os pais em particular. Quem os sustenta são os pais, mas são um obstáculo para que vivam a vida como gostariam de fazê-lo.

Ela prefere mudar de tema.

— Você acha que o almoço ficará pronto a tempo?

— Você está muito preocupada?

— Gostaria de sair por volta das duas. Ou melhor, preciso sair.

— Não vai estudar?

— Mas, mamãe, é sábado.

— Sim, você já me disse. Quando você pretende estar de volta?

— Mas eu nem saí!

24

E eu estaria mais feliz se você nem saísse, pensei, mas não lhe disse. Porque eu preferia ter você debaixo dos meus olhos.

— Você deveria visitar seu pai.

— Tudo bem. Vou visitá-lo qualquer dia desses.

— Você não deveria ficar adiando. Por que fica fazendo careta?

— Fico admirada ao ver que você se preocupa com todos.

— Seu pai está mal.

— As coisas nunca estiveram bem com ele, estiveram?

— Estou falando da saúde dele. Você consegue imaginar que ele passou por uma cirurgia difícil?

— Tá bem, talvez amanhã eu dê um pulo lá. E roubarei uma rosa do parque para ele.

Disse-lhe, irritada, que guardasse suas ironias para os outros.

— Sim, tem razão. Foi mal. Comprarei uma rosa para ele, ou, quem sabe, não compre nada, mas com certeza darei um pulo lá amanhã. — E começou a tocar a guitarra.

É assim que ela age. Fica sentada como a rainha de Sabá, sem ter levantado um dedo sequer desde cedo. Além de deixar os vizinhos malucos com aquela bateria e de ficar indiferente em relação ao pai doente, me apressa para fazer o almoço. É por causa dessa criatura egoísta que me canso noite e dia.

— Vista-se agora mesmo! Depois de colocar uma ordem aqui, descasque as batatas, por favor.

— Para você, qualquer coisa, mamãezinha — ela retruca, com uma expressão de culpa, fingindo obediência.

Sei que essa deferência, essa cordialidade, não passa de encenação. Está representando a incorporação do amor filial para que eu a deixe em paz e pare de aborrecê-la por causa de sua indolência. Ela merece mesmo é uma surra de vez em quando; precisa de um pai que a coloque na linha. Não irei esbofeteá-la; nem mesmo quando era pequena fui capaz de bater nela. Agora é tarde demais: para o pai dela, cuja única preocupação tem sido a própria doença, e para ela, que em breve completará 16 anos, castigo físico algum seria capaz de pô-la de volta ao caminho certo.

— Verei essas batatas agora mesmo — avisa-me pelas costas.

4

Minha garotinha saiu exatamente às duas. Deveria tê-la mantido em casa, insistindo para que estudasse antes de sair. A escola, é claro, não é a coisa mais importante para ela, mas se tiver de ser reprovada, que pelo menos saiba a razão. Por que falhou, melhor dizendo, por que ela vive. Mas, afinal, quem de nós sabe por que vive? Se eu mesma soubesse, tentaria ensiná-la, mas suspeito que não conseguiria fazer isso.

Não faz muito tempo ela era uma garotinha de tranças boa e bem-comportada. Esbelta, bonita e gentil: até meu pai gostava dela. Certa feita, quando ela mal havia aprendido a andar, ofereceu-se para passear com ele; ele passeou pelo parque ao lado dela como um cãozinho obediente. Havia chovido pouco antes e ela, cautelosamente, conduzia-o ao redor das poças, avisando-o para que não enlameasse os pés.

As batatas que descascou ficaram horríveis, com metade das cascas ainda por tirar. Servi-as exatamente como as deixou, ela nem sequer notou. Prometeu estar de volta à meia-noite. Ficarei acordada e insistirei para que me relate como passou o dia.

Ela está saindo de uma casa da qual restou apenas metade. E o que está pela metade, no fundo, pode ser pior que nada. Por seis anos esforcei-me para apoiá-la e tentei compensar a metade que faltava, mas, de certa maneira, não desejo demonstrar-lhe que não pude manter o pai comigo; mas a garotinha muitas vezes queixava-se, indagava onde ele havia ido e por que não voltava para casa. Ela transformava sua tristeza em lágrimas até que penetrasse em minha corrente sangüínea e viajasse até o meu coração, ardendo como sal sobre uma ferida. Depois de consolá-la, colocando-a na cama, as lamentações dela cresciam dentro de mim e eu chorava madrugada adentro. Não havia ninguém para confortar-me, para aproximar-se, para me dar carinho, e eu adormecia abandonada em meu sofrimento.

Só uma vez tentei recomeçar com outro homem. Por que não? Eu tinha quarenta anos ainda e tinha certeza de que poderia fugir da experiência desafortunada do primeiro casamento e libertar-me do homem com quem passei 12 anos de minha vida. Tinha o mesmo nome do meu primeiro marido e eu costumava chamá-lo de Karel Segundo, que soava como um rei. E ele tinha uma aparência feudal, era um homem forte de barba ruiva cerrada, um imperador-raposa cor de ferrugem. Pareceu-me amável e capaz de ser amado, e pensei que também poderia amar Jana. Eva, minha assistente, apresentou-o a mim. Não tinha muita saúde o imperador Karel Zikmund, sofria de epilepsia, mas desde que tomasse os remédios regularmente e mantivesse uma dieta, podia evitar ataques, e eu estava pronta para tomar conta da rotina dele. Falamos inclusive a respeito de um possível casamento. Agendamos um feriado à beira-mar — uma espécie de lua-de-mel prévia. Era apenas uma viagem ao frio mar Báltico, eu poderia sentir-me bem, o mar me confortaria e também o fato de que estaríamos praticamente sozinhos. Planejei deixar Jana com mamãe. Pouco antes de partirmos, contudo, Eva informou-me, constrangida, que o rapaz me era infiel. Partimos juntos para o litoral, mas voltei sozinha para casa.

Apanhei uma garrafa de vinho tinto da Morávia e uma taça, sentei-me na poltrona e acendi um cigarro. Até à meia-noite, o tempo é longo, longo demais. Fitei o teto por acaso. Na beira, acima da parede entre a sala e a cozinha, havia uma grande mancha escura fazia uns três anos, desde que no andar de acima estourou um cano de água. Deveria chamar um pintor, mas fico adiando, preciso fazer tudo sozinha e mal estou em condições de lidar com aquilo que desaba sobre mim dia após dia.

Devo dar uma olhada nos escritos de papai.

Cortei a fita, tirei a embalagem de Natal e abri a tampa da caixa. Está cheia de maços arrumados de velhos cadernos, alguns azuis, outros negros, um rosa, 12 ao todo, umas poucas fotografias e velhos recortes amarelados de jornal; o papel exala cheiro de mofo. Jamais havia visto aqueles cadernos antes, ele não deve tê-los escrito em casa. Talvez os mantivesse dentro de uma das gavetas do escritório. Mas se os tivesse mantido no escritório, o que poderia ter anotado neles? Não era tão ingênuo a ponto de acreditar que ninguém daria uma espiada neles.

Vasculho a pilha de recortes de jornal. O vitorioso Exército Vermelho é recebido em Praga, 10 de maio de 1945. Que idade ele tinha? Dezenove. Naquele tempo, ainda estava enfiado num campo de concentração alemão, não havia conhecido mamãe e nem sabia que oito anos mais tarde nasceria uma filha, à qual insistiria em dar o distinto nome não-revolucionário de Kristýna. *Uma coisa é certa. Provavelmente agora será impossível encontrar um tcheco que não esteja pronto a pagar o mal com o mal ou punir os culpados e até os inocentes.* Naqueles dias, mamãe ainda não sabia como sua mãe havia morrido. Esperavam por ela a cada dia.

Quando, anos depois, ela contou o que realmente acontecera, fui incapaz de visualizar diante de mim aquela sala azulejada com canos que exalavam gás. Eu podia ouvir os estertores. Se mamãe tivesse sido enviada junto com a própria mãe, como muitas outras crianças haviam sido, eu jamais teria nascido. Também ocorreu-me que, num mundo em que haviam sido construídas enormes salas de banho justamente para envenenar pessoas, a vida jamais seria a mesma de antes.

Abri um dos cadernos: ano de 1948. A data está escrita em caligrafia bem desenhada, mas não tenho vontade de folheá-lo. Coloco-o de volta na caixa.

O tempo diante de mim estufa-se feito peixe morto dentro de um lago; se ao menos tivesse alguém que pudesse ficar esperando, alguém que tocasse a campainha, que me chamasse e perguntasse: "Como vai você, pombinha?"

Pombinha, era como me chamava *Psisko*, meu primeiro amor. Há quanto tempo foi isso? Mais do que duas piscadelas de Deus.

"Doze anos, isso é quanto dura uma piscadela de Deus", disse meu primeiro e único ex-marido quando discutíamos o meu primeiro divórcio e o terceiro dele, e eu caí em prantos, porque ele queria deixar-me depois de 12 anos, mais exatamente 14, porque levou dois anos até que nos casássemos, depois de todo o tempo em que o servi, cuidei dele e deitava-me ao lado dele noite após noite.

"Você começou a acreditar em Deus?", assustei-me.

"Não, isso foi apenas uma figura de linguagem. Penso em nosso tempo humano comparado com o tempo do universo. Mas o tempo cósmico não possui olhos."

Deus, se existisse, tampouco teria olhos, eu pensei mas não disse.

São apenas duas e trinta. Coloco água em um balde, apanho minha taça e vou limpar a cozinha.

Quando volto à sala de estar, ligo o toca-fitas para ouvir a Sexta Sinfonia de Tchaikovski; mas é uma música melancólica demais para as duas e meia da tarde e troco pelo Concerto para Violino em ré maior. Tiro o fone do gancho e verifico se o aparelho funciona. Recoloco o fone, quem poderia ligar-me num sábado à tarde?

Eu mesma poderia ligar para a Lucie, deveríamos ir a algum lugar à noite.

Disco o número dela. A secretária eletrônica atende e me pede para deixar recado para Lucie. Quem ficaria sentado em casa numa bela tarde de sábado primaveril?

"Olá, Lucie, sou eu, Kristýna. Desci na escada errada no metrô, eu estava em cima, você, boba, embaixo. Não se preocupe, estou em casa. Bom, agora estou nos braços de Yehudi Menuhin e, bem, ele é ótimo. Então, tchau, me ligue antes de viajar."

Lucie vai à Califórnia, ela pode permitir-se isso; não tem uma adolescente em casa, não tem com que preocupar-se, ganha o suficiente para dar a volta ao mundo tranqüilamente; de vez em quando, fotografa templos na Itália e no Cambodja, crianças famintas na África, colibris na Amazônia. De tudo isso, tem mais prazer em fotografar jardins, adora canteiros arruinados e abandonados, repletos de arbustos imprevistos e flores silvestres, nos quais pousam mariposas ou besouros, e arrasta-se tão perto deles que é capaz de captar o delicado desenho de suas asas.

Não invejo suas viagens, não me consolaria dar voltas ao mundo e testemunhar o que há nessas cidades todas, onde se comprimem milhares de pessoas e automóveis fedorentos. Invejo-lhe o dinheiro, porque, se eu pudesse ganhar tanto, um pouco mais seria suficiente para manter meus pacientes e enganar a companhia de seguros, mas eu não faço nada disso, porque, para mim, o dinheiro não vale tanto que eu me rebaixe por ele e faça algo de que deva envergonhar-me. Na verdade, eu nem mesma sei quanto dinheiro tenho.

Bom, nem preciso saber quanto dinheiro possuo, estou de olhos completamente cerrados para o homem; Yehudi Menuhin agora abraça-me e acaricia-me delicadamente, atravessando o arco sob a minha garganta, sempre mais para baixo até atingir-me os seios com toques suaves.

Quando tinha 18 anos e andava com *Psisko*, eu o acariciava também. Foi isso que nos manteve juntos durante quase um ano, essas noites em comum, mas alguma coisa não estava certa, eu nem sabia exatamente o que era, mas quando amanhecia e por fim ele adormecia, fatigado, eu caía em prantos.

Chamava-o de *Psisko* porque estudava para ser psiquiatra. Era um homem muito bonito — moreno, queimado de sol o ano inteiro, usava o cabelo negro amarrado em trança, e aquilo era muito exótico na época. Levava drogas nos bolsos e dividia-as com qualquer pessoa. Ofereceu-me maconha, cogumelos alucinógenos, mescalina, mas eu recusei; tinha medo das drogas. Não queria prejudicar-me, não gostava da idéia de perder o autocontrole e deixar de estar consciente.

Não gostava do olhar dele, mas isso também me atraía até certo ponto. Era estranho, invasivo e ávido; eu podia vestir um casaco de peles e ainda assim sentia-me desnudada por seu olhar.

Então aconteceu algo que ocorreria comigo várias outras vezes. A princípio hesitei, não quis tirar a criança, mas o futuro psiquiatra tampouco desejava tornar-se pai. Ele encarava a paternidade como um obstáculo a sua carreira, como se uma carreira pudesse significar mais que uma vida. Queria casar-se comigo, mas não queria filhos. Impôs esta condição. Persuadiu-me a abortar. Depois disso, nunca mais quis vê-lo.

É estranho que eu não tenha deixado meu futuro marido nem mesmo quando algo idêntico ocorreu com ele. Desejava-o tanto que nem levei isso em conta, mas, durante um longo tempo, permaneceu como ferida aberta (não uma ferida física, mas uma ferida mental), que jamais chegou a cicatrizar.

Yehudi é o meu lado mais velho, ele devia ter uns oitenta anos quando fez essa gravação, mas eu era capaz de amar homens idosos também; meu primeiro e único marido veio ao mundo quase duas piscadelas de Deus antes de mim, mas jamais aprendeu a tocar nem mesmo uma gaita, enquanto esse cavaleiro inglês de San Francisco já executava os concertos de Mendelssohn aos sete anos de idade.

Inicialmente, eu odiava o violino. Tomava-me um tempo que poderia gastar com minha boneca. A boneca era quase comum, de olhos azuis, como eu, parecia-me bastante gorducha, naquele tempo ainda não haviam nascido as Barbies de pernas compridas e magricelas. A boneca era a minha irmã de verdade; não aquela viva, que todos mimavam e de quem se compadeciam, porque era fraca, doentia e míope. Na verdade, sempre quis ter um irmão, não uma irmã.

Desde os sete anos eu tinha aulas de violino três vezes por semana e ainda praticava em casa. Meu professor costumava elogiar-me e, certa vez, disse que eu era sua melhor aluna. Assim, comecei a admitir a possibilidade de tornar-me uma violinista. Por um tempo, a idéia encantou-me, porque eu me imaginava numa sala de concertos como aquelas que havia visto pela televisão. Estaria vestindo um belo vestido de noite de veludo azul-escuro e tocaria Beethoven. Tocaria de maneira tão maravilhosa que o maestro haveria de curvar-se diante de mim, beijando-me as mãos, enquanto da platéia, oculta pelas cortinas, estariam atirando cestos de flores para mim.

Comecei a treinar de modo extenuante, ainda que possuísse apenas um violino medíocre. Papai dizia que violinos eram caros demais para eu arranhá-los.

Minha experiência musical teve um final infeliz. Esqueci meu violino no correio, onde mamãe me havia mandado com uma carta. No guichê havia uma divisória e eu encostei o violino numa mesinha junto à parede. A senhora diante de mim — quase quarenta anos depois ainda consigo lembrar-me —

devia ter uma centena de cartas para postar, e eu tinha receio de perder a hora na escola. Assim, quando finalmente chegou a minha vez, apanhei a bolsa e saí correndo, nem mesmo pensei no violino. Uns 15 minutos mais tarde, voltei correndo. O violino tinha sumido e eu cheguei atrasada à escola.

Na escola, a professora desculpou-me, depois de ter ouvido o que me aconteceu, mas papai não me perdoou, e mamãe intercedeu em vão. Ele não me bateu, nem me xingou, mas permaneceu imóvel diante do meu desespero por haver perdido o violino. Cometi uma ofensa imperdoável: alguém com a ambição de tornar-se uma violinista não larga o instrumento no correio ou no trem, e até mesmo no leito de morte pede que lhe levem o violino, para que o acaricie pela última vez, nem que seja com os olhos. Essa foi a explicação que recebi do pai que jamais me fez um carinho. Jamais ganhei outro violino e as aulas terminaram.

Poderia ter comprado um violino novo faz tempo, mas de que me serviria? O que sabia, esqueci; em vez do arco manejo uma broca odontológica; talvez isso me dê satisfação igual ou maior, e ninguém aplaude quando curo um dente ou quando os livro da dor. No lugar de flores, trazem-me uma torta de maçãs feita em casa ou algum dinheiro enfiado num envelope. Uma das enfermeiras do hospital, quando necessita de meus serviços, traz-me um jogo de seringas hipodérmicas e, de vez em quando, até uma ampola de morfina ou outro analgésico. Tenho certeza de que ela rouba na enfermaria. Sempre recuso, mas ela simplesmente larga o pacote em cima da mesa do consultório e vai-se embora.

Yehudi parou de acariciar-me. Sempre desejei viver com um homem gentil e sensível que soubesse como dar carinho, ouvir-me, proteger-me, e não me trair. Sonhos banais de heroínas de novelas televisivas.

Acho até que um homem assim não existe na vida real.

E se existisse, que esperança eu teria de encontrá-lo? E se o encontrasse, que esperança poderia alimentar de que iria amar-me?

Posso ainda ouvir a música ressoando dentro de mim, o tema principal do *allegro* da abertura. Li certa vez a respeito de Tchaikovski de que ele tentou vencer toda a tristeza através da força de vontade. Como se um homem que está triste pudesse expulsar a tristeza de dentro de sua alma. Eu diria que ele expressou crescentemente o desespero que tentou suprimir em vão. A *Patética* foi apenas o seu grito final. Tenho certa afinidade com Tchaikovski. Amava a mãe, ainda que a tivesse perdido cedo, e tinha pouca consideração pelo pai. Definitivamente, era um homem sensível, e gentil também, mas, sendo mulher, eu não teria qualquer esperança em relação a ele. De todas as histórias a respeito de sua morte súbita, considero a mais convincente aquela que assegura que ele tomou veneno.

Eu e Eva, minha assistente no consultório, chamamos o suicídio de auto-extração, ainda que ela jamais pense numa coisa dessas. Tirar a própria vida?

Casei-me com um homem que não era nem sensível nem gentil, era carinhoso no começo, porém jamais me deu ouvidos, não me protegeu e, por fim, traiu-me.

Poderia esperar por isso, deveria ter esperado por isso; traiu-me exatamente como havia traído suas duas esposas anteriores. Quantas mulheres traiu ao todo, eu não sei, ainda que isso não me interesse, mas eu deveria ter levado isso em conta quando o conheci.

Quando alguém se acostuma a mentir, torna-se difícil passar a falar a verdade, e quando resolve abandonar alguém, vai acabar fazendo isso de novo. É mera ilusão imaginar que alguém consiga transformar o seu companheiro e possa expulsar de sua alma todos os demônios. Por que ele precisou trair-me, eu me perguntava, se ele é velho e grisalho, e eu sou jovem e bonita?

Porque isso está na natureza masculina. *Parecia*, escreveu Virginia Woolf, *que ele comandava tudo, exceção feita à névoa. E ainda era furioso.*

A infeliz Virginia pensava que, se uma mulher desejasse ser igual aos homens, deveria enlouquecer ou suicidar-se. Ela fez ambas as coisas. Em seus surtos de loucura, aparentemente ouvia como os estorninhos conversavam em grego entre si. Ela tentou suicidar-se atirando-se de uma janela, ingeriu também cem comprimidos de Veronal, mas sempre acabou sendo salva. No fim das contas, precisou recorrer às águas para ter ajuda. Ainda assim, teve uma vida leve e agradável e, segundo os relatos, também um marido amoroso. Somente quem jamais conheceu a desolação que aflige a alma pode surpreender-se com a tristeza dela.

Tomo o vinho, fumo um cigarro. Talvez eu ainda seja bonita. O sr. Holý, um de meus pacientes, disse-me outro dia: doutora, a senhora tem mãos tão bonitas, pena que elas segurem uma broca de dentista.

E o que o senhor poria nelas?, perguntei a mim mesma.

De preferência a mim mesmo, ele diria. Ele é velho, como meu ex-marido já era quando o conheci; mas meu marido não tinha barriga, era um esportista. Graças ao fato de esquiar e jogar tênis, tinha o físico de uma estátua de Rodin. Quando me tomou nos braços pela primeira vez, senti uma voluptuosidade que jamais havia sentido antes num simples abraço.

Conviveu comigo durante 12 anos, durante dois traiu-me, como cheguei a descobrir. Pode ser que tenha sido infiel durante mais tempo; não tentei descobrir. Eu conseguia arrumar homens, mas não conseguia segurá-los; sempre tive a impressão de que não merecia o amor deles. Não o traí, desejava viver corretamente, para que nossa filha pudesse viver com amor.

Sei que os homens são assim, precisam conquistar e, quando conseguem isso, perdem o interesse; mas pode ser que tenha me faltado um pouco de humildade, eu queria viver livremente mesmo depois de casada. De vez em quando, eu resistia e recusava-me a servir como esperavam que fizesse, recusava-me a obedecer ordens ou bons conselhos, eu não fazia compras nem cozinhava, e presenteava meu marido com sanduíches; bem, eu era pior que ele, e que direito tinha de pedir que cuidasse dele, se eu já tinha todas as outras obrigações? Por que eu não poderia passar um final de dia com alguém, sem a supervisão dele? Ele era incapaz de entender isso, era incapaz de aceitar isso.

Daquela por quem ele me deixou, esperava receber os cuidados de uma mãe; mas ela o deixou igualmente. Assim que recebeu alta do hospital, ele passou a ficar sentado em sua sala de estar assistindo como o corpo iria comportar-se depois de terem lhe retirado praticamente o estômago inteiro, e não tem ninguém para tomar conta dele ou fazer-lhe um chá.

Quando fecho os olhos, posso ver diante de mim árvores cobertas de neve, alinhadas ao longo da estrada feito anjos de mãos dadas. Todo ano viajávamos para as montanhas; ali eu me sentia bem, podia respirar livremente e sentia que viver era uma alegria.

Eu esquiava pouco, não conseguia esquiar como ele. "Espere por mim, não me deixe para trás!", eu pedia. "A vida não espera", ele me dizia quando eu o alcançava lá embaixo. Era bem desenvolvido, tinha braços e pernas bem-torneados, mas por vezes conseguia ser banal: um professor secundarista e técnico de tênis, que encantava seus alunos com os seus bons modos e movimentos graciosos.

Bach não era banal, nem Tchaikovski; este era profundamente triste, quando ordenou aos cisnes que dançassem na beira de um lago nascido das lágrimas humanas.

Finalmente, o telefone toca. Pulo da poltrona e quase derrubo uma cadeira. Uma voz feminina familiar apresenta-se e queixa-se:

— Doutora, estou com uma terrível dor de dente.

— Mas hoje não abro o consultório. A senhora já tentou tomar algum comprimido?

— Tentei, doutora, tomei dois, minha cabeça ficou zunindo, e nem mesmo assim preguei o olho a noite inteira.

Foi meu marido quem me indicou para essa mulher. Recomendava-me a todos os parentes, colegas e conhecidos, talvez até às suas amantes. Ele foi embora, mas os pacientes ficaram. As pessoas abandonam seus parceiros, mas continuam fiéis a seus dentistas.

— A senhora deveria ter vindo ontem.

— Tinha esperança de que passasse por si mesmo.

— Nunca passa por si mesmo. A senhora deve ir à clínica de emergência.

— Mas lá eu não conheço ninguém, doutora.

— Aqui eu não posso ajudá-la, não tenho nada aqui, além de tesouras e uma broca manual.

— Doutora, e no seu consultório?

Explico que moro em Praga no lado oposto ao consultório, mas ela pede que eu tenha piedade, tem medo de que lhe extraiam o dente na clínica de emergência.

São quatro horas da tarde, lá fora está quente, dou uma olhada na garrafa, tomei a metade do conteúdo, não deveria dirigir, mas não tenho vontade de arrastar-me de metrô ou bonde; e eu bem que ficaria aqui sentada para lamentar-me da vida.

Uma hora depois já havia tratado de minha paciente de sábado à tarde. Ofereceu-se para levar-me em casa e pagar-me uma bebida, mas eu não desejava continuar em sua companhia. Disse-lhe que tinha uma conhecida ali por perto e que andaria com prazer. Na verdade, não tenho conhecida alguma nas redondezas, mas se eu andar meia hora na direção de Zlíchov, chegarei à casa em que o meu ex e, portanto, único marido está convalescendo.

Evitei-o durante anos depois da separação; se ele desejava ver Jana, devia ir buscá-la. Cumprimentávamo-nos e eu lhe dizia quando deveria trazer Jana. Não precisava dizer-lhe mais nada, não precisava ouvir dele coisa alguma.

Mas, agora, quase me havia esquecido de minha doença, e o que resta dela acabou sendo superado por aquela que está devorando o interior do corpo dele.

Desço pela orla do rio. O muro na margem oposta está pichado e, do matagal diante de mim, aparece um bando de patos. Várias fileiras de barcos com oito remos e alguns caiaques com dois remos descem correnteza abaixo.

Quando nos casamos, tínhamos o hábito de descer pelos rios de barco, na maior parte das vezes pelos rios Lužnice e Dunajec, na Eslováquia. Jogávamos tênis e, às vezes, eu vencia um set; uma partida jamais, mas lutava bravamente, como se realmente desejasse vencer. Sabia que ele contava com isso. Queria vencer a todos, a cada um. De certo modo, parecia-se com meu pai, e não exatamente porque tivesse cabelos grisalhos.

Meu primeiro, único e último marido reverenciava os vencedores, fazia-se de forte, mas não era, a despeito dos músculos. Sofria de ansiedade. Temia seus alunos, porque poderiam denunciá-lo; temia o diretor, que poderia aniquilá-lo e, acima de tudo, temia a morte. Uma indisposição estomacal, uma dor de garganta, um furúnculo na perna, qualquer coisa bastava para imaginar-se com câncer. Todas as vezes em que indagava-me a respeito desses sintomas, sempre havia em sua voz um tom de ansiedade que era incapaz de dissimular; esperava que o consolasse e afastasse seus temores, era o que eu fazia; receitava-lhe comprimidos, levava-lhe comida e chá quente na cama, ajudava-o a trocar de roupa, e ele, assim que melhorava, voltava a trair-me. A mim e a nossa filha; não sei a qual das duas feria mais, porém conseguiu apagar-me qualquer sinal de autoconfiança, se é que cheguei a ter algum.

Eu nem deveria pensar nele. Desperdicei tanto tempo com ele, servindo-o feito uma criada e, agora que me livrei, fico perdendo meu tempo pensando nele.

A casa em que ele mora foi construída por volta da época de meu nascimento. Tem quatro andares; Karel vive no sótão, subi até lá várias vezes quando trazia Jana. Nunca pus os pés lá dentro, mas vi, pela porta aberta, que seus diplomas e as medalhas patéticas que havia ganho em diversos torneios de tênis de segunda categoria estavam pendurados na parede. Estavam pendurados em nossa sala, enquanto vivíamos juntos. Largou-me, restaram-lhe as medalhas.

Paro na esquina, não sei se desejo entrar; há uma cabine telefônica ali; bastaria que eu telefonasse, perguntasse como vai e se precisava de algo.

Quando o visitei pela última vez no hospital, estava com uma visita. Era um jovem magro, pálido, cabeleira ruiva, mas olhos escuros atrás dos óculos pequenos. Tinha dentes brancos, mandíbula pequena, belas mãos, dedos finos; foi o que pude observar. Meu ex-marido apresentou-o: era um ex-aluno dele. Lembrei-me do nome dele, porque parece o da minha filha. Chamava-me de doutora e ofereceu-se para ir embora para não nos perturbar, mas assegurei-lhe de que não havia nada para perturbar. Saímos juntos, por acaso e, assim que ganhávamos a rua, perguntou-me se eu achava que as coisas estavam ruins para o seu ex-professor. Disse-lhe a verdade, que o tumor era grande, havia sido negligenciado e que isso sempre era ruim.

"Isso é horrível", alarmou-se. "Sinto muito." Acrescentou que se lembrava de mim do tempo em que eu ficava esperando pelo professor com minha filhinha. "Na época, todos tínhamos inveja dele por sua causa", acrescentou, e tive impressão de que o sangue lhe subiu à face pálida.

Não lhe perguntei quem eram esses "todos", ou por que teriam inveja de meu marido por causa da mulher, se ele, já naquele tempo, dava preferência a certas putinhas; despedi-me rapidamente.

Estranhamente, o que ele me disse ficou na memória, e lembrei-me daquilo na mesma noite antes de adormecer. Mesmo agora, quase três semanas depois, recordo-lhe as palavras e ocorre-me que o rapaz pode estar sentado lá, fazendo uma visita.

É pouco provável.

Vou até a cabine telefônica, mas fico hesitando. O espírito do corvo, que saiu esta noite da cabeça dele, assusta-me. Então, fico olhando o corvo. Ele está andando, ou melhor, está se arrastando na rua em frente, fraco, curvado e, apesar do dia quente, veste um sobretudo; ele, o esportista, apoiado em uma bengala, faz sua caminhada solitária. Como eu chorei quando ele me deixou. Agora eu podia apenas chorar por ele, por seu desamparo.

Não o chamo nem corro atrás dele, observo como se arrasta até à casa em que vive. O que devo ao homem com quem vivi e que talvez não permaneça por muito tempo entre os vivos?

Ocupo-me muito com ele; em algum lugar bem no fundo de minha alma há um sentimento de culpa que grita que não fui uma boa esposa, que ele me deixou por isso e, quem sabe, negligenciou a própria doença; não havia ninguém para tomar conta dele. Dou a volta e caminho em direção ao ponto de ônibus.

5

No final de novembro farei trinta anos. Sou filho da Primavera de Praga. Isso quer dizer que fui brindado com a esperança, talvez uma esperança enganosa.

Minha mãe era professora do ensino fundamental. Tinha 35 anos quando nasci. Casou-se tarde, embora tenha conhecido papai ainda na juventude; mas ele foi encarcerado antes que eles pudessem casar-se. Papai era líder escoteiro e pretendia continuar sendo, mesmo quando isso não era mais permitido. Mamãe esperou por ele durante nove anos, fato pelo qual eu a admirava. Quando regressou, papai aparentemente disse a ela que era a melhor mulher do mundo; mas ele não queria ter filhos. Não vale a pena trazer ao mundo novos escravos, afirmava. E, então, veio aquele breve período de esperança de que a justiça fosse restaurada. Todas essas esperanças de justiça que, de repente, caem do céu geralmente são falsas, como logo pude descobrir. Mas fiquei feliz porque, vinte anos mais tarde, papai estava vivo para ver o fim do regime que lhe arruinara a juventude. Papai faleceu há sete anos, quando o entusiasmo ainda prevalecia após o final rápido e longamente esperado do bolchevismo.

Na verdade, o fim não foi tão rápido. Lembro-me da segunda metade dos anos 1980; uma época interessante. O regime que odiávamos estava para terminar; não era mais capaz de instilar medo suficiente, em particular entre nós, jovens, não era mais capaz de encarcerar seus opositores ou expulsá-los do país. Não conseguia mais impedir nossas manifestações de protesto e, mesmo quando lançava contra nós poderosos jatos de água para nos dispersar, aquilo parecia pior que fogo. No que me diz respeito, sempre evitei situações de risco, e fui preso apenas uma vez; mas isso também foi uma experiência para mim. Quando você está lá, indefeso, contra a parede de uma delegacia de polícia, as mãos sobre a cabeça, e eles ficam gritando com você, e você sabe que eles o têm em seu poder, começa a pensar no pior. Reconheço que, como a maioria das pessoas que se encontraram pela primeira vez numa situação dessas, tive medo. Tive medo embora soubesse que, ao contrário da época em que meu pai havia sido preso, eles não matavam mais as pessoas e, na maioria das vezes, nem as prendiam mais. Corria o risco de ser expulso da faculdade e, no interrogatório que eles armaram vergonhosamente, não conseguiram intimidar-me. Cada vez mais eu ia perdendo o interesse de estudar história, ou melhor, a versão marxista que nos era ensinada, que tentava formular algumas leis firmemente quantificáveis e pateticamente simplificadas para interpretar todos os fenômenos.

E o diretor, de fato, convocou-me alguns dias depois e externou profundo desapontamento pelo fato de eu ter posto em xeque o bom nome da faculdade com meu comportamento indiscreto. Estava com medo que ele me perguntasse se, ao menos, estava arrependido por comportar-me de maneira imprudente, e eu ou ficaria silente ou diria que não havia feito nada de precipitado; mas o diretor preferiu evitar qualquer confronto e dispensou-me, afirmando que o colegiado da faculdade deveria cuidar do meu caso.

Esperei por outras convocações ou por um veredicto escrito, mas nada aconteceu. Os *patres minorum gentium* que nos haviam sido impostos como professores não conseguiram expulsar-me, e até mesmo os mais fanáticos reconheciam que o regime agonizava. Desisti de meu curso, afinal, mas fiz isso sozinho e voluntariamente.

As manifestações não eram o que mais chamava a minha atenção naquele tempo. Não podia me sentir útil ao saber que fazia parte de uma engrenagem e que tudo já havia sido escrito por outra pessoa. A história parece ter sido sempre assim. Os soldados movem-se segundo as ordens dos generais, os generais movem-se segundo as ordens dos imperadores ou outros governantes. E estes enganam-se, seguindo quem sabe forças invisíveis, ou um *Weltgeist*.

Naqueles dias, o que me interessava eram os concertos de músicas de protesto. Alguns dos cantores de protesto sabidamente haviam sido forçados a deixar o país, mas, para cada cantor exilado, apareciam dois outros. Costumavam vir e cantar para nós de todos os cantos da república e nós viajávamos também para ver suas apresentações. Cada um deles parecia uma promessa de liberdade futura.

Era também uma época de intensos debates. Por vezes, ficávamos acordados a noite inteira na sala de alguma casa, discutindo tudo o que julgássemos importante: política, em primeiro lugar, seguido de perto por sexo, mas também religião e as perspectivas de nossa civilização. Não pareciam discussões muito brilhantes, pois em nosso canto do mundo as notícias chegavam de forma mutilada.

Todos havíamos concordado que o comunismo era uma perversão, mas havia menos consenso a respeito de outros temas. Em verdade, aborrecia-me que não tivéssemos ideais. Éramos contrários ao comunismo não tanto pelo fato de ele ser criminoso mas pelo fato de desejarmos uma vida mais fácil. Comidas diferentes, um automóvel e uma mansão com piscina, ou, ao menos, uma cabana com uma horta. Eu também não tinha muitas idéias, exceto quando me perguntavam o que proporia em vez disso; eu dizia alguma coisa a respeito da liberdade com justiça e independência total, ou de como perderíamos o objetivo real de nossas vidas se nos fixássemos somente nos bens materiais.

Então, a revolução, ou quase isso, desceu dos céus e não houve mais tempo para debater ideais. Naqueles dias, íamos de fábrica em fábrica como representantes dos estudantes em greve, e até eu, por fim, estava entre os mineiros de Ostrava. Fui lá tremendo; não tinha estado em lugar algum e, por aquilo que havia escutado, esperava que nos prendessem antes mesmo de deixarmos a estação; sabe lá Deus onde e como acabamos.

Não nos prenderam. A cidade era imunda e o ar quase irrespirável, mas as pessoas pareciam amigáveis e ouviam-nos com interesse, até mesmo aplaudindo nossos discursos e nossas promessas que, como percebi depois, pouco tinham em comum com a realidade.

Não sei o que essas pessoas estão fazendo hoje. Pode ser que estejam pior do que antes. Pode ser que lamentem não nos terem mandado embora e não terem marchado para a Praga rebelde.

Isto é algo que eu perceberia somente mais tarde: as pessoas quase sempre estão ansiosas por mudanças. Assim que o tom de mudança prevalece, elas são dominadas pelo entusiasmo e por uma convicção delirante de que as mudanças repentinamente poderão conferir um sentido inesperado às suas vidas.

46

Mas, por esperarem apenas mudanças externas, quase sempre acabam desiludidas.

Também há momentos na história em que o povo busca mudanças internas, mais profundas, mas é quase certo que a Reforma tenha sido a última vez em que isso aconteceu.

Quando o período de greves, manifestações e discursos terminou, eu estava tão entusiasmado com a política que abandonei os estudos. Estava atraído pela idéia de fazer parte da história, de ser ator em eventos mais importantes, a respeito dos quais estava habituado a ler com fascinação e admiração. Passei a redigir artigos políticos para a imprensa, porque havia percebido, de repente, que a imprensa e sobretudo a televisão eram os melhores locais para obter a atenção das pessoas, e que ambos os meios seriam excelente escada para a política. Minha ambição política não agradava a Vlasta, minha namorada de então. Ela afirmava que eu não havia nascido para a política, que eu era ainda um rapaz que gostava de brincar com jogos. Não era bastante firme ou determinado para ser um político e, com isso, ela queria dizer que eu não era suficientemente maduro. E, acima de tudo, ela temia que eu não teria mais tempo bastante para dedicar-me a ela.

De qualquer modo, não tive tempo bastante. Assim que as coisas começaram a sinalizar que era hora de nos casarmos, percebi de repente que, de fato, não havia laços fortes entre nós, ao contrário, havia um vazio, um silente vácuo. Isso começou a horrorizar-me a tal ponto que nos separamos. Sou sagitariano, portanto supõe-se que não seja muito constante no amor; mas, de fato, sempre tive inclinação para idealizar as pessoas que amo e, quando acabo sendo confrontado com a realidade, descubro, para meu pavor, que construí meu ideal sobre areia movediça.

Quando tive a idéia de ter uma carreira jornalística ou política, pensei também em criar uma agência que promovesse meus cantores prediletos. Conhecia certo número de cantores e passei a fazer contatos para obter as autorizações necessárias; mas, ao fim, abandonei o projeto antes mesmo de iniciá-lo. Eu não era bastante firme nem para esse tipo de trabalho, ou melhor, faltava-me espírito empreendedor. E, acima de tudo, faltava-me capital para começar. Mamãe também desaconselhou-me a entrar nos negócios. Comecei a lamentar o fato de ter abandonado a universidade. Talvez eu não tenha sido feito mesmo para coisa melhor que não fosse permanecer sentado numa biblioteca ou num arquivo, vasculhando manuscritos antigos. O que se faz com alguém que não dá certo em coisa alguma? Mas, então, foi-me oferecido um trabalho naquela conhecida, porém mal-afamada, comissão montada para desvendar os crimes cometidos pelo regime anterior. Para isso levaram em conta os sete semestres que passei cursando história na universidade; ao menos parecia uma base para a espécie de trabalho que se supunha que eu executaria. Afinal, não pude escapar de meu destino. Faço pesquisas nos arquivos para desvendar os métodos e normas utilizados pelo antigo serviço de inteligência em suas atividades dentro e fora do país.

Era um trabalho interessante e muito complicado, e minhas pesquisas quase sempre eram infrutíferas. Levei pelo menos um ano para compreender como a fraternidade secreta operava e para aprender como descobrir coisas que deveriam permanecer ocultas e encontrar arquivos secretos que, aparentemente, jamais existiram.

A intuição ajudou-me muito nisso. Comecei a estabelecer conexões para as quais evidências não poderiam ser encontradas e, por vezes, isso conduzia-me a descobertas surpreendentes e importantes. Estou falando de meu trabalho, mas é impossível separar o homem do trabalho que faz. Sou capaz de dizer quando alguém está ocultando suas emoções ou pensamentos e, da mesma forma, quando os dissimula. Mas quem não dissimula suas emoções, num esforço para transcender o vácuo que, repentinamente, se instala entre elas e alguém que parecia estar ligado a elas de modo íntimo? Parece que é a única maneira possível de ser autêntico num jogo em que você tem mais de uma vida. Ou melhor, é mais fácil conseguir justiça e autenticidade num jogo do que na vida real.

Minhas pesquisas a respeito do passado das pessoas resultaram em descrédito. De vez em quando, na verdade, lido com informações deprimentes sobre cantores de protesto que nos incitavam a resistir ao mesmo tempo em que eram informantes do regime. Descubro coisas semelhantes sobre pessoas estimadas ou que ocupam cargos de autoridade. Passo as informações a meus superiores e aguardo para ver o que acontece. Geralmente não acontece nada. Fico esperando que o jogo continue em um nível superior e mais complexo do que eu consigo imaginar, pois me vejo como um dos jogadores. Mas ele está num nível tal que seria loucura minha agitar-me. Um dia serei garroteado traiçoeiramente, ou arrancado de minha casa à noite. Ainda assim, a idéia disso tudo arrepia-me, e ainda creio que consiga encontrar meios para escapar; ao mesmo tempo, faço de tudo para impedir que isso aconteça.

À medida que examino os antigos relatórios da polícia secreta, fico estarrecido pela quantidade de relatos referentes a deslealdades e traições. Era como se todos traíssem a todos.

Somente aqui consigo compreender a lógica do regime em que nasci. Em resumo: poucas pessoas eram sujeitadas à violência, o suficiente apenas para garantir que todos vivessem com medo e submetidos ao controle e à humilhação, como se essa fosse a única forma de vida.

Meu pai resistiu e acabou numa prisão em que apanhou, foi torturado pela sede, fome e frio. Enfiaram-no numa cela subterrânea, sem que lhe dessem ao menos um lençol; na verdade, deram-lhe um fedorento trapo mofado para que se cobrisse. Minha mãe esperou por ele, de modo desafiador, escrevendo-lhe cartas, animando-o com o seu amor, ao mesmo tempo em que ela tentava não sair da linha, ensinando aquilo que precisava ensinar e votando naquelas eleições vergonhosas. Quando comecei a entender essas coisas, elas amarguravam-me. Ela costumava dizer: "Você não sabe como as coisas são na vida real." Eu não tinha noção. Somente aqui descobri como são. Embora mamãe fosse uma simples professora de ensino fundamental, estava sendo vigiada, de modo constante, por dois de seus colegas, e um dos vizinhos tinha hábito de passar informações a respeito dela e de papai. Descobri isso nos arquivos, nos relatórios humilhantes e patéticos em que os informantes e colegas professores utilizavam aquilo que os alunos de mamãe diziam a respeito dela sem suspeitar de coisa alguma.

Era assim que acontecia, e agora compreendo a precaução de mamãe.

Mas, ainda que entenda, não posso aceitar isso como a única opção que as pessoas tinham, e estou certo de que, assim como papai, eu teria encontrado dentro de mim força suficiente para resistir, até mesmo nos piores momentos.

Vlasta não estava equivocada ao dizer que eu não nasci para a política, nem mesmo para o trabalho que faço, porque não consigo conformar-me que as pessoas sejam como são. Gostaria de viver num mundo diferente, em que o respeito fosse obtido por ações e atos completamente diferentes daqueles que são reconhecidos no mundo de hoje. Assim, muitas vezes imagino-me em situações impossíveis; de repente, penso poder ouvir sons de tambores africanos distantes, fujo deles, acabo no meio de uma chuva de flechas e projéteis, mas no fim consigo escapar. Vejo-me também esticando uma corda entre duas montanhas e caminhando por um vale tão profundo quanto o Grand Canyon. Conheço o Canyon somente através de fotografias. Na verdade, minha cabeça gira quando olho para baixo do alto de uma ponte.

As estrelas também me atraem; não que eu tenha desejo de voar na direção delas, mas procuro entender a mensagem que elas nos enviam acerca de nossos destinos e possibilidades. Mamãe diz que eu sou louco e que, se ela não ficar de olho em mim, terei um triste fim.

Semana passada, quando tive um momento de folga no trabalho, dei uma olhada no horóscopo, pelo computador, e descobri que estou para viver algo que mudará a minha vida, e assim comecei a perceber coisas ao meu redor de modo mais aguçado.

Alguns dias depois, fui visitar meu ex-professor de história no hospital. Ele foi o homem que mais influenciou minha vida, além de papai. Quando ele nos explicava a história, ia ao limite extremo daquilo que era permitido naqueles tempos. As revoluções, posso dizer, que nos eram sempre apresentadas nos livros escolares com entusiasmo selvagem, foram descritas por ele como sangrentos conflitos seguidos de terror. E o terror ou era vingança daqueles que buscavam aniquilar a revolução ou a vingança daqueles que haviam obtido a vitória. Esse notável professor conseguiu chamar-me a atenção não apenas para a história, mas também para as estrelas, ainda que não no sentido em que ele pretendia. Não sei o que fiz para chamar a atenção dele, mas mostrava inclinação por mim e, de vez em quando, convidava-me para ir ao seu gabinete, a fim de discutir questões a respeito das quais ninguém mais falou comigo. Eu tinha a impressão de que os pensamentos dele habitavam o espaço e o tempo infinitos, ou seja, o tempo estelar, que era diferente do tempo da história descrita. Assim podíamos reduzir-nos, e também à humanidade, à dimensão real, isto é, a uma dimensão infinitamente pequena. Isso parecia-me sábio. Ele sustentava que essa nova percepção da duração inconcebível do tempo e da extensão inconcebível do cosmo havia sido a descoberta mais importante de nossa época. Eu sentia que ele me havia revelado algo fundamental a respeito da vida. É provável que alguém o tenha denunciado por causa de seus pontos de vista, porque ele parou de dar aulas de história e foi designado para ensinar física e educação física. Mas não quero falar a respeito dele. A ex-mulher também tinha ido visitá-lo no hospital. Imediatamente percebi que ela irradiava certa dor triste e não aplacada, e isso tocou-me. Queria consolá-la de alguma maneira e dizer-lhe como, anos antes, quando a via com uma criança esperando o marido, eu o invejava por causa dela. Ela corou. Penso que a criança era uma garotinha, deve ter hoje no mínimo 15 anos. O nome da mulher era Kristýna, como consigo lembrar. Tenho boa memória para rostos, citações e datas. Não posso calcular a idade dela, mas ela me parecia tão singular e bela quanto anos antes.

6

Já são dez horas. A rua lá fora está ficando silenciosa e a brisa que entra pela janela aberta vai se tornando fria. Coloquei Bach para ouvir, mas não consigo prestar atenção, estou esperando Jana, embora saiba que ela não estará de volta antes da meia-noite; espero que a campainha toque, mas ela não toca, que o telefone toque, mas ele não toca, um mensageiro com boas notícias, que não pode chegar, porque ainda nem sequer saiu.

Abro a caixa com os papéis de papai, mas fecho-a de novo. Deveria organizar os meus próprios papéis primeiro. Sempre atiro as minhas cartas na caixa do aspirador, inclusive as de um lunático anônimo, de quem recebo cada vez mais cartas. Se virasse a caixa de cabeça para baixo, encontraria em cima cartas de meus antigos amores. Havia muitos deles, cartas mais ainda. Sempre olhava primeiro para o remetente e depois para a última frase. *Querida..... te amo, do teu....*o que havia no meio parecia-me sem importância.

Cartas há tantas que não teria forças para organizá-las. Coloco somente as recentes na caixa: convites, cartões de congratulações, notícias fúnebres, cartas de amigas, ameaças, cartões-postais de feriados e cartões de ano-novo. Há menos cartas de amor. Seu número aproxima-se do conteúdo de um conjunto matemático vazio, como meu ex e único marido as definiria. Quando eu morrer, Jana, ou quem quer que me acompanhe em minha última viagem, poderá atirar a caixa dentro do caixão e levá-la-ei comigo para ser cremada.

Levanto-me e vou até o quarto de guardados, onde a caixa está debaixo de todas as estantes. Apanho a primeira carta de cima. Claro, é do meu anônimo. Está escrita em letras de fôrma inclinadas para a esquerda e ainda decorativamente arredondadas na base; o tratamento não é gentil, como deveria ser apropriado para essa espécie de correspondência:

Filha de uma puta ruiva

Sua groselha sangrenta, bolchevique venenosa, logo acertarei minhas contas com você, finalmente você sentirá o peso da justiça. Chore, como eu choro, fique gemendo como eu gemi durante todos os dias de minha vida, e você não encontrará balde suficientemente fundo para conter suas lágrimas.

Há mais algumas linhas ofensivas. Ponho a carta de volta, em vez de atirá-la no vaso sanitário e dar a descarga. Não tenho a mínima idéia de quem esteja enviando, nos últimos seis meses, essas mensagens grosseiras. Pode ser que seja algum naturalista maluco; gosta de honrar-me com nomes de plantas e animais. Pode ser uma carta do além-túmulo de Karel Segundo. Pode ser que não seja do além-túmulo; pode ser que esteja vivo, que tenha ido a um lugar que ninguém sabe. Rapidamente, apanho outra carta, uma breve nota de agradecimento do padre Kostka: *Filha querida, esses dentes novos são melhores do que aqueles com os quais mastiguei a vida toda, e ainda restam-me alguns. Não direi nada a respeito da beleza deles, não seria (ainda mais na minha idade) apropriado....*

Tenho a impressão de que o telefone está tocando. Deixo a carta e corro para apanhar as boas notícias antes que o telefone se canse.

— Olá, querida — reconheço a voz de minha irmã. — Liguei para você a tarde inteira, em casa e no consultório, e você não estava em lugar algum.

— Já disse a você, sabe lá Deus quantas vezes, que não trabalho aos sábados.

— Ah! Devo ter esquecido. Ou nem percebi que é sábado. Está uma loucura aqui.

Sempre está uma loucura, pelo menos é o que ela costuma dizer quando imagina que eu possa querer algo dela. Mas dela eu não espero coisa alguma, e não quero nada.

— Mamãe escreveu-me. Parece que... você não acha que ela está um pouco estranha? — ela pergunta.

— Todos somos um pouco estranhos.

— Ora, eu sei. Porém alguns são mais. Escreveu-me dizendo que lhe doem as costas e não pode cortar a grama. Mas ela tem algo para cortar?

— Não tem.

— Viu só?!

— Talvez ela tenha querido cortar a grama diante da casa. Precisa fazer alguma coisa para ocupar a mente. O marido dela morreu.

— Você quer dizer papai?

— Você sabe de algum outro?

— Um médico não deveria vê-la?

— Aquilo que um médico que chamarmos sabe, nós também sabemos. E nós a conhecemos. É minha mãe. Sua também, ainda que você faça de conta que não é.

— Querida, você está brigando de novo.

— Bem que você poderia ter passado alguns dias com ela, quando papai morreu.

— Mas eu já disse a você que não podia. Tinha uma turnê agendada na Áustria. Demorou um ano para marcarmos. E foi um sucesso.

— E se você tivesse morrido?

— Eu?

— E você pensa que isso nunca pode acontecer?

— Por que diz isso agora?

— E como você iria à turnê, se tivesse morrido?

— Querida, existe apenas uma resposta para as questões impertinentes: gentilmente, vá tomar no...

— Você queria alguma coisa mais, Lidiazinha?

— Queria saber o que se passa com mamãe.

— Com a mamãe está tudo em ordem, se você levar em conta o que aconteceu com ela. Se você quer saber mais, venha vê-la. A menos que você deva ir a outra grande e bem-sucedida turnê.

É quase meia-noite, estou cansada. Quando era jovem, agüentava ficar sentada em cafés, fazer amor até de manhã e, às vezes, demorava uma semana até que eu tivesse um colapso e precisasse dormir 16 horas, e não havia como acordar-me. Foi numa dessas vezes que acabei descoberta por meu ex — e então futuro — marido. Foi assim que ele me viu pela primeira vez: bêbada, desgrenhada e cansada. Ele retornava de algum torneio de tênis e estava com sede. Sentou-se a uma mesa em que eu terminava de beber uma garrafa. Com quem eu estava, afinal? Não vem ao caso. O bar encontrava-se lotado e o único lugar vazio era à nossa mesa.

Ele tinha boa aparência, meu futuro marido, foi a única coisa que consegui registrar, e que parecia atrair-me. Olhou para mim e perguntou: "Você está bem?"

Essa foi a primeira frase que ele me dirigiu: "Você está bem?"

Eu disse que estava bem, mas não era verdade. Tinha a cabeça pesada, olhos inchados e estômago embrulhado.

"Vou levá-la para casa." Esta foi a segunda frase. Não era uma pergunta ou um pedido, era uma afirmação, e eu, obediente, levantei-me e fui. Durante 12 anos, obedientemente, eu me levantava e ia, aonde ele apontasse. Não era de todo ruim o que ele me apontava: seguia determinada ordem para cuidar de si próprio, desempenhar todas as tarefas, fazer exercícios matinais, tomar um bom café-da-manhã e deitar-se cedo. As regras incluíam, também, a leitura de determinados livros para não deixá-lo desatualizado. Eu não seguia regras, embora lesse livros e ouvisse música; mas ele forçou-me a adotar as regras dele. Obrigou-me a trocar minha vida de liberdade por aquilo que chamava de uma vida decente. Agradeço a ele, por não ter me aniquilado. Amávamo-nos. Por que estou falando dele? Eu o amava; depois de tanto tempo, estava outra vez louca por alguém. Desejava estar com ele e ficava inclusive com ciúmes da mulher dele, aquela pobre pessoa que ele traía comigo; ainda assim, ele podia voltar para ela, certamente para deitar-se ao lado dela, ainda que me assegurasse que há longo tempo dormiam separados.

Como são patéticas as nossas histórias quando as observamos a uma certa distância, entre uma piscadela e outra de Deus. Não, também estão repletas de avalanches, onde nos penduramos em abismos, escalamos rochas e saltamos de uma ponte suspensos por uma corda; tudo isso acompanhado pelo órgão da Igreja da Exaltação da Cruz Sagrada.

"Aqui é Rožmitál, o lugar em que nasci. Foi onde nasceu também Jan Jakub Ryba. Você pode ouvir o coro? Eu costumava cantar na igreja."

"Veja, Jana, aquela é a casa em que nasci! E aqui é onde eu ia à escola. Do quê você está rindo?"

"Porque você também foi à escola, papai. E você devia ser bem pequeno."

O céu está desnudo. Há estrelas sobre a alameda de carvalhos e tanta música que inunda tudo — por um instante, posso ouvir o fluxo de meu sangue e o som de minhas lágrimas.

O telefone toca.

Meia-noite e quinze.

— Sou eu, mãe — era minha filha.

— Jana, você deveria estar em casa faz tempo. De onde está ligando?

— Mãe, não tem mais ônibus, quer dizer, só os noturnos.

— Eu sei. É por isso que você deveria estar em casa antes da meia-noite.

— Mas eu não vi a hora passar...

— Culpa sua. E você não me disse de onde está ligando.

— Da casa da Katya, claro.

— Tome o próximo ônibus que passar e venha para casa.

— Mãe, as ruas estão cheias de bêbados, e drogados também. Katya diz que eu posso dormir aqui. Será mais fácil ir pra casa de manhã.

— Jana, venha para casa agora.

— Não tem como, mamãe, mesmo. Vou demorar duas horas para chegar se eu sair agora. De manhã, estarei em casa num pulinho.

Ouço vozes ao fundo. As vozes de alguns homens e de outras pessoas escorrem pela linha telefônica.

— Certo, irei apanhar você.

— Não posso permitir isso, mãe. E aposto que você bebeu alguma coisa.

— Não se preocupe comigo. Diga o endereço exato de Katya.

— Mãe, não mesmo. Os policiais certamente mandarão você parar e farão exame de dosagem alcoólica em você.

— Diga-me o endereço de Katya agora mesmo! Ou vou ter de procurar na lista telefônica?

— Então estou indo para casa, já que você está fazendo tanta cena. — E é isso. Ela desligou. Graciosamente, ela virá. Ainda está a caminho, sabe Deus vindo de onde.

7

Não passava um ônibus há mais de meia hora. Mamãe ficará andando de um lado para o outro e gritará comigo. Ruda e eu não tomamos um táxi porque estávamos completamente duros. Não teríamos tomado um táxi, ainda que tivéssemos alguma grana, porque teríamos preferido fumar um baseado. Mas hoje não quero mais, já estou bastante chapada. Se mamãe descobrir, vai ser um inferno. Mas isso é culpa dela, porque ainda não percebeu que não sou mais a sua garotinha, que fica correndo atrás dela feito macaquinho de circo.

Ruda fez-me subir até o parque, porque queria dar ainda uns amassos, mas eu não estava muito a fim, e fiz caretas, até que passasse a vontade dele. Enquanto passávamos ao lado de alguns carros estacionados, ele arrancou rapidamente o pino do pneu de um carro e o pneu chiou e ficou vazio; dei uma risada, sei que ele fez isso por mim, porque não suporto automóveis; ainda assim ando no calhambeque da mamãe, às vezes porque preciso.

Ruda não é de muito papo, prefere mais ação. Isso é muito legal nele. Certa vez, faz quase um ano, estávamos duros e ele disse: "Se dermos uma olhada por aí, quem sabe possamos recolher alguma coisa." E fomos até uns prédios velhos lá no bairro de Vršovice, porque sabia de um apartamento em que as pessoas quase nunca estavam. Eu estava realmente com medo e disse a ele que preferia ficar do lado de fora, mas ele disse: "Não seja idiota. Você nem tem 15 anos, não pode acontecer nada a você." Assim, subimos até o último andar do prédio e lá estava uma grande porta larga. Ruda tinha um pedaço de ferro enferrujado debaixo do casaco e abriu a porta com isso. Katya precisou ficar na passagem, de guarda. Entramos e Ruda travou a porta com a barra de ferro. Eu ainda sentia muito medo por estar invadindo a casa de alguém, temia ser apanhada e enviada para um reformatório. Ruda gritava comigo, dizendo que eu era paranóica; mas eu realmente não podia escutar, nem podia ver coisa alguma ao meu redor, exceto dois estúpidos anjos pendurados na parede com asas douradas que cresciam de suas cabeças. Ruda arrancou os anjos da parede e enfiou um deles na mochila. Ele enrolou o outro num trapo qualquer e colocou-o em minhas mãos para que eu carregasse. Mas eu não podia, porque minhas mãos e pernas tremiam feito vara verde, e comecei a gritar. Assim, Ruda agarrou o outro anjo e empurrou-me pela porta afora. A porta não se fechava mais e saímos correndo, escada abaixo, e eu podia ouvir a porta rangendo e batendo, e foi tão alto que devem ter ouvido na rua. Foi terrível.

Ruda não falou comigo durante 18 horas.

Dois tiras saíram, então, de uma guarita.

Ruda avistou-os primeiro e se mandou. Não o censuro, esteve no reformatório por um ano; a gente nunca sabe o que eles farão se caírem em cima de alguém. Nem pareciam ter uns vinte anos.

— Outra virgem acorrentada — disse um deles, pedindo minha identidade.

Fingi que não conseguia encontrá-la e comecei a esclarecer o que me havia acontecido. Disse-lhes que, enquanto perdiam tempo comigo, alguém podia estar arrombando um carro na esquina ou roubando uma pobre velha aposentada.

— Feche a matraca! — disse um deles, que parou e ficou olhando. — Ou você vai se arrepender!

Finalmente, tirei minha identidade e um deles, que devia saber ler, a examinou desconfiado.

— Você não tem nem 15 anos — ele disse, mal conseguindo fazer a conta. — Por que não está em casa?

— Sou um ano mais velha — corrigi. — Estou fora de casa, porque nossa casa inundou.

— O quê?

— Sim, o dormitório inundou, está secando agora — eu disse.

A única resposta que ele pôde pensar era que eu devia calar a boca. Devolveram-me a identidade, mas não agradeceram, e disseram somente para eu cair fora.

— Estou esperando o ônibus — eu disse. — Isso é permitido, não?

Eles não estavam nem aí que um vagabundo bêbado estivesse atrás de mim e foram se afastando com o passo refinado de corcéis brancos. Só faltava relincharem! Marginais. Pelo menos encurtaram minha espera, e eu estava melhor apesar de me sentir acabada. Mas eu sabia que estava voltando a mim, e sempre eu me sinto mal. Mamãe um dia perceberá isso em mim. Garanto que está esperando por mim, ela não iria deitar-se para poupar-me de suas gritarias. Preciso fingir que estava com Katya. Se ela soubesse! Se desconfiasse onde eu durmo quando digo que estou com a Katya. Se desconfiasse de Ruda, ficaria em estado de choque pelo menos durante um ano.

"Acabarei matando você um dia desses", ela já me disse no mínimo mil vezes. Mas não vai me matar, é mais fácil ela acabar consigo mesma, conhecendo-a como conheço. Ela sofre de depressão e quase sempre está de baixo-astral ou cansada; por isso, o tempo todo ela precisa ficar para cima e para baixo com pessoas e não tem uma alegria verdadeira no mundo. De vez em quando, fica violenta e começa a berrar comigo, e quando isso passa, ela diz que sou a única coisa que ela tem. Tenho muita pena, mas não é culpa minha que o papai tenha lhe dado um pé na bunda e agora ela só tenha a mim. Bem que ela não deveria ficar sozinha; todas as vezes que saímos juntas, ao teatro, por exemplo, vejo os homens olhando para ela. Na verdade, ela é bonita, principalmente quando sorri ou quando canta.

Finalmente, o ônibus 57 apareceu, o bêbado atrás de mim vomitou e nós conseguimos subir. No ônibus, topei com Liška e Lišák completamente chapados. Liška, sentada no colo dele, esfregava-lhe o crânio pintado de verde, como o de uma múmia ressuscitada. Cheguei a ficar com o Lišák ano passado, mas apenas umas três vezes, porque me aborreceu. Então ele fez um sinal e convidou-me para tomar uns tragos.

— Agora? — eu perguntei.

— É, numa boa. Estou indo ver um cara que é legal, e divide tudo.

— Legal.

— Você vai com a gente?

— Não sei. Onde vai ser?

— Olhe, não tem problema, nós levamos você em casa.

— Não sei. Prometi a minha mãe...

— Não seja boba, ela está dormindo faz tempo!

— Dorme nada, está me esperando!

— E daí? Ela não está nem aí.

— Tá, eu sei. — Não suporto quando alguém fala assim a respeito de mamãe. Comecei a sentir uma dor de cabeça, um peso daqueles, e bem que eu precisava de um trago. — E ela depende muito de mim — eu disse ainda.

Mas eles nem tomavam mais conhecimento de mim, estavam completamente doidos; Liška, mais uma vez, acenou com a cabeça, como se pudesse entender.

Fechei os olhos por um momento e parecia que eu estava voando. Foi muito legal, porque nem precisava de asas para isso; apenas me lancei, estiquei os braços e subi feito um balão. E, lá em cima, debaixo de mim, havia nuvens como creme batido; legal, foi muito bacana, flutuar e voar para onde eu quisesse.

Mas eu precisava abrir os olhos e tomar outro ônibus. Dei um tchau para os dois, mas eles nem deixavam que se interrompesse a viagem deles.

Quando por fim desci perto de casa, era uma e meia da manhã. Fiquei com um tremendo frio, e também com muito medo; estava com medo de encontrar algum demônio ou lobisomem, ou de ver algum vampiro pendurado num poste.

Muitas vezes eu vi como ficavam pendurados ali, ainda que fosse óbvio para mim que era simples imaginação.

Capítulo Dois

1

Noticiaram hoje que temos um rombo de 25% na camada de ozônio e convocaram-me à escola de minha filha. A pé, a escola fica a menos de 15 minutos de casa. Alguns professores e a diretora estão entre os meus pacientes. A professora de Jana não é uma delas. Por sorte, ela não leciona matemática ou química; dá aulas de tcheco. Sei, através de Jana, que a chamam de monja ou monjinha. Essa senhora de roupa preta antiquada deve ser mais velha do que eu, tem cabelos compridos, completamente brancos, compleição fina, está a salvo do tabaco e também de beijos e, na verdade, tem a compleição virginal das monjas de outrora. Observa-me com um olhar de tristonha reprovação.

— Doutora, Jana causa-me preocupação — ela começa dizendo.

— Sei, a mim também.

— Minhas colegas queixam-se dela. Ela parou de estudar e, em meio ano, piorou em todas as matérias. Em inglês e matemática, perdeu dois pontos. E eu também tenho experiência similar com ela.

Concordo com a cabeça. Eu deveria dizer algo em minha defesa, e na de Jana também. Ou explicar, ao menos, que não tenho tempo ou energia suficientes. Tenho os meus pacientes, minha mãe idosa, meu pai faleceu, minha filha está na puberdade, adora passar noitadas por aí e cantar músicas mórbidas. Posso proibi-la de fazer isso tudo, mas não tenho como fazê-la querer estudar.

— A senhora acha que exista ainda alguma chance para ela melhorar?

— O ano letivo está passando depressa, de modo que ela deveria começar a se mexer — ela afirma, com a gravidade que se dá a cirurgias em pacientes terminais. — E aqui temos a relação de todas as faltas dela — prossegue com suas acusações.

— Ela realmente fica doente de modo tão freqüente?

— Como assim? — espanto-me.

Apanha a lista de chamada e começa a ler. Nos últimos dois meses, ela faltou três dias, depois dois dias, três aulas num só dia e perdeu duas aulas de matemática e química. — Os bilhetes são todos seus, doutora. Como a senhora é médica, não solicitei qualquer confirmação, mas gostaria de certificar-me de que Jana de fato é tão enfermiça.

Bela palavra: enfermiça, adequada para uma professora de tcheco cõm a aparência de uma monja. Não disse que Jana é forte como um touro, hesito se devo solidarizar-me com suas desculpas forjadas e dar-lhe uma boa lição em casa — pela assinatura falsificada, uma bela palmada no traseiro. — Ela tem enxaquecas — digo hesitante. — Herdou de mim. Também ficou gripada.

— Mas nenhuma dessas indisposições esclarece por que piorou em todas as matérias.

Concordo.

— A senhora percebeu nela algo suspeito?

— Como assim? — eu pergunto.

Afirma que há 12 crianças na escola conhecidas por tomarem drogas. Um rapaz do terceiro ano está no hospital de Bohnice para tratamento. É difícil descobrir quantos outros, a respeito dos quais não se sabe nada.

— Isso é terrível — digo. — Mas eu não percebi nada.

— Eles são mestres em ocultar isso — afirma ela, claramente não convencida. — Há certas coisas que eles aprendem bem depressa, e quanto mais precisam ocultar, mais hábeis se tornam.

Ela prosseguiu citando dados estatísticos que já conheço:

— Veja, doutora, os traficantes de drogas, hoje em dia, esperam do lado de fora da escola. — Ela aponta pela janela, por trás da qual não vejo ninguém. — Não há nada que possamos fazer. Ademais, vivemos num país livre e a rua é área pública. Vender drogas é aparentemente um negócio normal. E, muitas vezes, eles nem vendem: dão amostras grátis para as crianças. Elas são curiosas. E querem parecer adultas. Ou tão más quanto os adultos.

— Creio que Jana... — Abano a cabeça e tento convencer-me. — Ela se diverte, sei disso, mas das drogas teria medo.

— Espero que sim — diz a professora. Não sei distinguir se a voz dela é severa ou conciliatória. — Tem um pai professor e esportista.

— O pai dela está doente agora — digo. — Muito doente. Não tem nem tempo nem forças. Além do mais, a senhora sabe...

Claro que ela sabe; quase metade das crianças está na mesma situação, mas os pais podem exercer influência até quando vivem separados. A professora fala um pouco sobre o fato de os pais darem atenção insuficiente aos seus filhos. Na idade mais perigosa os adolescentes gastam o seu tempo andando em más companhias ou vendo televisão, onde assistem a seriados com heróis duvidosos com quem se identificam e querem imitar.

Meu pai falava assim também, e ela ainda não começou a queixar-se de que faltam ideais aos jovens, um grande propósito que os anime. Só que em meu pai manifestava-se uma amargura, a representação de que a manada humana deve ser conduzida por uma estrada única, para um destino comum, escolhido por aqueles que sabem onde fica o paraíso. Ela discorre a respeito daquilo que faz, e seu discurso alarma-me.

Digo-lhe, embora seja um minúsculo ponto, que Jana não vê televisão e despreza aqueles que desperdiçam o seu tempo com ela. Então faço aquela promessa habitual dos pais de que falarei com ela, como se eu não gastasse meu tempo já fazendo isso.

— Por favor, juntas poderemos conseguir algo, a senhora verá. Afinal, ela é uma garota esperta e bem-dotada — observa por fim, embora ache que essa garota esperta e bem-dotada seja uma grande vigarista. E tem razão.

Deixo o prédio da escola e imediatamente sinto-me cansada demais para caminhar até em casa. Pode ser que seja por conta desse buraco na camada de ozônio, ou quem sabe tudo isso seja demais para mim. Passo oito horas diárias no consultório dentário, levo meia hora para chegar no trabalho e o mesmo até em casa, e a viagem num metrô deprimente, ou em ônibus lotados, é suficiente para minar as energias de qualquer um e para abalar a saúde mental. Isso sem falar no que ainda tenho de fazer em casa para que as coisas funcionem. E se passo uma tarefa para Jana, ela a executa de tal modo que eu preciso refazer tudo.

Houve um tempo em que eu costumava ler ou ouvir música. Agora esses dias já não são um prazer, mas um temor de que eu acabe levando uma vida animalesca. Há pouco tempo adormeci durante um concerto e, se leio um romance, esqueço-me do que li no começo.

Deus, por que acabei tornando-me tão solitária?

Arrasto-me até à pracinha diante da mansão de Căpek, não resisto e sento-me sobre a mureta, ninguém me nota, além de um cachorro que late na mansão defronte. *Estou bem de saúde agora, mas um pouco moído*, escreveu meu escritor para a sua querida Olga.

Poucos lêem Căpek hoje; não é traduzido para o inglês.

Assim que me aproximo de casa, percebo a figura familiar do rapaz magro de cabelos vermelhos, Jan não-sei-o-quê, o ex-aluno do meu ex e único marido; tem o nome de batismo similar ao de nossa filha. Como veio parar aqui? Não deve estar esperando por mim.

Agora, ele já percebeu a minha presença e vem ao meu encontro.

Mas eu não tenho tempo para ele. Devo conversar com minha filha desregrada e descobrir como ela ficou gastando seu tempo, enquanto se fingia doente.

O jovem faz-me uma mesura e desculpa-se por incomodar-me: queria apenas saber como estava passando o seu ex-professor. Tocou a campainha em nosso apartamento, ninguém atendeu, por isso decidiu esperar um pouco.

— Não havia ninguém? — pergunto estupidamente.

Ninguém, repete.

Não sei como o meu ex-marido está, digo, não falo com ele desde aquele dia em que fui visitá-lo no hospital. Ofereço ao jovem o número do telefone de Karel, mas ele já o tem. Não quer perguntar-lhe diretamente, mas gostaria de saber o real estado de saúde dele.

Esse interesse surpreende-me. Mas é verdade que meu ex-marido mostrou-se capaz de despertar nas pessoas admiração, até mesmo amor; eu própria descobri isso, amargamente.

Estou parada com esse jovem na calçada, embora não tenha motivo para isso. Então, ele diz:

— Na verdade, eu queria vê-la de novo.

Não lhe disse: agora o senhor está me vendo. Não sei o que devo responder. Não ficarei parada com ele na calçada, mas convidá-lo para entrar seria inapropriado. Surpreendo-me, pois a palavra "entretanto" surgiu no meu pensamento.

— Se a senhora tiver um minutinho, vi que existe um bistrô perto da esquina. Talvez eu pudesse convidá-la para um café. Pensei na senhora o tempo todo — ele acrescenta.

2

Minha querida filha chegou perto da hora do jantar. Uma nova corrente ao redor da cintura; nova, quer dizer, nova para ela, mas coberta de ferrugem. Sabe lá Deus que cabeça-de-jumento enfeitou-a com aquilo. Nos jeans, na altura dos joelhos, um furo novo. Sapatos pretos de salto plataforma, os mais altos que podem ser comprados. Durante longo tempo, resisti a comprar-lhe esses trapos horríveis, rejeitando a demagógica visão segundo a qual todas as garotas vestem-se assim hoje em dia; mas, afinal, entreguei os pontos e dei-lhe as duas mil coroas porque, bem, quando tinha a idade dela meu pai sequer admitia que eu usasse jeans e tampouco podia usar batom. Meu único calçado permitido serviria para um camponês idoso de uma fazenda coletiva. E ela está em situação pior do que a minha. Ela perdeu metade de sua família, porque fui incapaz de segurar seu pai para ela. Deixemos que ela tenha alguma alegria, disse a mim mesma, embora saiba que trapos, correntes enferrujadas ou coisas horríveis do tipo serão incapazes de compensar a perda do pai. E seria errado, se compensassem.

— Jana, onde você esteve por tanto tempo?

— Com papai, não é?

— Você foi ver seu pai? Por que não me disse?

— A idéia foi sua, não foi?

— Claro.

— O que ele disse sobre o seu sapato de salto plataforma?

— Pediu que eu não os usasse.

— E você passou a tarde inteira com seu pai?

— Fui lá e fiz algumas compras para ele.

— Isso foi bom de sua parte. Ele está bem?

— Bem, você sabe, mamãe, ele ficou muito magro e as mãos tremem. Disse a ele que faria algumas panquecas. Ele concordou mas mal conseguiu comer uma delas. E, em vez daqueles longos sermões que ele costumava passar-me, ficou ali, sentado, olhando para mim, sem dizer uma palavra.

Minha filha está sentada e conta-me isso, enquanto mastiga um pedaço de pão com queijo que coloquei diante dela. Não parece que o sofrimento do pai tenha lhe tirado o apetite.

E então, para mudar de assunto:

— Estive na sua escola hoje.

— Meu Deus!

— Você não somente pode ser reprovada nos exames, como também fingiu estar doente e falsificou minha assinatura.

— Você descobriu, então?

Não respondo nada.

— Mãe, você é um amor. Mas quando escrevi aqueles bilhetes, usei a terminologia adequada. Encontrei os nomes latinos em seu manual.

Pelo amor de Deus, ela está orgulhosa por ser uma grande falsificadora.

— Isso vai parar. Telefonarei para a escola pelo menos uma vez por semana para certificar-me de que você está lá. E se você estiver vagabundeando por aí, chamarei a polícia para colocar um ponto final nisso. Por onde você anda, realmente, quando não está na escola?

— É difícil de dizer, mãe. Quando o tempo está bonito lá fora, realmente é um aborrecimento ficar sentada lá na escola.

— E você fica sentada onde, então?

— Num parque, claro.

— Num parque?

— Sim, no Jardim Gröbe ou no Parque Rieger.

— E nos bares?

— Raramente.

— Com quem?

— O que você acha? — pergunta ela, tentando ganhar tempo.

— Dificilmente você vai a um bar sozinha.

— Fui uma ou duas vezes.

— Ou três vezes.

Olha para mim e dá de ombros.

— Mãe, eu não fiquei contando. Mas isso não é tão importante, é?

— Não queira dizer-me o que é importante ou não. E o que você fica bebendo lá?

— Sei lá. Coca-cola.

— Jana, não minta para mim.

— Não, honestamente, mãe.

— Você ainda não me disse com quem fica farreando por aí.

— Não fico farreando por aí.

— Bem, então o que é isso que você anda fazendo?

Ela parece querer explicar-me o sentido da vida, ou o que a vida não é, mas consegue refrear-se, e apenas sacode os ombros.

— Bem, você vai contar ou não com quem fica sentada por aí?

— Depende.

— São todas meninas ou rapazes também?

— Geralmente, meninas.

— Mas rapazes também.

— Muito raramente, é verdade...

— Mais velhos?

— Como vou saber? Eles são todos magros.

— Então, por que você fica de farra com eles?

— São eles que vêm atrás de nós.

— E o que vocês fumam?

— Como assim?

— Estou perguntando o que você fica fumando.

— Mas nós não fumamos.

— Não minta para mim, Jana.

— Bem, eu dou umas tragadas aqui e ali. Mas você também fuma. E como! Papai sempre disse que você teria problemas com os pulmões.

— Existe uma diferença entre nós, quero dizer, entre você e mim.

— Não estou dizendo nada, estou? Mas papai jamais fumou.

— Não venha colocar seu pai na história. Você já fumou baseado?

— Que baseado?

— Jana, não me provoque. Se você tivesse dito não, eu teria acreditado, mas fica difícil acreditar que você não saiba do que se trata.

— Certo, você quer dizer maconha? — ela hesita.

— Quantas vezes?

— Mas, mãe, a *cannabis* é menos perigosa do que os seus cigarros.

— Jana, pare de dar aulas para mim o tempo todo e levante-se!

Ela levanta-se.

— Tire a sua camiseta e venha aqui.

Ela fica com uma expressão ferida, mas tira a camiseta e pára diante de mim. Não usa sutiã. Tem os meus seios, mas ainda estão firmes como dois sinos.

— Mostre-me os braços. — Examino-os da melhor maneira que posso. A pele dela é lisa, limpa e fresca, sem qualquer traço de picada. Graças a Deus! — Jana, o que faz você agir assim?

— Não faço nada de ruim, faço?

— Não, você não está fazendo nada.

— A escola é um saco.

— E o que não é?

— Sei lá. Ficar sentada no parque com as meninas.

— Mas você pode passar o tempo todo sentada no parque?

— Sei lá, não sei mesmo.

— Cada um de nós tem determinadas responsabilidades. E a sua é a de estudar. Chega de ficar por aí, certo?

Ela balança a cabeça.

— Isso não tem sentido.

— O que não tem sentido?

— Nada — diz ela. — Mas você sabe.

— Sei o quê?

— Vovô morreu, e olhe o estado em que papai está. Então?

— Vovô estava velho, e seu pai negligenciou o tumor.

— Eu não quero ser velha e não quero ter um tumor.

— Ninguém quer. Então, como você espera que seja a sua vida? — pergunto, justamente eu, que, na idade dela, não tinha a menor vontade de viver.

75

3

Acordo com a sensação de que havia gritado. Mas o sonho não era com a minha filha. Foi meu pai quem apareceu. Curvado sobre o meu ex-marido, gritava comigo: O que você fez? Você colocou ele para fora? Você, péssima filha e esposa horrível.

Assustei-me, porque ele não tinha nada para fazer aqui, estava morto, foi queimado num forno, desceu ao inferno e no terceiro dia não ressuscitou entre os mortos, mas agora está parado diante de mim, intocado pelas chamas, meu acusador, enquanto o hipócrita de meu ex-marido esboça um sorriso.

Fito a escuridão, estremeço de medo, repetidas vezes, levanto-me, vou até a cozinha, onde encho meio copo de vinho para mim. Encho o restante do copo com água e retorno ao quarto. Deixo a luz acesa, tenho medo do escuro.

Quando eu era garotinha... quantos anos devia ter mesmo? Cinco ou seis, talvez, meus pais costumavam mandar-me a Lipová para passar o verão com vovó Marie. Quase sempre eu passava o mês de setembro inteiro lá; eu adorava minha avó, ela andava a cavalo e cantava canções para mim. Aos sábados, assava bolos e pães e também fazia a sua própria massa, e gostava de fumar.

Era o tempo em que tia Venda ainda ocupava um pequeno quarto na casa; tinha longos cabelos grisalhos despenteados. Ela passava o tempo costurando numa máquina de marca Minerva, não deixavam que ela fumasse, porque não podiam confiar-lhe fósforos. Assim, a primeira coisa que ela fazia ao levantar-se era tomar cerveja. Eu tinha a impressão de que minha tia jamais saía do quarto, vovó é quem devia levar-lhe comida e cerveja. Quando eu visitava titia, ela sorria para mim, exibindo seus caninos tortos e amarelados, e dizia qualquer coisa que eu jamais era capaz de compreender. Mas eu conseguia entender que ela não podia sair porque era apenas um receptáculo, um vasilhame em que havia uma chama constante ardendo. E a única coisa de que necessitava era de uma lufada de vento, ou de um raio de sol, para consumir-se em chamas. Mas haveria de acontecer um dia de qualquer jeito.

— E o fogo não queimou você, titia? — perguntei-lhe.

— Ah! Sim, querida. Fiquei com uma dor terrível — ela respondeu, apontando os seios, o pescoço e a cabeça.

E, um dia, realmente aconteceu. Eu estava brincando no quintal quando a porta do quarto de titia escancarou-se repentinamente e, no batente da porta, apareceu uma figura flamejante que começou a correr na minha direção. Por um instante, não pude compreender coisa alguma e tive a sensação de que uma aparição de conto de fadas estava vindo apanhar-me; mas então reconheci minha tia.

— Estou queimando — gritava. — Pus fogo em mim!

Suas roupas ardiam e eu tinha a impressão de que a fumaça saía de dentro da cabeça dela. Fui tomada de pavor, enquanto observava aquela visão fantasmagórica. Depois titia começou a gritar terrivelmente e a pedir socorro, e eu fugi. Vovó irrompeu da casa e, quando viu o que havia acontecido, arrancou um pano que estava pendurado perto da porta e começou a bater na titia com aquilo.

Conseguira apagar as chamas, mas não pôde salvar titia. Levaram-na para o hospital, onde morreu dias depois. Quis visitá-la, mas disseram que eu não poderia mais, porque titia havia partido. Ela se foi porque não queria mais estar ali. Titia consumiu-se em chamas e foi-se, e eu chorei.

Esse foi o meu primeiro encontro com a morte, e foi uma experiência assombrosa. Aquela imagem da figura em chamas jamais deixou a minha memória, embora já tenha visto dezenas de outras imagens assustadoras e fotografias de famintos, mortos, guerras, e houve tantas, desde então, que mal posso contá-las e, aparentemente, em cada cinco soldados, um era ainda uma criança.

Descobri que quase todos os meus conhecidos foram marcados pelo menos por uma experiência chocante na infância. O melhor amigo de meu marido morreu de frio nas montanhas. Quando Lída era pequena, dois carros chocaram-se diante de seus olhos, e precisaram usar maçaricos de acetileno para arrancar os mortos dos veículos. Para não falar de mamãe; efetivamente ela não viu o que aconteceu à mãe, às tias e aos primos, mas o pensamento do que havia sido feito a eles marcou-lhe a vida.

Quando eu ainda estava em Lipová, comecei a refletir a respeito do estranho fenômeno que alguém que estava ali naquele exato momento poderia não estar mais no instante seguinte, e isso pareceu-me tão triste, que tudo, realmente tudo, precisava ter um fim, inclusive eu. Não havia saída. A morte era o governante supremo e, se ela o chamasse, você deveria ir e jamais regressar.

Era estranho que a retratassem como uma mulher velha ou um esqueleto com uma foice.

Mas vovó consolava-me e cantava uma canção a respeito da morte, e através dela entendi que a morte não era malvada, não era um esqueleto ou uma velhota; era uma garotinha como eu. Ainda consigo lembrar-me da letra da música, embora não a cante mais.

Era uma vez uma velhinha,
E que um filho único tinha.
E agonizante, deitado,
Pedia por água gelada.
Mas ninguém buscá-la poderia,
E lá se foi a mãe velhinha.
Viu uma jovenzinha na estrada,
E ela por Deus foi enviada.
Sua doce alma já estou levando
Ao júbilo, ao reino dos céus.

Compreendi que a morte era um terceiro que se intrometia entre duas pessoas. Uma menina, uma garotinha, alguém a enviara para que conduzisse a alma aos céus, onde a vida é mais bela do que sobre a terra.

O que era a alma, eu não sabia. Tinha ouvido falar sobre a sola de um sapato e, quando perguntei a eles o que era, não sabiam explicar-me.

Quando ficava lá com vovó, eu não podia sair com as outras crianças, mas às vezes algo acontecia comigo e eu não sentia vontade de ver ninguém. Atrás do chalé, no canto distante do jardim, perto da cerca, crescia uma enorme nogueira com o tronco oco. Havia espaço suficiente ali dentro para alguém do meu tamanho. Encontrei refúgio ali, na minha pequena casa, onde passava horas. O que eu fazia lá? Não consigo lembrar, levava minha boneca de trapo, minha irmãzinha e um urso de pelúcia. Ele foi de fato meu primeiro marido, embora agora não o considere mais como tal. Ele era extremamente confiável, tinha enormes olhos castanhos de vidro. Todos nos agachávamos dentro daquele pequeno buraco cheio de resina e aroma de madeira. A neblina em volta de nós. Poderia desenhá-la como uma cortina. Ninguém poderia nos ver ou ouvir, apenas nós conseguíamos ouvir o relincho do cavalo no estábulo e o barulho dos patos no quintal.

Certo dia, depois do almoço, levaram o cavalo para o mata-douro, os patos tiveram a garganta cortada, os médicos proibi-ram vovó de continuar fumando, comemos massas compradas e a nogueira deu o seu último suspiro antes de adormecer. O que houve com meu marido urso de pelúcia? Desapareceu em algum lugar. Não está mais aqui. É o que acontece com os ma-ridos: chega o dia em que eles desaparecem e não estão mais por aqui.

Acendo um cigarro. A primeira vez em que fumei eu era dois anos mais jovem do que minha filha agora. Cometi o crime no pequeno parque atrás da escola. Fui vista, claro, por minha professora de Moral e Cívica, uma velha solteirona en-rugada que me denunciou imediatamente para papai. Ele deu-me uma surra e tanto fez que cometi perjúrio, e jurei que aquela seria a última vez, que eu nunca mais fumaria. No mes-mo instante, porém, eu disse a mim mesma que gostaria de fumar, beber e sair com rapazes, ainda que fosse para aborrecê-lo. Ainda que ele me bata a ponto de eu ficar roxa. Eu deveria ser apenas mais cautelosa. Que espécie de atitude era aquela, que espécie de temperamento? Sabendo que conheço a verdade dos fatos, posso ter o direito de julgar os outros, tomar decisões por eles, proibir tudo aquilo que rejeito e aquilo com que não concordo? Era assim que ele tentava subjugar-me, era assim que ele e os da sua espécie procuravam escravizar a humanidade inteira. Sem gente como aquela, tirano algum conseguiria governar um minuto sequer. De qualquer maneira, não consegui enfrentá-lo, assim como minha mãe havia feito com o pai. Não saí de casa como forma de demonstrar o meu desprezo por tudo aquilo que ele defendia. Tudo o que consegui fazer foi machucar-me e garantir-me o direito de ferir-me de modo irreparável, como se eu devesse fazer isso.

Mamãe conseguira enfrentar o pai, mas foi como se aquilo tivesse extinto toda a rebeldia dentro dela, e ela não fosse mais capaz de opor-se ao marido. Ela aceitou até mesmo os tapas no rosto. Bem, eu consegui rebelar-me contra meu marido e contra a sua infidelidade, mas isso não me fez bem algum.

Sei que não conseguirei dormir. Ao lado da cama, há um livro que comecei a ler e, debaixo dele, algumas revistas; mas, em vez disso, levanto-me, abro a porta do quarto em que minha filha ressona. Está descoberta e sua camisola levantada de tal modo que se encontra quase nua. Não é mais uma menininha, é uma mulher. Seu traseiro aumentou e suas coxas se avolumaram; preciso ficar de olho naquilo que ela come, os sólidos e líquidos que ingere, o que fuma e onde vai, quando sai. Todo o cuidado que tomei foi controlar os doces que comia, e todas as vezes que eu permitia que os comesse, ou os dava a ela, precisava escovar os dentes imediatamente. Fiquei de olho nos dentes dela, e está completamente livre de cáries, mas o que dizer das partes que não estão visíveis quando se abre a boca para falar ou sorrir?

Jamais desejei bancar a policial com ela, a exemplo do que meu pai fez comigo. Isso não daria certo mesmo. Quando os pais querem vigiar alguma coisa, nem mesmo um esquadrão de policiais costuma ser suficiente. O que devo dizer a ela? Como posso convencê-la a mudar de atitude? O que foi que negligenciei? Não lhe dei suficiente amor ou, ao contrário, terei sido gentil demais?

Apesar de tudo, nos damos bem. Mesmo antes de termos sido abandonadas, ficávamos sozinhas. O pai ficava fora em seus torneios de tênis, ou pelo menos era o que afirmava, e nós brincávamos com as bonecas Barbie. Tínhamos três delas, uma branca, uma negra e uma com olhos castanho-claros. E eu costumava contar a ela uma longa história, em capítulos, sobre uma princesa esperta e valente capaz de matar dragões que derrotaram príncipes frouxos e de vencer a todos que tentavam enganá-la. Ela gostava de viajar, subir montanhas e descer por vales, e possuía uma baleia assassina que a carregava sobre o dorso através de mares tropicais.

E todas as vezes que minha garotinha estava doente, eu sempre levantava poucos segundos antes de ela acordar para pedir minha ajuda ou minha presença.

Depois fomos abandonadas e em todos os verões eu a levava obrigatoriamente à praia. Não víamos qualquer baleia assassina, mas passávamos o tempo em hotéis desnecessariamente caros. Eu também teimava em enviá-la para as montanhas a cada inverno. Ela tinha os melhores esquis, as melhores botas e as melhores roupas. Eu não poupava dinheiro com ela e renunciava a certas coisas para que ela não pudesse ter a sensação de que algo lhe foi negado porque eu não era capaz de substituir-lhe o pai. Não faz muito tempo passávamos agradáveis noites juntas. Sentávamos em meu quarto, porque havia mais espaço, e tocávamos violão e cantávamos *spirituals* ou canções de minha juventude.

Curvei-me e acariciei seus cabelos. A menininha-mulher ressona e afasta minha mão, como se afastasse um inseto.

Retorno ao meu quarto. A caixa com os escritos de papai ainda está lá, ao lado do armário.

Lucie confidenciou-me uma vez que sempre que ela apanha uma enciclopédia ou livros sobre fotógrafos, primeiro ela verifica se há alguma referência a si mesma. Não fico buscando a mim mesma em enciclopédias. As pessoas precisam de dentistas para tratar de seus dentes; não precisam idolatrá-los ou ler a respeito deles. Mas pelo menos posso verificar nestes cadernos como meu pai me deu as boas-vindas ao mundo e como falou a meu respeito.

Antes de chegar a esse dia glorioso, eu precisava repassar os grandes eventos daquela época. Fui uma pausa momentânea num daqueles processos históricos espetaculares em que os revolucionários começaram a perseguir os predecessores e a matar uns aos outros. *Nossos próprios camaradas traíram-nos! Não é de se estranhar que a maioria fosse de estrangeiros, sionistas e judeus. Foi assim que retribuíram a confiança de nosso povo.*

Imagino o que ele deve ter dito a mamãe. E fico imaginando o que mamãe deve ter pensado a respeito disso, e se ousou dizer qualquer coisa em voz alta. Talvez o pensamento dela estivesse mais concentrado em mim, que estava na barriga dela então. Que idéia ela pode ter tido do mundo em que eu estava nascendo?

Continuo folheando o caderno. Sim, claro, aqui está o perfil bem retocado do "generalíssimo", fitando-me de dentro da página, com moldura negra. Sem marcas de varíola, mas também sem sorriso algum: não seria apropriado para um momento de luto. Embaixo, uma breve nota. *Convoquei uma reunião especial de tributo na sala de montagem e ordenei o luto. Eu disse: morreu um dos maiores gênios da humanidade, pensador, filósofo, líder militar, revolucionário, salvador de nossas vidas, libertador de nossos povos. Um homem em cujo coração havia amor para todas as pessoas. Um gigante aclamado pelos poetas do mundo todo. Enfatizei que permaneceríamos fiéis ao seu legado. Num determinado momento, fui tomado pela emoção e não pude continuar o discurso. Percebi que todos ali também estavam emocionados e as mulheres choravam. A camarada V. veio ver-me depois da reunião, e soluçava. Então, ela disse: pensei que ele jamais morreria, que os médicos soviéticos não o deixariam morrer. Eu disse a ela: ele também era um mortal, mas as suas conquistas permanecerão para sempre.*

Meu pai, um louco. Ao menos não cometia erros gramaticais. Não tinha instrução, mas era um pedante. Nenhuma alusão a mim, claro. Virei a página. Uma menção pelo menos: *Tenho uma filha. Não a vi ainda. Os camaradas sugeriram-me uma comemoração, mas eu recusei. Como poderia eu comemorar no momento em que todo o mundo progressista está de luto? Seria um erro humano e político.* Eu simplesmente cometi um erro político. No momento em que os vassalos estão urrando de dor pela perda do tirano, não se deve vir ao mundo.

Os jornais de hoje revelam que a União Soviética também possui a bomba atômica. Grande notícia para todos os que lutam pela paz mundial!

Fechei o caderno com nojo.

Quando mencionei ao jovem que outro dia me havia convidado para tomar um café que eu havia nascido no dia da morte do ditador soviético, ele declarou, quase triunfalmente, que era uma coincidência fatal. O que era uma coincidência fatal? Não perguntei a ele.

Agora sei que ele se chama Jan Myšák. Seus colegas chamam-no de Myšák ou Mickey Mouse. Parece-me um pouco tímido e infantil. Provavelmente lamenta que não tenha concluído os estudos. Suponho que seja por isso que ele acentue, reiteradas vezes, como o seu trabalho é importante. Aparentemente não lhe permitem que fale a respeito do seu trabalho, porque tem a ver com a descoberta daqueles que foram colaboradores da segurança do Estado, durante o regime anterior.

Tentou contar-me, numa velocidade estonteante, todos os principais fatos a respeito de si próprio. Que mora com a mãe, mas que rejeita as atenções dela. Espero que esteja apenas brincando consigo próprio, pois várias vezes mencionou-a, dizendo minha mãe pensa isso, minha mãe diz aquilo, minha mãe não gosta de não-sei-o-quê.

Disse-me também que participa, de modo regular, de uma espécie de jogo coletivo complicado, em que as pessoas desempenham o papel de personagens históricos ou imaginários: reis, bobos da corte etc., mas também monstros, duendes ou alienígenas. Como se tivesse vergonha de ainda participar desses jogos, explicou que os freqüenta para esquecer aquilo que enfrenta todos os dias ao ler os relatórios dos informantes da polícia.

Depois falou a respeito de meu ex-marido, que, aparentemente, foi aquele que lhe despertou o interesse por história, e foi por isso que começou a estudá-la na universidade.

Não tenho muito interesse por história. Descrições de batalhas e vitórias famosas deixam-me horrorizada. Sempre imaginei os soldados abandonados, estendidos, mortos em campos estrangeiros, e a expectativa daqueles que eles deixaram para trás. Mulheres esperando por homens que nunca regressaram, crianças que cresceram sem nunca terem ouvido a voz de um pai.

Soldados, na maioria dos casos, ainda não têm filhos, observou ele. Recrutavam homens solteiros.

Ainda assim, alguém ficava esperando por aqueles que seriam massacrados, disse eu. E nas grandes guerras mais recentes, todos eram recrutados, tivessem vinte ou cinqüenta anos. Quando meu amado Karel Căpek escreveu *A mãe*, antes da última guerra mundial, ele tentou enxergar a história por uma ótica feminina, mas sem sucesso, pois sua personagem enviou até o último dos cinco filhos para lutar. Eis algo que eu jamais faria; recuso-me a aceitar as leis do mundo masculino que exigem uma inundação de sangue e lágrimas.

Ele disse que entendia meu ponto de vista, que o mundo masculino é essencialmente cruel. Ele não conseguia imaginar uma mulher devotada a carpir nações inteiras, raças ou classes sociais, como os ditadores de nosso século fizeram. Depois ele começou a falar sobre a revolução, e não omitiu nenhuma das aulas de meu ex-marido a respeito dos tiranos que mudaram o destino da Rússia e buscaram alterar o destino do mundo.

Falava com paixão, mas não pude concentrar-me em seu discurso, estava fascinada por seus olhos. É incomum que alguém com cabelos ruivos tenha olhos grandes e escuros. Não me recordo de ter amado alguém com esses olhos. Sempre fui atraída por olhos azuis ou acinzentados, como os olhos do meu primeiro e único marido, ainda que o seu olhar fosse frio. Além disso, o jovenzinho fitava-me quase implorando.

Sentei-me com ele por mais tempo do que o compreensível; acabei pedindo vinho e deixei que me servisse três vezes, embora ele próprio tenha tomado uma porcaria doce qualquer que estraga os dentes e a saúde.

Calculei que ele devia ser quase 15 anos mais jovem do que eu.

Que espécie de loucura tomou conta de mim? Lembro-me dos versos de Iessênin, que me emocionavam:

> Não lamento, não chamo, não choro
> Tudo passa como branca fumaça
> Nas macieiras em abraço de ouro.
> E não mais serei jovem, nunca mais.

O poeta tinha 26 anos quando escreveu isto.

E eu agora? Por que quero envolver-me? Esse rapaz, que me fitava como se implorasse, bem que poderia sair com a minha Jana.

Algo faz-me levantar. Coloco a tampa de volta sobre a caixa e retorno calmamente ao quarto em que minha filha ainda está deitada assim como a deixei minutos atrás, com a coxa descoberta voltada para mim. Acendo a lâmpada no criado-mudo e dirijo a luz na direção dela. Curvo-me sobre ela e, feito detetive, espiono a pele lisa ainda não marcada pelo tempo. A única coisa que me falta é uma lupa. E bastante segura, encontro-o, um minúsculo ponto rubro, talvez deixado por uma seringa. *Eles são mestres em ocultar isso. Há certas coisas que eles aprendem bem depressa e, quanto mais precisam ocultar, mais hábeis se tornam.* Talvez ela tenha sido mordida por um pernilongo. Às vezes eles entram pela janela. Pode ser que tenha se arranhado. Melhor não pensar nisso. Melhor não olhar. Terei uma conversa séria com ela amanhã.

Retorno ao meu quarto.

Deus, por favor, diga que não é verdade.

Tento pensar em qual de minhas ex-colegas deveria ter me avisado.

Não faz sentido. Foi essa monja disfarçada de professora de tcheco quem pôs a idéia em minha cabeça. Dificilmente minha filha faria uma coisa estúpida como essa.

Esse justamente é o ponto: ela é minha filha. Seus ancestrais incluem uma avó demente e tataravôs que cometeram suicídio; mais casos de suicídio na família do que é saudável. Para coroar, uma mãe depressiva que homem algum conseguiu aprumar, ainda que ela tenha se colocado de joelhos diante dele e tenha abraçado suas pernas.

Você é tão linda, tão linda, disse aquele ex-aluno do meu ex-marido, 15 anos mais jovem do que eu, me olhando como se estivesse a ponto de declarar-me o seu amor.

Devo sair para ver meu ex-marido. Contar-lhe que nossa filha, a única coisa em comum que teremos enquanto estivermos vivos, fuma maconha e possivelmente faz coisas ainda piores. Pode ser que isso nem mais interesse a ele. A filha dele nunca despertou muito interesse nele. Ele não abandonou somente a mim, abandonou a ela também.

Por favor, Deus, permita que tudo isso que estou passando seja apenas um sonho.

Não, não tudo, na verdade algo precisa restar como parte de minha vida. Há tão pouco de minha vida real que eu gostaria de manter em vigília.

4

Adormeço pela manhã, nem o som do despertador consegue me acordar. Jana então retribui minha visita noturna e se curva sobre mim:

— Mamãe, você não vai ao consultório hoje?

Salto da cama com uma dor de cabeça lancinante. Não faço idéia de quando peguei no sono.

— Fiz o seu café, mãe. — E realmente ali está, sobre a mesa, uma xícara de café, e ela chegou a passar manteiga em algumas fatias de pão. Ela prega-me um beijo na face; borrifou-se com o meu Chanel, que guardo para ocasiões muito especiais, e está ansiosa para sair. Eu a retardo.

— Jana, diga-me, era apenas baseado?

— Mãe, o que está havendo com você? De novo esse assunto?

— Responda-me. Você se injeta com alguma coisa?

— Mãe, você deve estar sonhando. Ou é isso ou está paranóica.

— Sim ou não?

— Claro que não! Não sou uma estúpida drogada, sou? — Ela jura que não está mentindo. Parece um retrato da saúde, cheia de energia, e quer fazer crer que esteja perfeitamente bem e que estou apenas tomada de ansiedade.

Chego ao consultório com vinte minutos de atraso.

Eva ajuda-me a vestir o jaleco branco. Agradeço e peço-lhe para preparar-me um café forte.

Eva e eu trabalhamos juntas há 11 anos. Compreendemonos sem a necessidade de palavras. Não preciso dizer-lhe o que deve misturar para mim. Se ela não está segura, pergunta. Estamos juntas todos os dias úteis e, algumas vezes, também passamos finais de semana juntas. Quando se casou, tornou-se dona de uma pequena cabana numa montanha acima do rio Vltava, nos arredores de Praga. Não possuo nada parecido e, sempre que saio da cidade, para mim é um grande alívio visitá-la no campo, onde minhas preocupações desaparecem.

Assim, Jana e eu por vezes aceitamos o convite dela, apesar de incomodar-me o fato de que minha garotinha entende-se melhor com Eva do que comigo. Ela, de vez em quando, vai com Eva para a missa na igreja da aldeia. Não vou com elas. Eu só ia à igreja e lia a Bíblia para aborrecer papai. Não me importava se a igreja era protestante ou católica. Cheguei até a entrar em uma sinagoga quando estava em Londres, mas nada disso fez efeito em meu espírito. No entanto, creio que faz bem a Jana ajoelhar-se diante de alguma coisa de vez em quando.

Graças a Eva, tenho entre meus pacientes o padre Kostka, que agora está sentado na cadeira à minha espera. Na época em que meu pai vestiu o uniforme da milícia pela primeira vez, o padre Kostka estava sendo enviado à prisão de Leopoldov; assim sinto-me culpada diante dele. Mas ele não sabe disso. Dirige-se a mim com um "jovem senhora" e, quando está impossibilitado de falar, sorri para mim com os olhos. Devo perguntar-lhe o que aconselharia a uma mãe não-cristã a fazer, ou dizer, para ajudar a filha de 16 anos a ajustar-se à vida e dar-lhe certo sentido. Imagino o que ele diria.

Mas, neste momento, o padre Kostka deve abrir as mandíbulas e a sala de espera ainda está cheia de gente. Perguntarei da próxima vez.

— Hoje a senhora está um tanto triste, doutora — diz-me ao levantar-se da cadeira.

Não conto a ele que tenho poucos motivos para estar alegre, simplesmente digo que dormi mal.

— A enfermeira marcará uma nova consulta para o senhor — digo, enquanto rapidamente acabo de tomar o meu café.

Mas, enquanto folheia a agenda, Eva observa:

— Não posso marcar para o domingo. Sobre o quê foi o seu sermão, padre?

— A senhora sabe, enfermeira, tenho apenas um tema.

— Sobre o amor, eu sei.

— Desta vez foi mais sobre humildade e reconciliação.

— Você realmente está estranha hoje — observou Eva, assim que ficamos a sós por um instante.

— Falarei com você a respeito, quando tivermos um momento livre.

Esse momento não chegou até à hora do almoço.

— Não se alarme por causa de um pouco de maconha — disse-me Eva depois de ter me ouvido. — Quase todos eles experimentam nos dias de hoje.

Engulo minha sopa gordurosa de carne e gostaria de concordar que não há nada de errado. Ela pode falar. Aposto que os filhos dela não fariam nada parecido.

— E quanto às faltas dela? — eu pergunto.

— Você gostava de ir à escola?

— Não, mas eu ia.

— Eram tempos diferentes. Além do mais, você tinha um pai tirano.

Eram tempos diferentes e meu pai comportava-se como um tirano. Estes são tempos melhores, ou há mais liberdade pelo menos; o pai de minha filha não é um tirano; apenas é ausente, apenas foi-se para outro lugar.

Eva tem fé. Deve haver algo que transcenda à humanidade, afirma, ou a vida não teria sentido. E é assim que incentiva os seus filhos. O problema é que não consegui infundir crença alguma em minha filha, porque eu própria não estou convencida de que a vida possua algum sentido.

Assim que saio do consultório, no final da tarde, vejo que aquele rapaz, 15 anos mais jovem e que acredita que sou linda, já está em pé à minha espera. Carrega um buquê de flores. Ele não deve estar querendo me oferecer rosas brancas. Confundiu-me com quem?

5

Quando eu era criança, tinha uma vontade louca de ir para a África participar de uma caça às serpentes. Li sobre um caçador de serpentes da África do Sul que foi picado por uma mamba negra. Ele havia sido picado antes por uma série de serpentes, mas jamais por uma mamba, cuja mordida pode matar em cinco minutos. Mas o caçador carregava uma seringa com soro antiofídico, por isso aplicou-o e conseguiu dirigir até o hospital, onde ainda reuniu forças para pedir que fosse colocado num pulmão artificial. Então, ficou paralítico. Estava consciente de tudo e podia escutar tudo, mas era incapaz de demonstrar. Durante seis dias, ouviu os médicos falando a respeito dele, discutindo se sobreviveria. Sobreviveu. Adoraria experimentar algo parecido. Gostaria de ter uma mamba negra, mas uma mamba negra é muito grande; uma adulta pode chegar a quatro metros de comprimento e moramos em um apartamento pequeno. Por outro lado, onde é que eu acharia uma mamba?

Mas consegui fazer um terrário e arrumei uma linda serpente de cabeça vermelha para colocá-la ali, assim como uma cascavel, *Sistrurus catenatum,* que eu usava para caçar sapos para a serpente. As pessoas encaram as cobras como símbolo do mal e da astúcia. Não é verdade. As pessoas é que são astutas; uma serpente simplesmente precisa alimentar-se. Quando não tem fome ou não se sente ameaçada, é inofensiva.

Mamãe, porém, não podia suportar serpentes e certo dia declarou que eu teria de escolher entre ela ou aqueles "mons-

tros". Assim, tive de vendê-los. Não tenho mais serpente alguma, mas continuo vivendo com mamãe.

Hoje satisfaço minha sede de aventuras em parte no trabalho e em parte em nossos jogos. Nesses jogos, você pode ter
tambores de guerra africanos tocando, se assim o desejar. Cada
participante tem certo número de vidas, de modo que é possível tornar-se um pouco mais irresponsável do que na vida real.

Conheci minha última namorada, Věra, num desses jogos.
Ela desempenhava, com perfeição, o papel de uma garota rica
capturada por terroristas. Ela não tinha medo de ser morta ou
maltratada e flertava, de maneira fantástica, com aquele joão-ninguém que eu representava. Começamos a sair juntos no último
outono. Poderíamos ter tido um filho, o que definitivamente
teria agradado a mamãe, mas Věra não desejava um filho até
que terminasse a faculdade, e eu tampouco estava muito a fim.
Desmanchamos faz um mês.

Penso que a feri quando sugeri que terminássemos o na-
moro. Ela quis saber o que eu tinha contra ela. Que poderia
eu dizer-lhe? Aborrece-me que ela saiba tão pouco a respeito
da vida, que ela desconheça qualquer coisa que tenha ocorrido
no passado, que ela não consiga compreender o que se passa
hoje e não tenha a mínima idéia da vida que gostaria de ter.
Ela apenas flerta com a vida.

Não encontrei nada de particularmente errado nela, nada
que pudesse ser colocado em palavras, nada que ela pudesse
compreender. Eu havia percebido, uma vez mais, que estava
diante de um vazio que eu simplesmente seria incapaz de
preencher. Ou simplesmente que eu seria capaz de dar um fim
rápido a um relacionamento que no fundo já estava acabado.

Essa vertigem, essa angústia do vazio, significa que ainda estou livre. Mais de uma vez aproximei-me do instante que desprezava, daquele momento em que poderia alterar o meu estado e provavelmente nunca ouviria os tambores de novo, e se eu me pusesse a persegui-los, retumbariam de modo tão forte que eu precisaria escapar. Sou um trapezista que tem medo de andar na corda bamba, a menos que ela esteja estendida no chão. Isto é um exagero. O meu trabalho, que já virou rotina para mim, poderia ser considerado por muitos como andar sobre uma corda estendida sobre o Grand Canyon. Pode ser que eu esteja realmente me esquivando de projéteis e flechas, e apenas não consiga ouvir o silvo deles, mas me recuso a acreditar nisso. Conheço fatos que poderiam arruinar a carreira de muita gente; portanto, não seria surpresa se algum deles desejasse cortar a corda. Então, se me encontrarem com o pescoço quebrado, muitas pessoas haverão de soltar suspiros de alívio, e quase ninguém derramará uma lágrima sequer. Prefiro não falar com mamãe a respeito de meu trabalho. Represento diante dela e, quem sabe, diante de mim mesmo, digo apenas que vasculho documentos insignificantes para saber quem compareceu a tal e tal reunião, e se as pessoas participaram de alguma estúpida manifestação de protesto. Não deixo ninguém saber que copio os documentos que, um dia, suspeito, e provavelmente muito em breve, alguns indivíduos poderosos tentarão destruir para que desapareçam do mundo. Nem mesmo o gorducho Jiri, de boa índole, da rádio, meu companheiro fiel nos jogos, faz idéia do conteúdo dos disquetes que guardo no apartamento dele. Felizmente, o meu superior imediato, Ondrej, está fazendo a mesma coisa; tenho certeza de que outros também. Se alguém cortar alguma de nossas cordas bambas, os demais simplesmente deverão publicar tudo. É assim que nós nos protegemos.

Mamãe, às vezes, faz observações exatas a respeito de seus contemporâneos que também têm netos. Da maneira como ela vê as coisas, netos são uma fonte de grande satisfação.

Gostaria de proporcionar a minha mãe um pouco de alegria, ela não teve muita durante a vida. Primeiro, esperou nove anos por papai e, quando ele foi solto, não tinham um apartamento ou dinheiro algum. Ela desperdiçou a vida inteira em empregos que exigiam obediência abjeta. Eu sou testemunha de como isso a desequilibrou, e suas funções encheram-na de amargura.

Costumo ter pena de minha mãe, mas idolatro meu pai. Para mim, ele é a corporificação da coragem e da integridade. Forçaram-no a trabalhar nas minas de urânio por cinco anos, e quando, finalmente, tornou-se responsável pelo armazém, já havia estudado matemática e falava cinco idiomas. É assim que as coisas eram naqueles tempos. Mas ele não se queixava. Observava que já haviam arruinado o suficiente de sua vida; então, por que haveria ele de arruiná-la ainda mais reclamando?

Quando eu era pequeno, ele costumava ler para mim as histórias das *Antigas lendas da Boêmia* e ajudar-me com matemática, latim e inglês. Ensinou-me também a talhar a madeira, como acender fogo sem fósforos, como distinguir o rastro de animais distintos, e, claro, como montar uma tenda sem deixar o menor vestígio de sujeira no campo. Ele também contava histórias sobre os índios e esculpiu um totem, que ainda mantenho pendurado em meu quarto. Também fez um pequeno tambor para mim e ensinou-me a tocá-lo.

Certa vez, briguei com um garoto da minha idade — devia ter nove ou dez anos então — porque ele chamou meu pai de criminoso. Lutei com ele por causa disso, mas aquela acusação ficou em minha memória. É verdade que mamãe havia dito que papai era completamente inocente e que, na verdade, era um herói; mas e se ela estivesse apenas contando a história do jeito dela? E se as pessoas ao meu redor nem soubessem disso?

Papai raras vezes falava do seu trabalho, embora em algumas ocasiões tenha me contado como foi tratado cruelmente nos interrogatórios. Citou apenas um dos seus torturadores. Chamava-se Rubáš, mas ninguém sabia o nome verdadeiro dele. Esse homem era especialmente cruel; fazia meu pai acordar no meio da noite e, enquanto o interrogava, batia nas mãos e na sola dos pés de meu pai, nas costas dele, quando se recusava a dedurar os amigos. Prendeu papai numa cela em que ele ficava até congelar e, em vez de dar-lhe um lençol, deu-lhe um fedorento trapo mofado. "Somente assim você saberá o que merece", ele respondeu, quando meu pai se queixou.

Gostaria de saber o que aconteceu com esse joão-ninguém, mas papai não fazia a mínima idéia. Desapareceu. Todos eles desapareceram, disse-me, e definitivamente ele não tinha vontade alguma de reencontrá-los. Mas imaginei encontrar o brutamontes algum dia; aguardá-lo num de seus passeios, amarrá-lo, anestesiá-lo com clorofórmio e carregá-lo nas costas até papai, como fez Bivoj com o javali da lenda medieval. Depois, papai decidiria o que fazer com ele.

Eu podia contar a papai todos os meus segredos, pois sabia que ele jamais tentaria interferir em minha vida. Quando estava morrendo, eu ficava sentado com ele no hospital. Um dia, antes de morrer, ele me disse: "Não tenha medo, lutarei contra isso!" Não se queixava, embora tivesse dores e ainda quisesse viver. Quando tudo se acabou, eu gritava feito criancinha, embora já tivesse 23 anos.

No instante em que aceitei o emprego no instituto, pensei nele. Certamente ficaria feliz, porque desejo fazer algo para devolver à justiça seu merecido lugar no mundo. Eu ainda tinha o mesmo objetivo: achar aqueles que o jogaram na prisão, e os que o interrogaram e torturaram. Imaginava a hora em que, talvez, eu pudesse estar cara a cara com eles e exigir que explicassem e justificassem seu comportamento.

Na verdade não era fácil concretizar essa meta. Não era eu quem escolhia os casos individuais em que trabalhava; eles eram designados. E, assim que a gente olhava para o passado, ficava mais difícil obter informações; e mesmo que encontrasse alguns nomes em nossos arquivos, isso não significava que eu poderia achar esses homens. Era como se eles tivessem desaparecido da face da terra, ou como se o fio da vida deles tivesse sido cortado repetidas vezes. Mesmo que eu conseguisse reatar algumas das linhas ou fuçar novos endereços e locais de trabalho, descobriria que as linhas já haviam sido cortadas anos atrás. E, em vez de ficar cara a cara com os canalhas, encontrava-me só, dentro de uma tumba.

Ao contrário de papai, mamãe fazia exigências em relação à minha vida, especialmente depois da morte de papai. Eu resisti a elas e raras vezes conversávamos sobre temas importantes. Jamais falei com ela sobre o rompimento com Věra, ainda que ambas se conhecessem e de mamãe sempre tratá-la como futura nora. Nem ao menos contei quem era o meu novo amor; esperava que isso não a alarmasse.

Acho impossível expressar o que me atrai em Kristýna. Provavelmente algo subconsciente. É como se ela me trouxesse de volta algum encontro num passado distante, tão longínquo, na verdade, que nem mesmo sei se deve ter acontecido em minha vida. Mas deve ter sido um encontro que deixou em mim uma impressão indelével.

Somos pólos opostos em termos de idade, profissão e personalidade. Ela é instruída — uma dentista com filha adolescente — e contou-me que sofre de depressão. Avisou-me que é insuportável quando está deprimida. Ela fuma. Gosta de vinho. Eu raras vezes tomo vinho e nem mesmo tentei fumar; certamente por causa de papai.

Levo-lhe rosas.

"Você é louco", disse-me na última vez. "Por que me oferece flores?"

Estamos sentados novamente na taverna. Estamos naquela fase em que compartilhamos pormenores importantes de nossas vidas. Contou-me sobre o pai, que foi militante do Partido Comunista, cuja atividade ela desprezava; falou da irmã, cantora profissional que aparentemente previu que Kristýna morreria pelas próprias mãos. Falou também, sem raiva, do ex-marido, a quem eu estimava e ela amava; creio que ela ainda o ama, embora não deseje admiti-lo. Eu também acabei atingido pela data de nascimento dela.

A questão é a seguinte: estou cada vez mais convencido de que o posicionamento dos astros tem influência em nossas vidas, além de começar a penetrar no mistério que os números representam para nós. Quando ela mencionou ter nascido no dia em que Stalin morreu, aquilo me soou como uma coincidência estranha, e até mesmo fatal.

O déspota soviético parece-me um Titã terrível, não alguém nascido do sangue de Urano, mas alguém que renascia, o tempo todo, do sangue de suas vítimas assassinadas. Embora ele tenha morrido muito antes de eu ter nascido, constantemente sou lembrado dos crimes de alguns e da insignificância de outros à medida que os encontro, todos os dias, nos arquivos com que lido. Estou convencido de que a morte de Stalin reabriu, para uma parcela da humanidade, uma porta que vivia trancada para a dignidade, tolerância, justiça e compaixão humanas. Ter nascido no dia da morte dele significava ingressar no mundo num dos dias mais significativos do século vinte.

Kristýna também contou que a avó e todos os parentes da família da avó morreram nas câmaras de gás nazistas e que ela era incapaz de aceitar a idéia de que existem pessoas que podem envenenar milhares de outras, inclusive bebês e crianças. Pensei que ela fosse irromper em lágrimas enquanto discorria a respeito disso, mas percebi que essas mortes do passado e também as atrocidades cometidas contra os seus parentes, ela as chorava por dentro.

Seria possível viver num mundo desses? Ela não tinha nada o que esperar da vida; de fato não esperava coisa alguma. Por causa da maneira que usou para convencer-me disso, entendi, pelo contrário, que ela ainda vive com uma expectativa, que ela hesita na fronteira entre a esperança e o desespero. Se o desespero prevalecer, ela é bem capaz de dar um fim a si mesma. Penso que ela é daquelas que não têm medo de dar esse passo.

Mas ela tem medo de mim. Ela tem medo de aproximar-se. Temos medo um do outro, e ainda assim nos sentimos atraídos um pelo outro.

Mas devemos viver, eu disse a ela, para fazer descobertas. Para compartilhá-las com os outros e passá-las adiante. Devemos esforçar-nos para que a justiça não desapareça do mundo ou, ao menos, para que o amor governe nossas vidas.

"A questão não é essa", objetou ela. "Mas sim saber quem é capaz de fazer isso."

Ficou esperando que eu dissesse que eu poderia, que talvez ambos pudéssemos, juntos, mas eu não posso, porque ela tem razão, não conheço ninguém que possa.

Ela tem cabelos louros quase até à cintura, o que lhe dá uma aparência de menininha, mas seu olhar é cansado. Tem a postura de uma rainha, cuja tristeza aumenta a cada dia. Ansiava por tocá-la, acariciar aquelas mãos que irradiam suavidade, mas, ao mesmo tempo, o pensamento parece-me pecaminosamente impróprio, como se isso significasse transpor alguma barreira, quebrar algum tabu, cuja violação poderia provocar uma reação divina.

Tomamos uma garrafa inteira de vinho juntos, embora eu tenha bebido apenas uma taça. Assim que nos despedimos, ela hesitou por um instante. Percebi que estava esperando para ver se eu haveria de sugerir que nos víssemos de novo, ou que ela própria o fizesse. Mas cortamos nossa vontade e não dissemos coisa alguma. Imagino que seria mais compreensível que não nos víssemos nunca mais.

6

Ele está deitado ao meu lado, nu. Sua pele é suave, limpa e fresca, como a de Jana. Não fui eu quem o convidou para ir à minha casa. Não o seduzi. Ele pediu-me que o visitasse; estava sozinho em casa, porque a mãe saíra da cidade.

Conduziu-me para um quarto pequeno. Duas das paredes estão repletas de prateleiras de livros. Entre os livros, um velho sofá, largo o suficiente para um, talvez largo o bastante para dois fazerem amor, mas não tão largo para que dois durmam nele. Não possui quadros. Acima da cama, vejo pendurado um totem indígena, um pequeno tambor pintado e um bandolim. Um computador está colocado sobre uma pequena mesa surrada. Junto à janela, dois pequenos alto-falantes negros, a janela abre-se para um pátio; pude perceber isso, ainda que as cortinas estivessem fechadas.

Prometeu-me mostrar alguns textos antigos, prometeu-me Beethoven, Chopin e Tchaikovski, e ficou dizendo que eu era a mulher mais bela e interessante que já havia conhecido. Mas ele tinha outras intenções além de mostrar-me textos antigos. Não lhe disse que, a despeito de sua mãe estar fora da cidade, eu também sou mãe, e que ele parece contemplar o mundo através de óculos alucinógenos. Tudo o que lhe disse foi: "Não seja maluco, você não pode querer dizer isso, quando afirma que sou bonita."

Ele não pode ter pensado seriamente, mas ele está aqui deitado a meu lado, acariciando-me os seios. Tem dedos longos, poderia fazer mágica com eles; não apenas tocar bandolim ou folhear documentos. A língua dele é ligeiramente áspera e úmida. Enquanto fazíamos amor, agora há pouco, ele mostrou-se paciente e suave. Santo Deus, há quanto tempo um homem foi paciente e suave comigo? Quanto tempo faz que eu encontrei um sujeito que se preocupa com aquilo que sinto? Disse-me que sempre saiu com mulheres mais jovens. Não mencionou que sempre almejou deitar, ao menos uma vez, com uma mulher suficientemente velha para ser sua mãe. Observou apenas: "Quero que você se sinta bem comigo."

— Eu me sinto bem com você. — E meu rapazinho pôs uma música qualquer, mas esqueceu-se de trocar o CD.

— Você é especial — ele disse.

— Especial como?

— Como pessoa.

— Como pode saber?

— Não é uma questão de saber. Sinto isso. Do mesmo modo que sinto que você está quase sempre triste.

— Não estou triste agora.

— Sim, você está, até mesmo agora.

— É, pode ser que sim.

— Por quê?

— Porque me sinto bem com você. Porque sei que isso é apenas um momento. Sei que você irá deixar-me.

— Não será apenas um momento.

— Tudo é apenas um momento. Todos nós estamos aqui apenas por um momento. — Não lhe disse que, de acordo com meu marido, estamos aqui somente pela duração de duas piscadelas de Deus e, depois, o oceano do tempo cósmico irá fechar-se sobre nós e sequer poderemos ouvir-lhe o murmúrio.

— Gostaria de passar a vida com você.

— A minha ou a sua?

— A nossa.

— Mas eu morrerei antes de você. Sou velha.

Tentou convencer-me de que não sou velha, de que nenhum de nós sabe quando morrerá. Depois fez-me uma pergunta surpreendente:

— Você está amando alguém?

— Sim, você, claro.

— Uma outra pessoa, eu quis dizer.

— Como pode perguntar-me uma coisa destas? Não estaria aqui com você nesse caso, estaria?

— Desculpe. Mas você amou outro?

— Isso faz muito tempo.

— Seu marido...

— Não fale dele agora.

Continuou acariciando-me. Pousei a cabeça no peito dele, coberto de uns pêlos louros quase invisíveis; o peito de meu marido era coberto por pêlos grossos, negros. Costumava dizer-lhe que parecia um chimpanzé. Ele feriu-me. As pessoas geralmente ferem os que lhes são mais próximos, e receio que este rapaz também venha a ferir-me um dia. Gostaria de poder dizer-lhe, pedir-lhe, para que não me magoe.

Senti-me gritando:

— Olhe para mim!

— Mas eu estou olhando para você!

— E por que você não me diz nada?

— Não quero dizer as coisas que as pessoas sempre dizem.

— Mas eu quero ouvi-las.

— Adoro estar com você.

— Você não se arrependeu?

Gostaria de ouvi-lo dizer que me ama, que minha idade não o incomoda, que realmente não me acha velha. Mas os pensamentos dele estão em outro lugar; está pensando em como fazer amor comigo de novo. Mas está na hora de eu ir embora. Começa a escurecer lá fora, e tenho uma filha em casa. Isto é, se ela estiver em casa, se não tiver saído para algum lugar, quando percebeu que a mãe está atrasada. Ele me pergunta:

— O que você mais receia na vida?

— A traição — eu disse, sem pensar duas vezes.

— Não, quero saber se você teme algo em especial?

— O fogo, acho — respondi.

— Porque você é de peixes.

— Porque vi alguém pegando fogo — contei-lhe. — Era minha tia. Ela própria ateou fogo ao corpo. Mas não quero pensar nisso agora. Eu gostaria mesmo de fumar um cigarro, posso?

Levantou-se e correu nu para trazer-me um cinzeiro. Naquele instante, lembrou-me de meu primeiro amor, há muito tempo: os mesmos ombros estreitos. Eu amava Psiko loucamente, naquela época. Fico imaginando se isso poderia acontecer-me de novo.

Ele volta. A casa não tem nada que se assemelhe a um cinzeiro, por isso ele traz uma espécie de pires. Pergunta-me se tenho sede.

Ele tem pulsos finos, seus braços são quase femininos, como os de minha filha. Repentinamente, vejo o braço dela e também a seringa, a agulha com que se pica; minha garotinha está na rua, esbaldando-se em algum lugar, enquanto eu, egoísta, estou deitada aqui, fumando num quarto estranho, sobre um sofá estranho.

— Uma moeda por seus pensamentos — disse-me ele.

— Preciso ir.

— Não vá, ainda.

— Preciso ir, minha filha está esperando. — Pego minhas roupas e vou ao banheiro, que também é estranho. Não há nada de meu ali; nem mesmo sei qual é a torneira de água quente.

— Vou pegar uma toalha limpa para você — ele avisa. Então, ele entreabre uma fresta na porta e coloca a toalha em minha mão esticada. Fico contente de perceber que a toalha não estava no banheiro, isso prova que ele não tinha certeza se eu viria.

Tomo um banho rápido e visto-me. Uso um pouco de delineador. Céus, o que estou fazendo aqui?

As rosas que ele me trouxe estão em pé, dentro de um vaso. Desta vez são vermelhas. Apanho-as.

Ele leva-me até à estação do metrô. Pretende descer comigo, mas eu lhe digo que é melhor não ir.

Sim, estará esperando por mim amanhã, de novo.

— Mas amanhã tenho uma cirurgia demorada.

— Eu sei.

— Como você sabe?

— Li na porta do consultório.

— Não vá. Preciso estar em casa ao anoitecer. Por causa de minha filha.

— Você não estava em casa hoje.

— Essa é a questão.

— E se eu for com você para a sua casa?

Não posso levar esse rapaz para a minha casa, posso? A menos que eu dissesse, Jana, trouxe um novo amigo para você; chama-se Jan; ele vai ajudar você nos estudos. Em quê? Em tudo. O problema é que já é tarde demais para ajudá-la nos estudos.

Ele não me pergunta por que não quero convidá-lo. Então, vai esperar por mim depois de amanhã. Dá-me um abraço e um rápido beijo.

— Obrigada — digo.

— Obrigada por quê?

— Por tudo. E pelas rosas.

Volto-me na escadaria e olho para trás: ele ainda está lá, em pé, dando adeus. Por que não resolvi ficar lá até amanhã? Poderia ter telefonado para Jana; poderia ter dito a ela que chegaria um pouco mais tarde, e poderia mandá-la para a cama. Não, da próxima vez, quem sabe. Será melhor da próxima vez, se houver uma próxima vez.

Tremo ao pensar que talvez não o veja nunca mais. Tudo haverá de terminar um dia; a questão é saber quantos dias restam até lá. Se não antecipamos o fim, como podemos valorizar aquilo que ainda nos resta?

Abro a porta da rua e olho a caixa de correspondência. Uma carta, sabe-se lá de quem, o jornal da Associação dos Dentistas e — a caligrafia denuncia-o — outra carta de meu correspondente anônimo. Devo rasgá-la e atirá-la no cesto de lixo. Mas o cesto de lixo fica diante do prédio, e não tenho vontade de sair de novo. Desta vez, o anônimo não me xinga, mas faz ameaças. Adverte-me para não sair à noite porque A Hora da Justiça Está Próxima.

Aventuro-me, no entanto, a sair para abrir o fedorento cesto, rasgar a carta em pedaços e atirá-los dentro do lixo.

7

Precisei sair para ver papai, fazer aquelas panquecas para ele e ficar tagarelando sobre mamãe. Foi um desempenho fantástico. Realmente consegui tocar-lhe as cordas do coração. Fui tomar conta de meu pobre pai doente, que nos deixou na miséria. Não o via há um mês, no mínimo. Da última vez, estive no hospital com mamãe.

Levou bastante tempo até que eu achasse algo para vestir, porque, quando visito papai, preciso usar algo que não seja uma afronta para pessoas decentes. O problema é que eu não tenho nada que deixe papai em paz. Se eu vestir uma calça jeans comum, ele começa a falar sobre o preço dela e começa a dizer que não devo comprar coisas como aquela, uma vez que não estou ganhando dinheiro algum, e ele deve pagar o meu sustento. Mas meus velhos jeans têm três gigantescos furos e tenho medo de que ele não sobreviva ao choque. Por fim, tirei um velho vestido que eu mesma fiz para mim quando tinha uns 12 anos. Aquilo era impossivelmente vulgar e tinha cor de bosta de cachorro; na verdade parecia um saco de lixo sem botões, mas não seria uma afronta para pessoas decentes.

Papai era a última pessoa que eu queria ver.

Jamais gostei de visitá-lo, nem mesmo quando era forçada, todas as semanas, o que era algo que eles inventaram numa corte estúpida ou num outro lugar qualquer. Papai estava muito bem quando vivia conosco. Lembro-me de que ele me chamava de Janazinha garotinha, e trazia-me livros para colorir. E contava como viajaríamos para Marte num foguete. E eu que pensava que voaríamos com o par de tênis dele. Por que não, se bruxas podem voar em vassouras?

Papai, quando prestou serviço militar, tornou-se sargento ou coisa que o valha. E foi lá que aprendeu o que é ordem. E tinha enorme orgulho do fato de que, entre todos os sargentos, subsargentos ou supersargentos, era ele quem tinha as roupas e lençóis mais bem dobrados. Ele realmente conseguia irritar-me quando demonstrava como se empilhavam lençóis até à chaminé.

E ele costumava levar-me ao planetário e ao observatório. Tinha alguns colegas lá. As estrelas eram seu xodó. Acima de tudo, queria impressionar-me com os anéis de Saturno, com as luas em volta de Júpiter, os buracos negros e o Big Bang. Ele adorava o Big Bang, porque é assim que se supõe que tudo tenha começado. Costumava contar-me como, no início, tudo era um minúsculo mármore, menor que um tomate, mas, a despeito disso, muito mais pesado, porque já continha todas as estrelas que podemos ver, e até aquelas que não podemos. Uma dor verdadeira. E aquele pobre homem acreditava nisso, e aposto que ele também falava sobre isso para aqueles imbecis lá na escola dele. E eles precisavam repetir com ele: as estrelas que podemos ver, e até aquelas que não podemos. Esta era sua frase preferida: repita comigo. Repita comigo: não rio dos professores! Repita comigo: antes das refeições, pessoas bem-educadas lavam as mãos! Repita comigo: quem deixa de cumprimentar os mais velhos é mal-educado. E eu costumava repetir, porque se não ele me estapearia, e, desde então, odeio lavar as mãos e sempre grito oi! para qualquer velhinha aposentada.

Mamãe não precisava repetir, mas tinha mais medo dele do que eu. Se ela atrasasse o almoço dos domingos em 15 minutos, papai ficaria olhando o relógio e repetiria em voz alta: já é meio-dia e cinco, já é meio-dia e dez, e assim por diante. E mamãe precisava desculpar-se, até inventava umas justificativas, como a carne estava dura, em vez de mandar ele tomar no cu ou que fosse comer num restaurante.

Papai também explicava-me que tudo o que vemos, e o que não vemos, nasceu por si só, não foi criado por nenhuma divindade, porque se fosse assim, essa divindade precisaria ser tão grande que nem mesmo caberia no céu e deveria ser tão inacreditavelmente velha que seria incapaz de sobreviver a si própria. Isso eu não compreendia mesmo. Por vezes, eu costumava ir à igreja com Eva e mamãe, eu até gostava, especialmente daquela cantoria e dos santos com os olhos esbugalhados para cima, como se estivessem mascando algum fumo ou olhando algo que os deixou completamente tontos. Vai ver que estavam olhando para aquela explosão com que começou o Big Bang. E eu também não compreendia por que anjos precisam ter asas, feito gansos ou cisnes, quando eles bem que poderiam voar como eu vôo em meus sonhos; bom, é por isso que eles são anjos, afinal. Havia também um pregador ruivo que me agradava.

Cada vez que saíamos para uma excursão, papai sempre testava nossos conhecimentos sobre flores e árvores e pássaros canoros, isso para não mencionar as brigas a esse respeito. Aquilo é uma flor-da-páscoa, isso é uma groselheira alpina, esse é um cinco-folhas e ali um pica-pau. Ouçam como canta o pintassilgo? Eu realmente não conseguia ouvir, mas mamãe esforçava-se e dizia: "Realmente, é um pintassilgo; você é ótimo, Karel, como consegue lembrar-se de tudo?" E ela parecia pensar assim mesmo. E ele acreditava nela, porque dizia depois: "Precisamos memorizar assim a anatomia humana." Um horror.

Mamãe era louca por ele. Eu compreendia isso, mas ainda assim ele parecia suficientemente velho para ser o pai dela; e ela deve tê-lo amado mesmo, porque ainda pensa nele o tempo todo, embora finja não dar a mínima para ele. Ela está sentindo mesmo que ele esteja numa situação tão ruim.

Então, quando eu devia estar cursando o terceiro ano, eles começaram a brigar feito doidos completos. Eles sempre batiam um no outro, no quarto ou na cozinha, e gritavam um com o outro, como se eu não pudesse ouvir. Primeiro, pensei que fosse por minha causa, porque papai achava que eu era desobediente, desorganizada e preguiçosa, e que isso teria um triste fim; mas depois papai deixou de vir para casa na hora do jantar e, em breve, não vinha mais para casa de jeito nenhum; e mamãe ficava sentada diante da tevê ligada e derramava lágrimas noite afora, ou ficava sentada na cozinha lendo ou olhando apenas para a parede, e eu entendi que provavelmente eles acabariam se separando.

Papai mudou-se para a casa de uma fulana que trabalhava num banco. Ela era alta como um palito; vista de frente, era totalmente achatada, sem protuberância alguma, tinha dentes realmente horríveis, quase uma vampira, talvez até fosse uma, porque papai adoeceu logo depois, e cada vez que ela me dizia algo, ficava claro para mim que devia ser louca de pedra. Não sei o que papai viu nela, pode ser que ele estivesse apenas fugindo de mim, porque comecei a tornar-me insolente e um dia ele me pegou fumando um cigarro.

Papai tem uns olhos que metem medo nas pessoas; ele fica olhando alguém por longo tempo sem nem mesmo dar uma piscada. Nunca soube por que ele fazia aquilo. Apenas sabia que não estava satisfeito comigo e que eu tinha feito alguma coisa de errado, e podia esperar algum castigo. Ele era um gênio mesmo quando inventava seus castigos. Se eu não comesse o almoço todo, por exemplo, mamãe tinha de cozinhar para mim a mesma coisa durante o resto da semana. Certa vez eu não quis usar um horrível vestidão com flores que vovó deve ter encontrado no meio do lixo ou deve ter arrancado das coisas de tia Lída. Mamãe caiu na minha pele de tal modo que papai deu-me uma surra, e então precisei usar aquele troço na escola todos os santos dias, até que eu consegui derramar nele, na cantina da escola, um pouco de molho de tomate com macarrão.

Quando nos deixou, não podia punir-me mais, até porque nem lhe interessava mais, eu nem representava nada, e ele já estava todo satisfeito com aquela sua mulher-palito. E tentava explicar que a culpa não tinha sido dele, mas de mamãe, porque ela não cuidou dele direito e tinha aquelas maneiras rudes com as quais ele não podia acostumar-se. E, além de tudo, ela fumava. Disse-me que necessitava de um pouco de paz, ar puro e alguma satisfação na vida. E, afinal de contas, de um pouco de atenção. Ambos precisávamos, explicou-me, porque minha mãe freqüentemente nos deixava sozinhos para sair com uns amigos depois do trabalho, em vez de vir para casa. Aparentemente, ele era obrigado a cozinhar alguma coisa para o meu jantar, assim, na última hora, mas eu era muito pequena para poder lembrar, segundo ele. Ele dizia que mamãe não tinha noção de ordem, e que ele não conseguia entender como uma pessoa assim era capaz de cuidar dos dentes alheios de modo adequado. Isso sem falar que os interesses deles eram completamente diferentes. Mamãe não gostava de jogar tênis ou de esquiar; bom, devo ter reparado que ela parecia um elefante sobre esquis, e ela não se interessava por história. Ele contou-me, dezenas de vezes, que aquilo não era um lar, mas um lugar de gritaria e gemidos. "A histeria dela começou a me afetar, e você passou a ser afetada também. Na verdade, você vai levar a vida toda tentando recuperar-se disso."

No começo, eu tinha o hábito de tentar dizer algo interessante. Até disse a ele que sentia falta dele. Mas depois compreendi que ele tinha sido realmente mau com mamãe e comigo, e tentei dar um chega-pra-lá nele assim que pude. A tal mulher-palito largou dele também, no ano passado. Pensei que ele poderia voltar para nós, mas não voltou.

Agora está doente. Mamãe acredita que ele esteja mal. Ele não nos olha mais fixamente, como fazia antes, mas ainda me assusta. Eis aí por que eu vesti esta roupa ridícula e nem mesmo usei um delineador para os olhos. Eu estava tão sóbria que quase subi voando as escadas até o apartamento dele; masquei um chiclete de menta para que ele não soubesse que fumei o último cigarro diante do prédio dele.

Não comprei para ele rosas e nem mesmo roubei algumas no parque. Por que eu deveria?

— Oi, papai — eu disse, quando ele abriu a porta. — Vim fazer as suas panquecas.

Capítulo Três

1

Não quero ficar com minha filha esta noite, de modo algum. Lucie telefonou-me esta tarde para dizer que estava regressando do outro lado do planeta e queria ver-me.

Liguei para Jana, que surpreendentemente estava em casa, e disse a ela que, esta noite, chegaria em casa um pouco mais tarde. Ela quer saber aonde vou, mas eu não entro em detalhes; apenas digo a ela para que estude matemática e advirto-a de que tomarei a lição quando chegar em casa.

Vou com Lucie a um restaurante num castelo; é um lugar caro, mas ela convidou-me, a mim, pobrezinha. Está queimada de sol, ficou quase um mês na Califórnia, viu o oceano Pacífico, que eu jamais verei. Ela afirma que faz tanto frio naqueles lugares quentes que a névoa se ergue da superfície e cobre as águas e a praia. Ela apanha uma caixa de fotografias dentro da bolsa a tiracolo que sempre carrega; nas fotos vêem-se casas e até mesmo o Golden Gate saindo da cerração como de um conto de fadas — os cabos que suspendem a ponte brilham com gotas de água condensada como os fios de uma teia de aranha monstruosa. Minha amiga também esteve no deserto e aqueceu-se no lugar mais quente do planeta; trouxe-me fotos coloridas de rochas e flores que iluminam as dunas de areia durante o dia e, depois, fenecem no calor. Há também fotos de cactos, mas são do jardim botânico de Berkeley, que eu também jamais chegarei a conhecer.

Pergunto-lhe como vivia lá.

É fantástico. Uma terra fantástica para uma curta estada, devido ao lazer. Isso é algo que lá as pessoas adoram mais do que o motivo pelo qual freqüentam igrejas, e os que trabalham com lazer têm os empregos mais bem pagos.

Existe algo que sei sem que tenha viajado pela metade do mundo, nem preciso olhar longe de mim: minha irmã canta algumas canções chorosas por mês e ela é rica, se comparada a mim, que me esforço apenas para aliviar a dor das pessoas.

— E o seu correspondente anônimo? — lembra-se Lucie.

— Meu anônimo é praticamente o único que me é fiel.

Lucie quer saber se tenho alguma suspeita. Eu deveria ser cuidadosa, adverte-me, e levar as cartas à polícia. E, definitivamente, eu deveria carregar um *spray* com gás lacrimogêneo.

À polícia não vou, porque tomariam meu tempo com algum depoimento escrito. Não parece que procurariam um desconhecido que nem me atacou ainda. E receio que eu não seria capaz de espirrar gás nos olhos de alguém.

Pergunto-lhe se ficou sozinha o tempo todo. Essa era a indagação que minha amiga estava esperando; pegou algumas fotografias nas quais um jovem de cabelos negros crespos, certamente um mestiço, está lhe passando os braços pela cintura

dentro de um luxuoso conversível, sorri mostrando a denta-
dura branca e exibindo os bíceps. Deve ser pelo menos duas
piscadelas de Deus mais jovem do que ela. Isso, porém, não a
incomodava. Há muitas outras fotografias dentro da caixa.
Nelas não está mais o belo moreno, mas esqueletos cobertos
de pele negra, crianças de olhos grandes e abdomes inchados,
as mãos estendidas segurando pratos com uma sopa qualquer.

— Estas são de Ruanda, misturaram-se todas — explica-
me ela. Retoma as fotos e enfia-as dentro da bolsa. — E você?
— indaga.

Vejo um quarto abarrotado de livros, um rapaz que me traz
rosas corre nu pela casa atrás de um cinzeiro, e que pouco antes
fez amor comigo, ternamente. Poderia mencioná-lo, teria apreciado falar a respeito dele, mas Lucie por certo quereria ouvir
pormenores, aqueles mais íntimos, claro. Sempre falávamos
disso, ríamos dos colegas que se faziam de machões e, que na
hora de mostrar a virilidade apagavam, e tudo o que lhes res-
tava do orgulho era um minúsculo verme. Mas eu não quero
entrar em pormenores; envergonho-me de ter sucumbido e de
que os meus sentimentos ainda tenham o melhor de mim.

Calo-me, mas ela afirma:

— Espere só, o amor tardio ainda vai pegar você. — E
começa a falar da sensualidade daquele moreno de cabelos
crespos. Ouço-a e penso no meu, que não tem bíceps algum,
nem cabelos escuros crespos, mas que talvez me ame mais que
por um instante fugidio. Prometeu esperar-me amanhã. Aonde
iremos? Não posso levá-lo para casa. O mais provável é que
sentemos em algum bar. Mas e depois? Poderemos ir a um
parque, Petrin ou Šarka, onde estivermos bem. Faz vinte anos

que não penso em fazer amor em parques ou bosques nos arredores de Praga. Naqueles tempos, eu nem parava para pensar se estaria bem ou não, fazia amor na chuva e até mesmo na neve. De modo muito interessante, a neve não enregelava, mas me aquecia o traseiro. Hoje teria medo por causa dos meus ovários e rins. Não quero fazer amor num gramado coberto de bosta de cachorro ou sentir que alguém nos espia dos arbustos. Podemos ir ao meu consultório, é claro, fazer amor na cadeira de dentista ou no sofá da sala de espera.

O vinho que estamos tomando é forte e bom, sobe-me à cabeça e expulsa todas as minhas preocupações.

Percebo que alguém acena para mim do outro lado do restaurante. Um rosto conhecido que não consigo situar — cabeça quase calva, alguns chumaços laterais de cabelo grisalho. Talvez algum dos meus pacientes. Então, o homem levanta-se, já está bastante bêbado, caminha em minha direção com passos vacilantes.

— Olá, Kristýnko! Você não mudou nada.

Não consigo chamá-lo pelo nome, não posso dizer-lhe que ele também não mudou nada e, por isso, não consigo reconhecê-lo. Digo-lhe apenas: Olá.

— Não irei atrapalhar — promete. — Apenas desejei cumprimentar o meu ex-grande amor.

— Não é de bom-tom dizer a uma dama que algo ocorreu há muito tempo — admoesta-o Lucie.

Mas, realmente, foi há muito tempo, eu digo, lembrando agora do homem que me forçou a fazer um aborto. Perdeu o rabo-de-cavalo preto, tornou-se calvo, mas ainda assim fez carreira; leio às vezes a respeito dele, é um especialista em drogas e lida com gente jovem. Mas, desde o tempo em que obrigou-me a sacrificar um inocente, não me importo com ele.

Repete-me, uma vez mais, que continuo linda, na verdade mais linda do que antes. Arrasta uma cadeira até à nossa mesa e começa a desnudar-me com os olhos, como era seu costume, e depois anuncia que trabalha no ministério e faz conferências sobre a nova lei antidrogas. É contrário à transformação da posse de drogas em crime; é um liberal e deseja influenciar a juventude através da cultura. Continuou com o falatório, e foi me despindo toda, o educador.

— Você tem filhos? — interrompo-o.

Assentiu com a cabeça.

— Por que você pergunta?

Imbecil. Pergunta-me por que pergunto. Vai ver não conseguiu arrastar uma outra ao consultório e por isso tornou-se pai.

— Tenho dois garotos — declara quase orgulhoso. — E você?

— Tenho uma filha — digo. — Eu poderia ter duas, mas aquele que me fez a primeira não me deixou tê-la, o criminoso.

Ofendido, levanta-se, afirma que não desejava incomodar e afasta-se. Mas ele já acabou com o meu bom humor.

— Os homens são todos nojentos — esforça-se Lucie em solidarizar-se comigo. — Aranhas e homens. Só que as aranhas são inofensivas.

É quase meia-noite quando saio do metrô. Sou horrível, deixei minha filhinha novamente só. Quase saio correndo.

Surge um homem na esquina de nossa rua, sai da entrada escura de um prédio, barra-me o caminho, estica o braço, como se quisesse apertar-me a garganta. Estremeço. "Ei, dona, arruma aí uma nota de cinco. Não tenho onde dormir." Balança tanto que precisa apoiar-se na parede. Não está bêbado ou drogado, e sinto um alívio. Este não é o meu anônimo, não quer matar-me; este é um sem-teto qualquer. Tiro o porta-níqueis e derramo todo o meu troco na palma da mão dele.

Ele fecha a mão, sequer agradece, e afasta-se imediatamente.

Quando chego à porta de meu apartamento e tento destrancar a porta, as mãos tremem e sou incapaz de enfiar a chave na fechadura. Tenho a impressão de ouvir passos atrás de mim e até uma respiração agitada, mas, quando me volto, não há ninguém atrás de mim.

Dentro está tudo escuro e silencioso. Tranco a porta, coloco a corrente de segurança, coisa que eu nunca fiz antes.

Abro a porta do quarto de Jana e ouço uma respiração sonora. Algo tem um cheiro peculiar, mistura de água-de-colônia, repelente de insetos e incenso. Nem sei desde quando minha filha se tornou fã de incenso, mas esse odor doce, penetrante, parece querer encobrir algum outro cheiro. Conheço isso, eu também agia assim, quando fumava um cigarro dentro de casa e não havia tempo para ventilar o ambiente antes que papai chegasse. Tenho vontade de dar uma boa sacudida em minha filha e perguntar-lhe o que houve aqui, e o que pretende ocultar-me, mas ela negaria tudo. Há um papel rabiscado sobre o criado-mudo. Leio a primeira frase: "Um triângulo é a intersecção de três planos." Não é um recado para mim. Ou talvez seja: *veja que mãe preguiçosa você é: eu aqui, me matando de estudar, enquanto você se diverte por aí.*

Isto é algo que papai esqueceu em meu sonho. Uma filha relapsa, esposa horrível e mãe imprestável.

2

Pego no sono rapidamente e meu ex-marido depressa abre caminho em meu sonho. Estamos indo para uma montanha qualquer, onde ficaremos num chalé de madeira. Ainda somos jovens, levávamos Jana, mas a deixamos sozinha no chalé e subimos pelos morros por uma trilha estreita. Num certo momento, precisávamos segurar-nos em grossas cordas que pendiam sobre as nossas cabeças. Tinha medo, enquanto fiquei pendurada sobre o abismo, porque as cordas estavam apodrecidas e, depois, uma das cordas rompeu-se, segurei-me com a mão direita e fiquei dependurada sobre o abismo. Pedi ajuda ao meu marido, chamei-o pelo nome, mas ele havia desaparecido, não estava mais ali comigo, e eu, horrorizada, olhava como os pinos que prendiam as cordas estavam se soltando das rochas. Comecei a gritar e então pensei em minha pequena Jana: o que será dela, quem cuidará dela se eu afundar no abismo?

São quatro horas da madrugada e lá fora ainda está escuro. Minha camisola está ensopada de suor, sinto a garganta ressecada.

Levanto-me, vou descalça até à cozinha, a geladeira está rangendo e sacolejando, deveria consertá-la, deveria fazer tantas coisas, consertar, arrumar; mas então apanho uma garrafa de vinho e encho um copo para mim.

Quando meu marido vai parar de abandonar-me, de desaparecer, enquanto fico pendurada no abismo?

Volto para a cama e procuro pensar em algo positivo. Certa vez, quando estava deprimida, perguntei a meu marido por que razão a gente vive.

Ele olhou-me apavorado, como se a pergunta sinalizasse a minha inferioridade, mas depois acabou respondendo. Na verdade, sequer vivemos, porque a duração de nossas vidas é tão insignificante, se comparada ao tempo cósmico, que se torna, de fato, insignificante. E, aqui, algo insignificante é como se inexistisse.

Uma resposta interessante à minha pergunta. Vivemos como se nem mesmo existíssemos. Deus criou o universo e nem mesmo sabe de nós; somente nós pensamos saber algo a respeito d'Ele. Somos insignificantes, e ainda assim podemos fazer o mal. Podemos, inclusive, matar, o que fazemos constantemente, ou pelo menos é isso que os homens fazem pelo mundo afora.

Mas as pessoas gostam de deixar um legado. Papai, na juventude, acreditava que estava ajudando a plantar um novo Jardim do Éden, embora tenha esquecido, depois, que o solo de que brota a vida é o amor; por outro lado, o seu jardineiro-chefe apregoava o ódio e, em vez de criar o tal jardim, pavimentou o solo para construir um pátio de execuções. Jamais reconheceu, mas perto do fim da vida deve ter percebido o quanto se havia enganado. E não construiu uma casa, ou plantou uma árvore que gerasse algo; não tinha para isso nem tempo nem índole. Mas, de quando em quando, trazia para casa objetos supérfluos; nem sei onde os arranjava; certamente durante os confiscos de que participava. Trouxe uma caixa de moscas para isca, embora jamais pescasse; trouxe livros em idiomas que não entendia; presenteou mamãe com uma caixa repleta de tecidos de algodão cinza. Quando morreu, a caixa estava lá ainda. Sobrou tanta coisa que, se amarrássemos as pontas e esticássemos, daríamos a volta ao mundo.

Qual será o meu legado? Seguramente pontes para dentaduras, material para obturações, próteses e, nos meus anos finais, se conseguir arrumar tudo, excelentes pontes para dentaduras, obturações e próteses. Também uma filha que não estou conseguindo criar de modo adequado. Mas o que restará após o décimo ou centésimo piscar de olhos de Deus, quando todas as palavras tiverem sido esquecidas e, entre os vivos, não houver ninguém para lembrar-se de minha aparência? Quem examinará fotografias em decomposição, se restarem algumas?

Talvez os rastros de atos de amor remanesçam, ou, ao menos, as suas repercussões. Talvez alguém, alguma espécie superior de justiça, contabilize em quantas gotas alguém conseguiu diminuir a dor no mundo. Foi o que eu fiz também, pelo menos na boca das pessoas; as doenças do espírito não consigo derrotar, nem mesmo as minhas próprias.

O dia começa a clarear lá fora, olho pela janela, as ruas ainda continuam desertas, os corpos metálicos dos automóveis estão úmidos; na calçada em frente, um bêbado solitário cambaleia — quem sabe se não é aquele a quem, à meia-noite, presenteei com um punhado de moedas.

Pego a caixa com os cadernos de papai e folheio-os; procuro para ver se não me deixou alguma mensagem. Mas a maioria das notas é aborrecidamente insossa, uma espécie de conjunto de palavras, frases e referências a atividades cotidianas, a respeito daquilo que ele havia comido, visto ou dito. Comprou botas novas. Foi a uma partida de futebol. Mandou consertar o aparelho de rádio. Foi ao dentista! Presidiu uma reunião na cooperativa Luva Rubra. Quase nada a respeito de pessoas. Por sorte, talvez.

Mas encontrou-se com o amigo, o camarada P., com o qual passou dois anos no campo de concentração, e trocaram lembranças. *Aqueles últimos dias foram os piores. Não havia mais comida. Nem mesmo distribuíam pão, mas as execuções prosseguiam e os SSs organizavam o transporte de pessoas. Recordamos como, naqueles dias, olhávamos para o céu, então já controlado pelos Aliados; mas de pouco adiantava, se em terra os alemães continuavam governando. E a fome era terrível. Já havíamos engolido o último pedaço de pão e, além da água, não havia mais nada para mastigar, não tínhamos força para erguer-nos dos catres, não pensávamos em nada mais do que em comida e se os soviéticos chegariam a tempo de encontrar-nos vivos. Também podíamos ouvir o ribombar da artilharia que se aproximava. Estavam bastante próximos.*

Imagino aquele jovem: meu pai, em uniforme listrado de azul e branco, deitado em alguma barraca escondida, emaciado, faminto, à espera. Sabendo que os próximos instantes decidirão se continuará vivo ou não. Como o paciente que deita na mesa de operação. Antes de adormecer, o paciente ainda tem esperança de que a sua vida esteja confiada a pessoas que desejam salvá-lo. Papai estava deitado sozinho no catre e o que lhe dava esperanças era o tiro dos canhões, o que me assustaria mortalmente.

Então, os soviéticos chegaram, em todos os pára-brisas dos caminhões empoeirados enormes retratos de Stalin, a foice e o martelo; foram resgatá-los, deram pão, peixe defumado, uma sopa de beterraba chamada *chtchi*, vodca, salvaram-nos e deram-lhes uma visão que parecia predeterminar como seriam os anos seguintes. Para ele, para mim, para a minha terra, para o mundo inteiro.

Informei ao camarada P. que Ilsa Kochová, aquele monstro da SS, morreu, a bruxa de Buchenwald, que colecionava luvas e capas de livros feitas com a pele de nossos camaradas torturados até à morte, que também possuía cúpulas de abajures de pele humana, aquela fera enforcou-se com as próprias roupas na cela. Uma pequena satisfação, ao menos, para todos aqueles que ela havia torturado.

Lembro-me que papai contava-me sobre essa pervertida. Para ele, não passava de um monstro da SS. O monstro, porém, somente poderia comportar-se dessa forma, porque um poder monstruoso havia dividido a humanidade em humanos e subumanos. Os subumanos podiam ser enjaulados, torturados e envenenados — sem julgamento e sem piedade. Quantos monstros fizeram, entre nós, coisas parecidas nos últimos anos, com a aprovação de papai, ou pelo menos com o tácito consentimento dele? Quantas pessoas foram torturadas até à morte por eles? Não faziam cúpulas de abajures com pele humana, mas as cúpulas não eram essenciais.

O que teria se passado na mente de Ilsa, quando atava um nó com as próprias roupas? Teria ela entendido alguma coisa a respeito de si, ou simplesmente sentiu um vazio e a falta de esperança para o seu destino?

Todos temos, de vez em quando, falta de esperança; mas não ficamos suficientemente decididos.

Levanto-me e vou espiar Jana. Evidentemente, dorme. Retorno ao meu quarto e aos cadernos de papai. Ocorre-me verificar se ele anotou como eu quebrei o vaso que lhe era muito caro. Quantos anos tinha eu na época? Não freqüentava a escola, ainda; devia ter cinco, no máximo seis anos.

O vaso era grande e eu o considerava lindo. Era de um azul-índigo, e na lateral havia a figura de uma ninfa esvoaçante. Jamais eu havia visto uma única flor dentro do vaso. Subi no aparador, a ninfa sorria-me daquela altura e atraía-me para junto de si. Depois coloquei-o numa cadeira junto ao aparador e, através do cristal do vaso, eu observava o recinto, que escureceu como um céu noturno.

Certa vez, quando estava sozinha em casa, ocorreu-me a idéia de despejar água dentro do vaso e observar se a água também se tornaria tão azul. Eu segurava aquele objeto de cristal fantástico nos braços do mesmo modo que mamãe me segurava quando eu chorava ou quando um cachorro desconheido me molestava. Era estranho que aquele vaso não estivesse gelado, mas transmitisse certo calor, um calor azulado. Fui à cozinha e abri a torneira de água quente. O vaso enchia-se de água lentamente, água que se tornava azul, e saía vapor dela. Então, ouvi um ruído singular, jamais havia escutado um som como aquele, o ruído de cristal que se estilhaça. O vaso partiu-se em dois em minhas mãos. Até hoje recordo-me daquele terror em que tentei, naturalmente em vão, juntar as duas partes do vaso.

Papai interrogou-me primeiro. Por que havia tirado o vaso e o que desejava eu fazer com ele? Por que enchi o vaso de água quente? Teria noção do mal que havia feito?

Depois, ele me bateu. Eu gritava e prometia que compraria um vaso novo para ele quando eu fosse adulta, que compraria dois vasos lindos.

Quando comecei a ganhar o meu dinheiro, realmente visitei alguns antiquários, até encontrar um vaso de cor semelhante ao que fora quebrado há tanto tempo e, em vez de uma ninfa, voava um pássaro na lateral do vaso.

Dei o vaso a papai de presente de Natal. "Você enlouqueceu?", ele repreendeu-me. "Para quê preciso de vaso, se eu jamais compro flores?" Ele já havia esquecido há muito do vaso quebrado, não lhe interessava, não lamentava por ele e, no passado, apenas quis dar-me conhecimento da coisa terrível que eu havia feito.

Folheio os cadernos do final dos anos 1950, não encontro qualquer referência ao vaso quebrado; ou não há mesmo ou deixei passar. Em compensação, encontro uma certa camarada V. V. que aparece reiteradamente em suas anotações. Em certas passagens também como W., ou ainda como Veruška. *Vi W. Falei com ela a respeito de flores para o Dia Internacional da Mulher...Fomos assistir ao filme* Balada de um Soldado. *W. chorava...Consertei a máquina de costura de W.* Sem mais pormenores. Era cuidadoso. Sabia que o que quer que escrevesse poderia ser usado contra ele. Ainda assim, tive a impressão de que estava me intrometendo, enquanto lia; deveria colocar os cadernos de volta na caixa, papai está morto, por que preciso eu saber de seus segredos e pecados?

Por fim adormeci.

3

Lá fora é um claro dia de maio e sabemos que tudo deve estar florescendo. Contento-me com as fragrâncias que chegam até mim de jardins próximos, mas os alérgicos devem estar desesperados; minha filha, que acordou cedo, também se queixava que lhe ardiam os olhos.

Está de volta à escola. Fez uma prova de matemática e tirou nota insuficiente. Perguntei-lhe se sabia que seria reprovada. Disse que sabia.

Sim, mas e daí?

Não ganharia a vida com matemática.

Poderia dizer-me, gentilmente, como ganharia a vida? Não espera que eu a sustente a vida toda?!

Não devo preocupar-me, ela vai se virar com a vida dela! Talvez até melhor do que eu!

É insolente, mas o que posso responder, se eu mesma não sabia o que fazer da minha vida? Tentei explicar-lhe que, se não conseguisse ao menos diplomar-se, o máximo que poderia conseguir na vida seria tornar-se uma vendedora ou cabeleireira.

Disse-me, desafiadora, que faria com gosto um curso para cabeleireira. Que era a vida dela e eu não devia preocupar-me.

Enquanto estava sentada no metrô, duas garotas com a mesma idade de Jana estavam em pé diante de mim; pareciam-me limpas, por dentro e por fora, sem maquiagem, sem piercings no nariz ou nas orelhas. Por que a minha filha não podia ser assim?

Estou cansada e sonolenta, mas, por sorte, tenho apenas uma pequena cirurgia pois, quando o dia está tão lindo, as pessoas não têm vontade de ir ao dentista, e eu poderei cochilar um pouco na sala de raios X.

Após o consultório, não posso ir para casa; preciso ir à marmoraria encomendar uma inscrição na lápide do túmulo, comprar uma urna para as cinzas de papai, ir até o cemitério e marcar o funeral. Semana que vem, todos os beneficiários devem comparecer ao tabelião público para dividir entre nós o que papai deixou. Trata-se de um procedimento desnecessário, porque tudo o que restou foram roupas velhas, inclusive uniformes da milícia popular, uma cama e a caixa com os manuscritos. Também um pôster do grande líder dos proletários, Lenin. Minha irmã deve comparecer ao tabelionato também. Ainda assim, ela não deseja lidar com coisa alguma; estará lá para ver a urna ser sepultada, e eu devo resolver tudo antes.

Um dia, quando minha irmã tinha 16 anos, ela chegou em casa em estado lastimável; hoje eu diria que embriagada, pois naquele tempo drogas entre nós eram coisa rara; por isso, provavelmente devia estar bêbada. Despiu o longo vestido plissado que usava nas aulas de dança e colocou meu disco do Cream, escolhendo uma música romântica. Eu fizera amor ao som dela várias vezes. Se fosse eu que tivesse posto a música, papai teria por certo protestado por não ser politicamente correta; mas minha irmã tudo podia, porque era fraquinha e doentia. Por isso, ela colocou aquela música romântica e começou a contorcer-se; aquilo nem era dança, mas um transe extático em que começava a fazer previsões do nosso futuro, inclusive o modo pelo qual morreríamos. Profetizou o câncer de papai, a apoplexia de mamãe sem doença alguma, e que eu daria fim à minha vida pelas próprias mãos.

— Como? — eu perguntei, aterrorizada.

— Com as próprias mãos — respondeu. — Nada mais sei. Não é nada sangrento. Eu a vejo deitada, bela e pálida, como se estivesse coberta de geada, talvez esteja congelada, mas você está deitada sobre algo verde. Talvez um gramado ou um carpete.

— E você? — ocorreu-me. — A seu respeito você não diz nada?

— Não sei. Profetisas não são capazes de adivinhar nada a respeito de si próprias. Talvez eu não morra nunca — ela concluiu, sorrindo.

Nossos pais, petrificados, ficaram calados, e eu lhe disse:

— Você está bêbada e confusa.

Papai morreu de carcinoma pulmonar. Mamãe ainda está viva, mas a pressão arterial dela sempre sobe muito acima do normal. Minha irmã, como ela imagina, não morrerá jamais, e eu já refleti muitas vezes a respeito do suicídio, da auto-extração, mas não me decidi jamais pelo ato em si.

Não desejo ir à marmoraria, ao cemitério nem ao tabelião. Não me agradam funcionários, quaisquer que sejam, que se sentam junto a escrivaninhas ou junto a guichês. Homens sabem lidar com burocracia, são bem habilitados para isso, não caem no choro diante das pessoas atrás de guichês. Mulheres deveriam preocupar-se com as compras, mas eu sou uma mulher incomum, nem fazer compras me agrada, odeio supermercados e lojas, onde desejam convencer-me com músicas viscosas de que o que eles vendem é tudo de que necessito para ser feliz. Passo voando pelas lojas, compro o mínimo necessário e saio depressa. Escolho sapatos nas vitrines, se me agradam; caso contrário, vou-me embora. Ocorre a mesma coisa com as roupas. Quando vendedores barulhentos me assediam com seus andrajos, é como se tivesse diante de mim uma fila de enforcados. Pendurados ali, estão sem cabeça, que lhes foi cortada para que não perturbassem, uma vez que cabeças neste mundo nada têm para fazer. E como enforcados despertam-me pavor, afasto-me rapidamente.

Não tenho marido, talvez tenha um amante. Da última vez que nos falamos, perguntou-me o que eu faria no final de semana. Disse-lhe que o dedicaria à minha filha. Animado, contou-me que iria a Brno para participar de um seminário e que estava terminando o texto de sua apresentação. Eu perguntei a ele qual era o tema do seminário. Afirmou que era uma tentativa de explicar como e por que as pessoas acabam se subordinando aos criminosos. Está orgulhoso por apresentar um trabalho. Incomoda-o o fato de não ter formação superior e, algumas vezes, ocorre-me a idéia de que se sente atraído por mim porque pode fazer amor com uma senhora doutora. Como se tivesse importância especial a quantidade de anos que alguém leva para adquirir conhecimentos que geralmente não têm finalidade alguma.

Antes de deixar o consultório, telefono para casa, mas ninguém atende. Onde é que se meteu aquela criatura que ora me adula, ora teima comigo, e quase seguramente me engana? Pareço uma idiota crédula; cada um que me conhece acaba me traindo. Mas não tenho para quem me queixar. Cada um de nós constrói o próprio destino — ao menos, até certo ponto.

A marmoraria fica exatamente ao lado da entrada do cemitério. A senhora atrás do balcão tem um aspecto *art nouveau* que combina com o seu negócio, exibindo a apropriada gravidade para lidar com os recém-enlutados. Registra no computador o nome de papai e os dados a serem gravados na lápide. Depois recebe de mim uma quantia em depósito e entrega-me um recibo.

Enquanto estou ali, pergunto a respeito das urnas, e ela mostra cinco tipos distintos, cuja diferença está mais no preço do que na aparência. Como se importasse muito o aspecto da urna que será enterrada. Escolho a mais barata, que ainda assim é cara. Não sei quanto custavam as urnas antigamente, mas os preços subiram, como os de todas as coisas, do berço ao túmulo. Agora as pessoas devem pagar pelo tratamento dentário. Se você tem talento e determinação, pode ganhar dinheiro suficiente para adquirir inúmeras urnas até o final de sua carreira de dentista.

— A senhora estaria interessada também em adquirir uma lâmpada ou um vaso de flores? — ela me pergunta.

Não estou interessada em lâmpada alguma — mas e o vaso? Recordo-me do incidente de minha infância e de como havia prometido a meu pai que lhe daria dois vasos; cumpri a promessa pela metade apenas. E promessas devem ser cumpridas, ainda que tardiamente.

Dou uma olhada nos pesados vasos de pedra e metal na vitrina. Há também vasos comuns de cerâmica, explica a senhora que está atrás do computador, mas os maciços são preferíveis. Os mais leves podem ser facilmente derrubados pelo vento, ou furados pelos pássaros. Ladrões também furtam mais os de cerâmica e metal. A melhor coisa é colocar correntes e cadeados em tudo, mas ali eles não vendem correntes.

Não sei se um desses vasos lembra aquele que eu quebrei. Esqueci-me do formato dele; consigo lembrar-lhe da cor.

— A senhora tem um vaso azul? — pergunto.

Ela exibe um vaso que é mais cor de ametista do que azul, mas no fundo a cor não importa. Nem mesmo o azul mais brilhante poderá agradar a papai agora. Escolho o vaso ametista e cumpro, assim, uma promessa distante. Uma promessa maluca e uma compra maluca.

Ligo para casa e ninguém atende de novo. Há um terminal de ônibus ali perto e uma das linhas poderá levar-me lá onde mora o meu ex-marido, agora um doente terminal.

Uma hora e meia mais tarde, toco a campainha. Leva algum tempo até que eu possa ouvir passos arrastados. A porta abre-se e minhas narinas são invadidas por um odor de quartos não-ventilados, mofo e urina.

Meu único e ex-marido me olha como se não me reconhecesse.

— É você, é?

— Posso ir embora novamente, se estiver sendo inconveniente.

— Não, não. Estou contente que você tenha vindo. — Está visivelmente mudado. Usa o roupão azul-escuro que lhe comprei no Natal, há muitos anos. Naquele tempo ainda tinha ombros largos e músculos; todas as manhãs fazia exercícios para fortalecer a musculatura e corria em volta dos muros do cemitério judaico novo. Agora, o roupão fica pendurado nele como num espantalho. O cabelo rareou e está grudado em tufos cinzentos sujos. Segue o meu olhar e afirma:

— Lamento, devo estar com uma aparência horrível.

A voz, cujos tons translúcidos excitavam-me com o seu calor e colorido, agora está fina e sem vida.

— Não, você parece melhor do que quando estava no hospital.

Pede-me para que eu me sente e arrasta-se até a cômoda. Noto que o grande relógio com pêndulo, pendurado junto à cômoda, uma das poucas coisas que pediu de nossa casa em comum, está parado. Mostra precisamente meio-dia ou meia-noite. Estou surpresa. Ele sempre fazia questão que o relógio marcasse a hora certa.

Ele percebe o meu olhar.

— Parei o relógio. Seu tique-taque me dava nos nervos. — Abre a cômoda e tira uma garrafa de vinho tinto barato. — Alguém trouxe-me isto, mas não me deixam beber. Abrirei para você.

Sacudo a cabeça. Não me sinto à vontade para beber diante dele.

— Você já jantou?

— Nem almocei ainda — comenta. — Não tenho apetite e não tenho nada para comer.

— Quer que eu lhe prepare algo? — Vou à cozinha e abro a geladeira. Não há nada ali, exceto um pouco de queijo ralado ressequido e algumas batatas cruas murchas.

— Vou buscar alguma coisa no mercado.

— Fique aqui. Não tenho vontade de comer nada.

Sento-me diante dele.

— Como você está se sentindo?

Ele dá de ombros.

— Deram-me uns comprimidos, mas eles fazem sentir-me acabado. E como está Jana? — pergunta.

— Ela me disse que tinha vindo ver você e que fez algumas panquecas.

— É mesmo? — Parece surpreso. — Ah!, sim, é verdade. Ela esteve aqui — lembra-se por fim. — Ela tornou-se uma beldade mesmo.

Digo-lhe que a beldade provavelmente deverá repetir nos exames, que cabula as aulas, anda para cima e para baixo com más companhias e que provavelmente está fumando maconha.

Fita-me cansado e então pergunta:

— E você vai fazer o quê em relação a isso?

Sim — o que farei a respeito? Por um instante, uma antiga amargura renasce em mim. Foi isto o que ele sempre perguntou. Cada vez que a nossa menina tinha febre, quando ele engravidou-me de modo egoísta, mas não tinha a menor vontade de ser pai, quando o nosso apartamento foi roubado certa feita, todas as vezes que havia um encanamento rompido no banheiro do andar de cima, ele fazia a mesma pergunta: "E você vai fazer o quê em relação a isso?" Não o que *ele* faria, não o que *nós* faríamos. Um homem moderno, concluía eu naquele tempo. Pendura-se numa mulher, agrega-se a ela, menininho no regaço da mãe, que ali permanece até o momento em que se aborrece, até quando deseja mamar em outro lugar.

Infelizmente, compreendi isso tarde demais.

Não, não devo ser má, mesmo que ele tenha sido; agora que ele está ali sentado na cadeira, infeliz, abandonado, que sofre e receia o fim, como posso pensar em pedir-lhe um conselho ou esperar um sinal de interesse?

Digo-lhe que não sei o que farei com aquela adolescente, aconselhar-me-ei com alguém mais bem informado.

— Drogas. Nós não tínhamos essa espécie de coisa quando eu ainda lecionava — ele afirma. — Fumava-se apenas nos banheiros. Você não deveria fumar, não em casa. Você está dando um mau exemplo.

Por isso, ele dava a ela um bom exemplo. Não fumava, não bebia, exercitava-se cedo, escovava os dentes e não andava de sapatos dentro de casa. Depois arranjou uma amante e demonstrou à nossa garotinha que a decepção e o abandono fazem parte da vida.

— E o que você faz o dia inteiro? — pergunto, a fim de fazer a conversa voltar à única pessoa que o interessa ainda.

— Fico sentado assim. Às vezes leio um pouco, mas para quê? E a maior parte do tempo fico mesmo sentado e ouvindo.

— Você ouve música?

Meneia a cabeça.

— O que você fica escutando?

— O murmúrio do universo. Durante a noite, quando a rua fica livre dos veículos, posso ouvir o tempo fluindo através do espaço imóvel. Não é algo bonito. Essa é a razão pela qual deixei de dar corda no relógio. Era uma lembrança de que o tempo não pára de girar.

Não sei se ele está narrando realmente a sua própria experiência ou se está tentando brincar com as minhas emoções, ou ainda apenas repetindo algo que leu em algum lugar.

— Você não dorme à noite?

— Ora adormeço, ora desperto, seja dia, seja noite. — Sem lançar o olhar para mim, afirma: — Tenho medo de dormir. Isso é uma bobagem, porque não poderei escapar àquele instante, embora eu quisesse estar desperto.

O padre Kostka mencionou humildade e reconciliação durante a liturgia, outro dia. Deveria ter-lhe perguntado o que ele tinha em mente, quem sabe eu poderia ter dito algo reconfortante para encorajar meu ex-marido, que talvez acredite que possa escapar da morte, ou que a possa vencer, se não deixar que ela o surpreenda durante o sono.

— Não pense nisso! — digo-lhe, e isso me chama a atenção para o fato de que não é a melhor maneira de encerrar a minha visita. Portanto, indago: — Você se lembra da última vez em que o visitei no hospital? Lá estava um homem jovem: você o apresentou a mim.

— Não me lembro.

— Você disse que era um ex-aluno seu.

— Ah!, sim, agora eu me recordo. Por que você mencionou isso?

— Ele me telefonou para saber como você estava.

— Foi gentil da parte dele.

— Parece uma boa pessoa — eu disse, tentando fazer com que a minha voz soasse a mais desinteressada possível.

— E por que não seria? Jovens costumam ser bem mais despojados. Pelo menos alguns. Era um rapaz quieto, um pouco inconseqüente, mas interessado em história e nas estrelas. Conversávamos sobre o tempo. Certa vez, disse-me que estava interessado em astrologia e tentei explicar-lhe que isso era obscurantismo.

— Pode ser que não seja — disse em sua defesa.

— Sei que você também acredita nisso. Tentei explicar a ele que aquilo era pseudociência. Lamento ver que você, como médica, atribui importância a certas heresias, mas agora será difícil convencê-la.

— Fico feliz que você não queira convencer-me — disse, e despedi-me dele dizendo que esperava que ele se recuperasse logo.

Mas, eu, como médica, sei que para ele não há cura.

4

Manhã de sábado. Foi uma noite quente e dormi mal. Ultimamente, quanto mais durmo, pior fico. Acordo cansada. Fico tão cansada que, de noite, caio inconsciente, e mal venço esse torpor mortal e acordo de novo e, desperta, procuro em vão adormecer outra vez. Estou muito extenuada para dormir, tudo dói, meu corpo, as costas, as pernas, e os pensamentos. Preciso de um descanso. Preciso de um feriado à beira-mar.

O mar fascinou-me desde o primeiro instante em que pus os olhos nele.

Água é o meu elemento.

Virginia Woolf também adorava a água. *Eu podia ficar sentada o dia inteiro dentro do rio perdida em pensamentos. O pensamento se perdia na correnteza do rio. Entre reflexos e algas, eu boiava arrastada pelas águas...* escrevia ela assim. E também ela pôs um fim à própria vida dentro da água. O rio chamava-se Ouse.

Nádia, a esposa do tirano soviético, suicidou-se com um tiro. Diante do quarto onde a encontraram, sobre o piso, jazia uma rosa, caída de seus cabelos pouco antes.

Quatro anos atrás, viajei até o litoral com Karel, o segundo. Tínhamos um quarto reservado numa pousada e o mar estava ali, atrás das dunas. Nosso quartinho era pequeno, limpo, flores frescas sobre a mesa e flores pintadas nas paredes. Deitamos lado a lado, fizemos amor até o fim. Tratava-me sempre de modo gentil e amoroso, mas eu estava obcecada com a idéia de que ele me tratava da mesma maneira com que tratara todas as outras mulheres antes, e de que ele não tinha dificuldade alguma em declarar o seu amor a duas mulheres distintas. Certa noite, quando começou a falar-me de nosso futuro, de como estaríamos casados, finalmente tomei a palavra. Perguntei se ele não negaria tudo, se não diria que sou louca e que amava somente a mim.

Em vez disto, ele observou:

— Ah!, então você interrogou Eva.

Não vinha ao caso quem havia me contado das outras mulheres.

Abaixou a cabeça e, sem olhar-me, perguntou se eu desejaria saber dos detalhes.

Isso era uma coisa que realmente eu não queria.

Indagou-me se eu poderia perdoá-lo.

Disse-lhe que poderia perdoar, mas que não queria viver com ele.

Por um momento, ficou imóvel, depois levantou-se e saiu do quarto. Do lugar em que estava sentada, pude vê-lo subindo as dunas. O mar estava agitado e havia uma proibição para banhos. Karel II era epilético e não havia tomado ainda os seus comprimidos naquele dia. Nem sei se entrou no mar. Alguns anos antes, eu teria pensado que ele simplesmente aproveitara a oportunidade para fugir para o Ocidente. Mas, nos últimos cinco anos, não havia mais razão alguma para fugir para a liberdade; ele poderia estar fugindo de mim. Mas por que fugiria de mim, se eu disse a ele que não o queria? Poderia estar fugindo também de sua própria consciência, do desespero ou da solidão. Ou talvez tenha sido tragado pelo mar e pela morte. Eu deveria poder compreender isso. Cada vez que fico sozinha, num ponto isolado, observando o mar, me imagino nadando,

nadando para longe da praia, tão longe que não teria forças para retornar. A imagem de mim afundando era aterradora e sedutora. De qualquer modo, sei que não será a água que haverá de matar-me, porque sou do signo de peixes. Se morrer, se escolher minha morte, será pelo fogo.

É estranho que não tenham encontrado sequer as roupas dele na praia. Por muito tempo censurei-me por ter sido tão severa com ele. Entretanto, depois, assim como ele desaparecera do mundo sem deixar traços, também os traços dele começaram a fugir-me da memória. Pode ser que ainda esteja vivo e que tenha desaparecido para irritar-me por tê-lo rejeitado.

Parece que papai não só saía com V.V. ou W. como também teve um filho com ela. *W. recusou-se a ver a equipe médica ou o meu conhecido, o dr. H. Ficou furiosa e disse-me que não era uma coelha. Discutimos, mas ela não mudou de idéia.* V. saiu da cidade e encontrou trabalho em Chrudim. Desapareceu virtualmente da vida de papai, mas não da face da terra. Anos mais tarde, queixava-se em suas anotações de que os pagamentos mensais regulares que fazia a ela, *para manter vivo algo que não deveria existir*, o estavam exaurindo.

Ele sempre se refere à criança como algo, e não sei se é um filho ou uma filha.

Compreendi então que eu devia ter ainda um irmão ilegítimo. Isso me surpreendeu e fiquei assustada que algo assim pudesse ocorrer, sem que qualquer uma de nós suspeitasse — mamãe, minha irmã e eu. Em meio a que mentiras papai deixou-nos viver! Estupidamente, eu imaginava que, ao menos conosco, ele agira de modo honrado.

Fui tomar uma ducha, deixei a água escorrer com força total, quem sabe eu consiga lavar toda essa repugnância, esse cansaço, meus pecados reais ou imaginários.

Encontrei minha filha na cozinha: havia tomado banho e o café-da-manhã.

— Você vai a algum lugar?

— Vamos fazer uma manifestação contra o racismo em Staromák, no centro de Praga.

Pergunto-me quem se esconde por detrás daquele "vamos" e aparecem-me inúmeros nomes que não me dizem coisa alguma.

Elogio-a por se preocupar com o destino dos seus concidadãos, ao mesmo tempo encho-me de dúvidas: fariam uma manifestação tão cedo pela manhã?

Não, será à tarde, mas precisamos verificar se tudo está certo, ter certeza de que os *skinheads* não nos atacarão.

Imagino minha filhinha sendo surrada por um careca enfurecido, mas domino a minha angústia e não lhe peço que fique em casa.

— Quando você acha que volta?

Hesita por um momento:

— Mamãezinha, pensei em dormir no chalé de Katya.

— Você disse que iriam a uma manifestação...

— Sim, claro, mas depois eu...

— Depois você voltará para casa.

— Mamãe, lá é tão bonito. Você não quer que eu fique sentada em Praga, com um tempo tão lindo.

— Não quero que você esteja sabe-lá-deus-onde e com sabe-lá-deus-quem.

— Mas estou dizendo que ficarei com Katya no chalé.

— E quem mais?

— Bem, a mãe dela estará lá também.

— E ninguém mais?

— É um chalé pequeno. Na verdade, minúsculo.

— E a mãe de Katya vai com vocês?

— Claro, mamãe. Não conseguimos livrar-nos dela.

— E a respeito de estudar?

— Mamãe, nem consigo estudar neste calor.

— Como se você estudasse, no frio...

— Bem, realmente eu relaxei — ela reconheceu. — Mas agora é tarde demais, de qualquer jeito, não conseguirei terminar.

— Tarde demais é quando se morre.

— Mas as notas já estão dadas. É um fato.

Não quero ser uma genitora restritiva, repressora. Tive bastante restrições de papai em casa e nem creio que as tenha superado ainda. Mas o que será dessa menina, se eu não conseguir incutir nela algum senso de responsabilidade?

— Você não está me escondendo nada?

— Mas, mamãe...

— Não me engane, responda-me!

— Não estou escondendo nada de você.

— Você vai me ligar depois da manifestação para dizer como foi com os *skinheads*?

— Claro, se os carecas não me surrarem, ligarei do primeiro telefone!

— E se eu deixar você ir com a Katya, você estará de volta no máximo amanhã de tarde!

Em vez de fazer promessas, que geralmente não cumpre, enlaça-me o pescoço com os braços e diz-me que sou uma mãe fantástica. Em seguida, ela se enfeita com correntes e anéis de várias espécies, coloca maquiagem no rosto e sai de casa e, antes que chegue à porta da rua, já se esqueceu da própria casa e da mãe.

As recordações do dia aparecem-me, então.

Rego a seringueira e arranco duas folhas amarelas. Encho a máquina de lavar, lavo as janelas e tiro a poeira do aquecedor. Deveria cozinhar algo, mas não gosto de preparar coisas só para mim. Por um momento, penso em ir até a casa do meu ex-marido e pelo menos cozinhar-lhe alguma coisa, mas não me decido. Sou uma samaritana preguiçosa. Ligo para mamãe, para saber como ela está. Conversamos um instante sobre o tempo passado e ela conta-me os seus sonhos. Ouço-a pacientemente, sabendo que são os sonhos o que lhe resta, de modo crescente, agora que a vida tem pouco conforto e excitação a oferecer-lhe.

— E a Jana? — Mamãe quer saber.

Digo-lhe que ela foi a uma manifestação contra o racismo.

— E você deixou que ela fosse? Isso é perigoso!

Procuro esclarecer a mamãe que é preciso protestar contra as injustiças, mas não consigo convencê-la.

— Isso não é assunto para crianças — observa ela. — Você deveria ter ido com ela.

Talvez ela esteja certa, mas a idéia de enfeitar-me com correntes e ir gritar palavras de ordem faz-me rir.

Ouço as notícias ao meio-dia para saber que a polícia desmantelou uma quadrilha de traficantes, que uma paralisação está sendo organizada por caminhoneiros, professores e funcionários públicos, que oito pessoas morreram devido ao calor, embora não tenha compreendido onde, e que uma locomotiva incendiou-se em alguma ferrovia. Nenhuma menção a qualquer manifestação anti-racista. Ou nada sabiam a respeito ou não tinham interesse em divulgar. Pode ser que não haja nenhuma manifestação anti-racista hoje e que minha filha a tenha inventado somente para sair de casa o mais cedo possível.

Não ajuda pensar que ela tenha me enganado.

As pessoas mentem: papai mentiu para nós, meu ex-marido mentiu para mim, meu primeiro amor mentiu, por que minha filha seria diferente?

Ela não hesitou em falsificar a minha assinatura na escola e ainda se vangloriava de tê-lo feito muito bem. E eu gostaria tanto de acreditar nela, de acreditar em qualquer um, ou naquelas pessoas, ao menos, com as quais me importo.

Pego uma fatia de queijo, sirvo-me de um cálice de vinho, meu almoço não dura nem cinco minutos, e corro para o metrô.

A Cidade Velha está fervilhando, os turistas acotovelam-se diante do carrinho de um sorveteiro. Uma multidão, diante do relógio astronômico, no calor escaldante, aguarda os apóstolos que aparecem faça sol ou faça chuva. Não há ninguém para perguntar onde a manifestação anti-racista será realizada. Se fosse aqui, seria afogada em ondas de coca-cola e estaria perdida entre as hordas de pagãos, como os turistas são descritos por Mickey Mišák, que se arrancou para Brno e deixou-me à mercê dos pagãos.

Há gente demais; logo seremos seis bilhões, foi o que li faz pouco tempo.

Quando era universitária, costumava ir a Londres, graças ao perfil político inimputável de papai. Foi lá que tomei consciência pela primeira vez dessa massa de gente, desse universo cheio de seres humanos que desconheço, com os quais não falo e que não compreendo, e desde então tenho medo dessa massa, especialmente quando vejo pessoas tão apertadas umas contra as outras que seus ombros se tocam.

Posso ir até o memorial de Jan Hus, sentar-me nas escadas e esperar, posso voltar para casa e esperar e esperar — realmente o quê?

Aguardamos a salvação e ela distanciou-se de nós. Um verso atravessa-me a mente, nem sei de onde, da Bíblia talvez, ou quem sabe o tenha ouvido domingo na igreja, quando assistia à cerimônia de luto por meu pai.

As paredes das estreitas ruas da Cidade Velha oferecem alguma sombra e, para surpresa minha, encontro uma cabine telefônica vazia.

Coloco o cartão, hesito antes de discar.

Ouço uma voz feminina, não muito velha a julgar pela voz. A mãe dele não deve ser muito mais velha do que eu, e a minha voz não é de velha, pelo menos é o que me dizem.

Venço a tentação de desligar sem dizer uma palavra, apresento-me e pergunto pelo filho dela, por meu querido.

— Vou chamá-lo, senhora, espere um momento.

Na cabine faz um calor de rachar e o suor cobre a "senhora".

— Sou eu, Kristýna.

— Reconheci a sua voz, claro.

— Você não viajou ainda? — pergunto estúpida.

— Não, daqui a uma hora.

— E o que vai fazer enquanto isso?

— Estou fazendo algumas anotações.

Um momento de silêncio.

— O que está fazendo? — ele pergunta.

— Passeio por Praga. — E estou triste. Mas não digo a ele.

— Pensei que você tivesse dito que ficaria com sua filha.

— Ela saiu. Garantiu que iria a uma manifestação e que, depois, iria até o chalé de uma colega.

— E você está sozinha em casa?!

— Não estou em casa. Estou andando por Praga. Vim dar uma olhada nessa manifestação que não consegui achar ainda. O lugar está tão cheio que é impossível encontrar alguém, até mesmo uma manifestação.

— Você acha que poderíamos ficar juntos por um momento?

— Mas você sairá logo.

— Onde você está agora?

Disse que, de fato, numa cabine telefônica.

Ele quer saber para onde irei, depois de ter desligado, mas eu não sei.

— Então, ajude-me a encontrá-la.

— Você não terá tempo para isso.

— Mas não irei ao seminário, se for para ficar com você.

Fiquei emocionada com as palavras dele, fico sensibilizada que me dê precedência sobre qualquer coisa que seja importante para a carreira dele. Por um momento, não consigo falar, e digo então:

— Você está louco. Se ficar aqui, vai se arrepender.

Falamos mais um pouco e depois combinamos de nos encontrar diante do Teatro Nacional. Eu desligo.

Meu cabelo está grudado na cabeça, a blusa ensopada de suor, não tenho qualquer maquiagem, visto uma saia velha que uso em casa, não troquei de roupa antes de sair. O que me aconteceu — marcar um encontro com ele, e com esta aparência? Seguramente aborreceu-se, porque não foi a lugar algum por minha causa. Quem sabe tenha se arrependido.

Eu era péssima violinista, porque meu braço tremia quando eu tocava, embora meu braço seja quase sempre firme. Quando comecei a sair com o meu primeiro e único marido, sentia tremores. Antes de cada encontro, eu ficava aterrorizada com a idéia de que ele jamais voltaria. Eu sentia medo — embora fosse bonita, ou pelo menos os colegas me diziam isso, e Karel garantia que sim. Eu me apavorava de não ser do agrado dele, como se fosse minha tarefa ser ansiosa e medrosa pelo nosso amor. Jamais consegui apagar esse medo, mesmo quando sabia que já me havia tornado mais forte.

Se eu correr até o metrô, ainda terei tempo de dar um pulo em casa, tomar um banho e trocar-me. Posso tomar um táxi de volta. Por outro lado, poderia telefonar outra vez ao meu amado e dizer-lhe que vá ao seminário. Ou poderia convidá-lo direto para vir à minha casa.

5

Segundo o meu mapa astral, Plutão está passando pelo Sol — um aspecto fatal que vaticina uma reviravolta de peso em minha vida. É como se o meu trabalho no instituto me conduzisse nessa direção. Espero que a reviravolta não diga respeito à minha vida particular, mas é bem provável que diga respeito à minha vida inteira.

Há muitas pessoas que se sentem ameaçadas com as coisas que desvendo. Não estou querendo dizer que eu seja particularmente importante. Milhares de outros poderiam fazer o trabalho que faço. Qualquer um que levasse esse trabalho a sério e tentasse descobrir a verdade a respeito de tudo que aconteceu, ao invés de cobrir as pegadas, seria considerado uma ameaça. O diretor anterior, que tentou impedir que outros obstruíssem o nosso trabalho, levou um pontapé no traseiro, com todas as honras. Agora será a nossa vez, e sem honra alguma.

Em diversas ocasiões percebi que estava sendo seguido; sobretudo depois de ter marcado um encontro com alguém que poderia fornecer informações interessantes. Era impossível dizer se eu estava sendo seguido pelos agentes atuais ou pelos antigos. Pode ser que tenham sido os atuais, depois de terem consultado os antigos.

Jamais fui parado por eles. Se acontecia de eu ter um encontro num pub ou num café, eles tentavam sentar-se tão perto de mim quanto possível. Eu tornava o trabalho deles mais difícil, pois escolhia um lugar em que todas as mesas adjacentes estivessem ocupadas. Não sei que equipamento de escuta utilizavam, mas quatro anos de leitura a respeito da atividade deles ensinou-me que, se estivessem determinados a fazer escuta daquilo que eu dizia, seria muito mais difícil para mim despistá-los.

Ninguém me diz nada cara a cara. Por vezes, fico preocupado que esteja ficando paranóico.

Aqueles cujos informes estou estudando ou estão mortos ou fazem de conta que não têm coisa alguma a ver com aquilo. E quando o admitem, insistem que jamais feriram quem quer que fosse. E aqueles a respeito de quem os informes foram redigidos? Desapareceram, as águas fecharam-se sobre eles; todos desvaneceram em um local desconhecido. Ocasionalmente, no entanto, um milagre acontecia e as águas abriam-se uma vez mais — assim como ocorreu dias atrás. Ondrej veio perguntar-me se alguma vez cheguei a cruzar com um certo capitão Hádek nos arquivos.

Ondrej é meu superior imediato, mas somos mais amigos do que colegas. Compartilhamos inúmeros interesses. Ambos gostamos de jogos. Ondrej é muito bom em videogames e é também um excelente jogador de xadrez, tanto que foi apelidado de Aliékhin, o enxadrista russo. Jamais criou cobras, mas tem duas tartarugas em casa. Pode ser que ele seja mais realista do que eu. Ele sorri diante da minha crença em astrologia. Na opinião dele, o que não pode ser comprovado não existe — esta talvez seja a abordagem mais indicada em nosso trabalho.

Não conseguia lembrar-me de Hádek algum. Em que conexão teria aparecido o nome dele?

Ele explicou-me que esse homem era o responsável pelo interrogatório de muitos chefes de escoteiros, quem sabe até de meu pai. Meu amigo e chefe tentava descobrir, a partir de uma testemunha, se o capitão — aparentemente promovido a major, em seguida — ainda estava vivo. Seu nome verdadeiro é Rukavička.

O nome atraiu a minha atenção. As duas primeiras cartas fizeram-me pensar no sujeito chamado Rubáš, que tratou com papai.

— Será que ainda está vivo?

— Ele vive numa casa de repouso nos arredores de Praga. — Ondrej mostra-me o local no mapa pendurado na parede de nosso escritório. Naturalmente, o ex-interrogador agora está muito velho, deve ter mais de oitenta anos.

Mas o interrogador de papai operava com um nome diferente.

Isso era possível, claro, disse-me Ondrej. Os arquivos do processo movido contra papai desapareceram, todos. Ondrej observou que tentaria interrogar Rukavička-Hádek o quanto fosse possível. Que eu deveria presenciar também, se quisesse.

A lembrança do destino de papai fez com que eu retomasse um projeto abandonado há pouco tempo. Há um mês fui convidado a participar de um seminário em Brno, onde desejavam que eu falasse a respeito do começo do terror comunista em nosso país. O evento seria presenciado por inúmeros historiadores de renome, como também por políticos, de modo que seria uma oportunidade para eu dizer algo sobre o nosso trabalho e externar minhas opiniões; ao mesmo tempo, não consegui reunir forças. Por isso não havia redigido uma única linha.

Mas após a conversa com Ondrej, pus-me a escrever todas as noites daquela semana, redigindo a minha palestra. Desejava abordar o assunto em termos mais genéricos, não relatar apenas o que emergia de meu estudo diário dos arquivos.

No século XX, ao contrário do anterior, tantas pessoas foram massacradas atrás das linhas de frente que se podia pensar que a humanidade enlouqueceu de repente. Mas os inocentes é que sempre foram mortos. Segundo a Bíblia, os israelitas mataram os habitantes de Hai, no campo e no deserto, depois de persegui-los. "Porque Josué não retirou a mão, que erguera com a lança, até haver destruído totalmente os habitantes de Hai" — está escrito em *Josué* 8:26.

Era assim que as coisas aconteciam, e ainda acontecem. Ao contrário dos animais, os seres humanos pensam e sentem, logo têm consciência da angústia de suas vítimas quando as matam. Têm consciência de seu próprio desejo de viver e preservar a própria espécie, e podem supor que aqueles a quem matam têm os mesmos desejos. Para matar sem remorsos, sem compaixão, mas com a idéia de trabalho bem-feito, é necessário ver a vítima como um ser inferior, ou como uma ameaça ou um inimigo insidioso. Ao destruí-los e aos seus descendentes, os assassinos estão servindo ao resto da humanidade e protegendo a fé ou os grandes objetivos que esposam.

Por que só no século XX emergiram teorias a respeito dos seres inferiores que deveriam ser extintos aos milhões e por que elas receberam apoio maciço?

Uma explicação pode ser encontrada no declínio da moral, ou talvez no declínio da religião. Durante os quase dois milênios em que o cristianismo exerceu uma influência espiritual também houve muita crueldade, claro. Na época de seu poder supremo, a Igreja exigia obediência e disciplina absolutas e punia cruelmente a apostasia, mas gradualmente estabeleceu limites. O problema é que no século XX o cristianismo não soube responder às questões que as pessoas formulavam com perplexidade e isso deve ter balançado a sua fé, de modo inevitável. Ou perderam a fé ou ela assumiu a forma de um pesadelo que pouco possuía de comum com a crença original em Jesus, como filho de Deus, o Messias. E assim a crença num milagre, ou num Deus preocupado com o mundo, foi desaparecendo gradualmente.

Mas a maioria das pessoas precisava crer, precisava de santos para reverenciar, necessitava de um Deus, rituais e cerimônias. Assim, emergiu uma nova era, renasceram religiões pagãs dos bárbaros através de grandes movimentos não-religiosos. Nazistas e comunistas, de modo similar, apresentavam seus líderes como deuses, cujas imagens não podiam faltar em qualquer uma das celebrações, que inventaram em quantidade incontável. Congressos de partidos, feriados seculares, aniversários de suas próprias vitórias, eleições e até mesmo julgamentos espetaculares com condenações à morte, tudo transformado em celebrações ritualísticas, cujo propósito era o de despertar as emoções dos crentes e paralisar-lhes o raciocínio.

Essas novas fés também exigiam obediência e disciplina, mas eram desprovidas de compaixão e não fixavam quaisquer limites intransponíveis. Estavam de volta os sacrifícios humanos em proporções sem precedentes na história da humanidade.

Claro que seria possível encontrar razões econômicas e históricas para explicar tudo que aconteceu. A consternação face aos massacres da Primeira Guerra Mundial, a ansiedade diante das incertezas associadas à era industrial, o desejo de uma melhor organização da sociedade. Contudo, para que as pessoas se tornassem uma enorme massa não-pensante e obediente, pronta para fazer qualquer coisa que seus líderes ordenassem, era necessária uma crença sem fronteiras em alguma coisa que parecesse sobre-humana e redentora. Os seus profetas sabiam que cada nova crença precisa autodefinir-se a partir daqueles que a rejeitam, e que são, então, declarados amaldiçoados. Era preciso assassinar *kulaks*, judeus ou contra-revolucionários, fuzilar padres, decapitar reis, envenenar crianças ou executar mais e mais vítimas, a fim de validar as novas religiões.

Somente quando toquei nas bases espirituais do terror é que me pareceu apropriado resumir tudo que aconteceu aqui e explicar por que tantos membros da elite intelectual — escritores, juristas, jornalistas ou professores acadêmicos — apoiaram o terror comunista, voluntariamente. Por fim, eu deveria lidar em minha palestra com aquilo que os organizadores do seminário esperavam de mim, sem sombra de dúvida: os esforços para rastrear os principais mandantes das campanhas de terror e colocá-los diante de nossos morosos tribunais.

Sábado, eu já estava pronto para tomar o ônibus, quando Kristýna ligou para mim e, em sua voz, detectei mais tristeza do que o habitual. Assim, disse alguma coisa que, de pronto, me consternou. Prometi que não iria a lugar algum e que iria encontrá-la. Por que fiz isso? Foi por amor a ela ou inconscientemente eu temia que me faltasse capacidade, quando confrontado com todos aqueles especialistas?

6

Acordo, estou deitada em meu próprio quarto, em meu próprio sofá, mas alguém ao meu lado respira em silêncio e sua mão repousa em meu quadril. Rapazinho, você está aqui comigo. Você disse-me coisas lindas enquanto fazíamos amor ou estávamos adormecendo.

Faz muito tempo que ninguém me dizia "meu amor" ou me chamava de garotinha, até porque há muito tempo não sou mais uma garotinha; ninguém mais tocou-me, não me acariciou até que adormecesse. Estou abandonada, fui abandonada.

O sofá é estreito, tenho medo de mexer-me e acordá-lo. Poderia levantar-me e ir dormir no quarto de Jana, mas não quero deixá-lo.

Fico imaginando se minha filha está dormindo. Não devia tê-la deixado sair; devo ficar de olho nela durante a noite ao menos. Prometeu telefonar-me, mas não o fez. A menos que tenha ligado quando eu estava circulando por Praga. Sei que agora ela está além do meu controle. Ela precisa de um pai. Quem sabe este homem jovem a meu lado possa desempenhar o papel, mas receio aborrecê-lo com isto, e tampouco sei como minha filha vai encarar o fato. Pode ser que ela o aceite como um colega ou flerte com ele, e pode ser também que se recuse a ter qualquer relação com ele.

Se eu não tivesse deixado Jana sair, ele não poderia estar deitado ao meu lado.

A luz amarelada da iluminação pública brilha na janela. Levanto-me cuidadosamente e começo a examinar-lhe o rosto. É pacífico e, até certo ponto, infantil. Parece-me honesto, o que é um pouco estranho para alguém em seu ramo de atividade. Pode ser que eu esteja projetando nele os meus próprios sentimentos, as minhas próprias esperanças. Não tenho um filho. E eu poderia ter tido um, ou mais do que um, mas deixei que fossem abortados. Pode ser que um deles fosse parecido com ele.

Agora nunca mais terei um filho — estou velha demais. Meu amado poderia ter ainda muitos filhos e filhas, mas não comigo. Ele deve conscientizar-se disso. Devo perguntar-lhe se ele deseja ter filhos, mas o que poderá responder-me? Se disser que sim, ficará quase impossível dizer-me que ele deve encontrar outra mulher. Pode ser que ele não anseie por filhos. Meu primeiro e único marido não queria filhos. Talvez tenha sido eu quem o tenha persuadido a não mais querer destruir a vida que ele gerou dentro de mim.

Houve uma época em que os homens desejavam ter herdeiros aos quais pudessem legar suas terras, seus negócios ou sua propriedade — hoje em dia a maioria dos homens não tem nada para deixar.

De qualquer modo, perguntarei ao meu jovem.

Sinto amor por ele, e convenço-me a acreditar que ele também me ama.

Cerca-me de tantos cuidados que nenhum dos homens que tive na vida pôde ou quis me dar. Presenteou-me com uma concha gigantesca que emite um som quando se sopra dentro. Uma concha, porque sou de peixes. Por acaso, mencionei que havia quebrado os meus óculos escuros e, no dia seguinte, comprou-me novos. Realmente, não me ficam bem, mas eu os uso porque foram dados por ele. Trouxe-me também um lenço de seda de presente; é azul-celeste e há um bando de gansos selvagens em vôo bordado em cada ponta.

— Para onde eles estão voando? — perguntei-lhe.

— Para a liberdade.

— E você acha que alguém pode voar para a liberdade?

— Pessoas não podem; gansos podem.

— Se você fosse um ganso, para onde voaria?

— Até você, claro!

Amo-o por isso tudo. Mas, ao mesmo tempo, não consigo entender por que ele deveria amar-me — não há nada de especial em mim: uma mulher de meia-idade que fica fuçando a boca dos outros, que tem uma filha quase adulta e que sofre de depressão matinal que ela exorciza com nicotina e um copo de vinho. O que tenho para oferecer-lhe? Pode ser que eu pareça com a mãe dele ou corresponda a alguma outra fantasia inconsciente dele. Sentimentos nascem nas pessoas sem que elas possam explicá-los, e esses sentimentos também desaparecem inexplicavelmente.

Busco uma explicação e tento persuadir-me de que o rapaz ao meu lado é diferente dos outros homens — é menos egoísta, gentil, acomodado. Mas, ainda que ele seja assim, nada apagará o fato de que um dia, quem sabe amanhã mesmo, ou dentro de um mês, ou dentro de um ano, os seus sentimentos se esvaiam. E o que fará ele então?

Partirá, é claro.

E, se não partir, teremos dias muito difíceis, ambos. Meu querido Karel Čapek escreveu um romance sobre uma mulher que tinha um jovem amante. É uma história trágica que termina com uma morte sem sentido. Como terminará a minha história?

Jan mexe-se, abre os olhos ainda cheios de escuridão.

— Você não está dormindo? — pergunta.

— Acordei e comecei a pensar nos meus problemas.

— Que problemas você tem?

Estava pensando em como você vai deixar-me um dia, pensei mas não disse a ele.

— Jana está me aborrecendo. Não estuda direito, falta às aulas e fuma maconha.

— Você nem ao menos me apresentou a ela.

— Ela não sabe nada a seu respeito.

— Você tem vergonha de mim?

— Você sabe que não.

— Talvez eu possa ajudar você com ela. Embora não tenha experiência alguma com maconha. — Aperta-se um pouco contra mim no sofá e percebe quão pouco espaço havia deixado para mim, oferece-se para deitar-se no chão.

Digo-lhe que eu o quero perto de mim, e ocorre-lhe a idéia de que poderíamos arrastar até ali a cama de Jana.

— Agora, no meio da noite?

— Só arrasto camas no meio da noite.

Às duas horas da madrugada, carregamos o sofá de Jana. Depois de um tempo, os dois sofás juntos lembram uma cama de casal.

— Fiquei com sede depois disto — disse. Sobre a mesa está ainda uma garrafa de vinho consumida até à metade. Mas ele não quer vinho, nem mesmo de madrugada ele bebe vinho. Então vai à cozinha e enche um copo com o líquido repulsivo da torneira.

— Você não está com fome? — pergunto.

— Eu sempre estou com fome porque quase nunca tenho tempo para comer. — E acrescenta que lhe parece perda de tempo ocupar-se com a alimentação. Agora sei ao menos por que é tão magrelo.

Quero preparar-lhe um sanduíche, mas ele prefere tomar uma sopa. Assim, às quinze para as três da madrugada, ponho-me a cozinhar, mas ele insiste em fazer sozinho a sopa de batatas; tudo o que devo fazer é preparar os ingredientes necessários.

Não estou acostumada que alguém cozinhe para mim, a qualquer hora do dia ou da noite; não estou acostumada a ficar sentada, observando.

— Por que você é tão gentil?

— Não sou, não. Quando nos reunimos para jogar, habitualmente escolho o papel de vilão.

— Afinal, você não pode revelar como você realmente é?

— E por que está perguntando isso?

Estamos tomando a sopa e ele está me contando como, num determinado jogo cujas regras constituem um mistério para mim, fez o papel de cozinheiro chinês que devia envenenar o seu imperador.

— E você o envenenou? — indago.

— Claro, eu era dotado de elevado nível de habilidade e inteligência.

— E você não colocou nada na minha sopa, colocou?

— E você pensa que eu cozinhei por que outra razão?

— Então, é por isso que você ficou em Praga? Você não se importa de ter faltado à palestra?

— Às três da madrugada, a única coisa que me importa é que logo irá amanhecer.

Sua resposta desaponta-me bastante, ele percebe e observa mais para tranqüilizar a si mesmo:

— Encontrarei outro lugar para dar minha palestra.

Quando finalmente nos deitamos em nossa cama alargada, ele me abraça. Outra vez me faz carinho e me diz palavras ternas.

Meu garotinho. O que você está fazendo comigo às três da madrugada?

— Fique — sussurro-lhe. — Fique dentro de mim, você não precisa sair, eu não terei mais filhos.

Silêncio. Fizemos amor.

— Você não compreende que eu não posso mais ter filhos?

Não me responde e, em vez de resposta, afirma que me ama.

— Mas eu fiz uma pergunta a você.

— Já respondi.

— Isso não foi uma resposta.

— Quando a gente ama alguém, ama do jeito que a pessoa é.

— E você gostaria de ter filhos? — Não pergunto a ele se gostaria de ter filhos comigo.

— Não sei — afirma. — Creio que minha mãe gostaria que eu tivesse. Mas isso não tem importância.

Eu não deveria ter falado nisso. Não quero outra mulher envolvida naquilo que está acontecendo entre nós.

— Sua mãe chamou-me de senhora — mencionei a ele.

— Mamãe pensa que todas as que me telefonam são senhoras.

— Muitas senhoras ligam para você?

— Depende do que você chama de muitas.

— Neste caso, muitas são mais do que uma.

— Muitas, então.

— Eu poderia ter imaginado. — Sorrio, enquanto está amanhecendo, e o ciúme e a tristeza tomam conta de mim.

Ele pousa a cabeça em meus seios; depois de ter feito amor quer dormir.

— E quando elas procuram você, sua mãe responde: aguarde um minutinho, irei chamá-lo. — Porque, para ela, são jovens e ela deseja netos, deixo de acrescentar.

— E o que mais ela deve dizer?

— Deve dizer isso só para mim. As demais ela pode despachar, para que não incomodem você.

— Direi isso a ela. Ele ri porque não pode levar a sério aquilo que digo. Nem eu mesma levo a sério, embora deseje que aconteça bem assim.

— Você já falou a meu respeito com ela?

— Não. Não falo dessas coisas com ela. Não quero que interfira em minha vida.

— E como ela é? — pergunto.

— Como seria? É uma professora. Na idade dela, precisou aprender a lidar com computadores. Foi ótima, conseguiu.

— Interferiu alguma vez em sua vida?

— Tentou. É minha mãe. Qual é a mãe que não tenta?

Ocorre-me que eu tampouco falei a respeito dele com mamãe. E que ele não falou, porque é provável que esteja com vergonha de mim, uma mulher separada, de meia-idade, e eu, porque também tenho vergonha de mim.

7

Estávamos sentados no gramado conversando. Todos conversavam, mas incomodava-me que Katya não estivesse lá, pois ela era a única verdadeiramente capaz disso. Fazíamos tudo juntas: íamos ao cinema, emprestávamos CDs uma para a outra, íamos comprar enfeites e roupas, de preferência as mesmas, a fim de que pudéssemos parecer duas irmãs. Mas, quando estávamos juntas no chalé dela, no último final de semana, ela veio para casa bêbada feito gambá. O pai dela disse-lhe que ela estava bêbada e deu-lhe umas palmadas, que a impediram de ir à escola no dia seguinte. Ela disse ao pai que aquilo era uma violação dos direitos humanos e que iria cair fora; mas o pai dela deu-lhe uma repreensão e avisou que ela seria posta no olho da rua, se repetisse a cena. E agora ela está proibida de ir a qualquer lugar, pode ir à escola e voltar e, quando estamos indo para casa, sempre nos acompanha alguém da família dela: o irmão mais velho, a mãe, o pai ou até mesmo a avó enrugada que a espera no portão da escola. Um verdadeiro horror!

Às vezes Ruda realmente é bacana, mas outras vezes ele nem mesmo liga para mim. Eu gosto do fato de ele ter um nariz igual ao do Bono — e que tenha até um metro a mais de altura — e não um nariz chato de buldogue como o meu. E ele tem também mãos grandes, fortes.

Ele percebeu que eu estava chateada e por isso me deu alguma coisa para levantar o moral, mas eu nem perguntei o que era; porém era mais forte do que o de costume, certamente uma mistura de maconha com outra erva, mas eu comecei a sentir-me superlegal. Tudo girava e, ao mesmo tempo, eu nem conseguia mexer o corpo. Olhei para o céu onde cavalos desfilavam e flamingos voavam. Foi uma viagem legal.

Alguém ao meu lado disse que havia uns policiais por ali, mas eu nem dei bola; eu nem conseguia levantar do lugar. Deixem que eles venham. Não tive nada surrupiado, nem um grama, nem uma agulha.

Agora posso vê-los também, aquele bando de porcos. Têm dois cães de guarda treinados para lidar com a gente. Eles estavam gritando que éramos a espuma suja da água potável que deveria ser espremida e lançada no rio Vltava, o que já vem acontecendo faz uns mil anos, ou desde o tempo em que houve o Big Bang.

— Ei, é melhor ir andando — disse Ruda. — Eles parecem que estão mesmo se borrando hoje.

Então eu levantei. Não muito longe dali havia um chalé vazio em que nos enfiamos através das janelas quebradas no lado do quintal. Para entrar no quintal, subimos por uma parede arranhada por gatos, ratos ou pelos dentes do tempo.

Hora e meia depois, estávamos todos juntos de novo. Éramos uns nove. Não tenho certeza. Eu estava tão doidona que não conseguia distingui-los. Nem sei se aqueles que eu via estavam ali mesmo. Por sorte, nem liguei para isso; nada me importava. Eu não podia preocupar-me com a escola, com mamãe; prometi telefonar para ela, mas não liguei, e sentia-me totalmente livre.

O chalé era frio até agora, em pleno verão. O piso era de algum tipo de pedra, as paredes fediam a mijo, havia uma cama de ferro com um armário arrebentado, e a gente podia dormir ali. Antes havia até uns lençóis por ali, mas uns vagabundos levaram tudo embora no inverno passado. Também havia uma pilha de Páginas Amarelas num canto. Na última vez em que dormimos ali, o frio era tanto que Katya e eu nos cobrimos com as Páginas Amarelas. Eram pesadas, mas aqueciam. E mal havia ar para respirar. Ruda disse que o oxigênio é veneno. Os caras que vão para as montanhas para respirar ar puro e ajudar a própria saúde não têm nem idéia de que lá existe menos oxigênio, porque sempre há menos oxigênio quando se sobe mais. Mas aqui embaixo estamos sendo envenenados e se não fumássemos, de vez em quando, assim, sei lá o que seria de nós.

Eu nem sei quantas garotas havia ali, e quantos rapazes.

Estava escuro o tempo todo. Alguém acendeu uma vela, mas ela mal ficava acesa. Era como estar nas montanhas, porque o fogo, sei porque papai me contou, o fogo precisa de oxigênio, e sombras passeavam pelas paredes surradas, que pareciam besouros grandes, como coelhos esvoaçando.

Ruda apertou-se contra mim e quis fazer sexo comigo, por que não? Não tinha importância alguma. O armário rangia embaixo da gente, e eu escutei a minha própria voz dizendo a ele: "Vai com cuidado." E ele me disse para não me preocupar, porque era de madeira boa. Com isso, ele realmente me enfureceu.

Também sou feita de boa madeira, eu não fico rangendo por aí, mas agüento. Se ele me regar, pode até ser que cresçam folhas em mim. Imaginei as minhas cores, as minhas flores, gostaria de flores de laranjeira. Ruda saiu de cima de mim, mas um outro garoto com jaqueta de ciclista queria subir em mim. Ele cheirava mal e arranhou-me com sua barba. Ei! Cai fora, você está fedendo!

163

Empurrei ele do armário, mas ele conseguiu entrar em mim.

Alguém começou a tocar violão e a cantar alguma canção enrolada sobre o amor.

Eu já sabia alguma coisa a respeito do amor; soube quando papai se mandou de casa com aquela fulaninha dele. E muitos garotos também ensinaram-me coisas sobre o amor. Não sei muita coisa, porque não sei se aqueles que pularam em cima de mim eram reais ou inexistentes. Quem sabe eu tenha apenas imaginado. Mas eu não imaginei Ruda; ele foi o primeiro que me ofereceu haxixe. Isso faz séculos, séculos mesmo, uns dois anos no mínimo; mas pode ser que tenha sido há vinte anos, porque eu já era terrivelmente velha; ou não era? No mínimo tinha uns cem anos. Eu começava a sentir o musgo crescer em mim.

Um rato de esgoto estava olhando para mim lá do canto da porta que se abre para lugar nenhum. Por que você fica me olhando, imbecil? Era grande como um cachorro pequeno e tinha os olhinhos de um gato. Quem sabe não era um gato que se transformou em rato. Tom disfarçado de Jerry. Ou o contrário.

Pode ser que eu tenha imaginado tudo: o musgo, o rato, aquele povo todo e aquele buraco imundo onde tudo fede.

Mas eu me sentia superbem, gostava daquela gente toda, porque eram como eu e eu era como eles, pouco nos lixávamos para as coisas, porque a gente conseguia rir de tudo. Quase sempre a gente ficava rindo, principalmente depois de fumar. Alguém disse: "Olha, hoje é quarta-feira, e era sábado antes, a gente deve ter ficado aqui morrendo de rir." Eu realmente gostava de rir. Era difícil rir em casa, mamãe com aquela depressão, sempre de baixo-astral porque papai não dava a mínima para ela, estava sozinha, tinha somente a mim, como dizia, e isso não era bastante, porque às vezes nem a mim ela tinha de verdade, como agora, por exemplo. Eu estava deitada lá e me sentia melhor do que em casa e um dia eu ficarei aqui para sempre, completamente, até que o musgo cresça todo sobre mim e não vou querer saber de nada. E pode ser que eu vá para algum lugar ou caia fora.

Aquele imbecil começou a cantar sobre o amor, como se ele existisse.

Pode ser que exista, mas caminhava pelas montanhas para não se envenenar.

Costumávamos andar pelas montanhas com mamãe e papai e, quando me doíam os pés, papai me colocava sobre as costas e mamãe vinha atrás de nós e a cada cinco minutos ela dizia: ela não está pesada? Deixe-me levá-la um pouco. E mamãe também ficava cantando:

> Não se preocupe, Jana,
> Aqui não temos nada,
> Pegaremos um mosquito
> E faremos um pastel....

Eu não queria ficar aqui, na verdade gostaria de ir passear nas montanhas.

Talvez eu devesse dizer a mamãe que eu gostaria de ir passear nas montanhas. Com ela e com papai. Papai dificilmente consegue subir as escadas e não ia querer ir com a mamãe, ainda que pudesse.

Havia, agora, dois ratos de esgoto ali. Estão olhando o quê, seus imbecis?

Quando Ruda me ofereceu maconha pela primeira vez, eu estava muito curiosa, mas tinha um pouco de medo também daquilo que iria fazer, mas quase não fiz coisa alguma, eu não conseguia fumar direito ainda e então ele me deu uns tapas e depois perguntou: você está sentindo o quê? Está comendo isso?

Quando voltei para casa, estava tão mal que mamãe disse, não, ela não disse nada, ela estava terrivelmente cansada, triste, deprimida, a cabeça dela doía, estava mal, e eu não havia lavado a louça.

Como poderia eu lavar a louça num dia daqueles? Eu queria mesmo era ficar bem, numa boa, e não se pode ser feliz lavando louça.

Ruda subiu em cima de mim de novo e começou a tocar-me. Eu nem ligava, mas acendeu-me.

Agora eu gostaria de passear pelas montanhas, mas com você, seu imbecil.

Capítulo Quatro

1

Papai comprou o túmulo faz anos, num canto remoto do cemitério Olšany, em Praga. Os antepassados dele ficaram no cemitério de aldeia de Lipová; eles têm mais luz e flores lá, e um sino toca todos os dias. Lá descansam tia Venda, que morreu queimada, e a vovó Marie, as cinzas de minha outra avó acabaram sendo carregadas pelas águas do rio Vístula ou foram jogadas numa vala comum; o seu nome ao menos está gravado, com milhares de outros, nas paredes da sinagoga Pinkas, de Praga. Quando vi o nome pela primeira vez, achei estranho, até inacreditável, que a mãe de minha mãe possa ter morrido daquela forma, e eu quase me senti culpada por causa de minha vida sem problemas, e pelo fato de que ninguém quereria assassinar-me.

Ao pé do túmulo, existe uma pequena abertura pronta para receber a urna e, no canto, um pouco de argila fresca, como num buraco de toupeira.

Os parentes mais próximos dele vieram: mamãe, minha irmã Lída, Jana e eu. Estamos esperando que os coveiros cheguem com a urna. Mamãe está derramando lágrimas, Jana está claramente aborrecida, fixando a distância com expressão indiferente. Um funeral cigano está sendo realizado na outra extremidade da alameda, e podemos ouvir o som de música e dança que devem acompanhar o espírito do falecido para um mundo mais feliz e mais brilhante.

— Ele ainda poderia estar aqui conosco; afinal de contas, não tinha tanta idade — lamenta-se mamãe.

Contenho-me de dizer que papai tinha quase 76 anos, a média de vida dos homens em nosso país; nem disse que a maneira pela qual um homem viveu importa mais do que a sua morte.

Minha irmã, contudo, não conseguiu calar-se:

— Ele deveria ter fumado menos e ter renunciado à gordura de porco, ao toucinho e às carnes defumadas baratas. Jamais o vi tocar em legumes, exceto um pouco de repolho que vinha junto com a carne de ganso ou com o porco grelhado.

Mamãe sente uma reprovação pessoal, como se ela fosse aquela que alimentou papai durante a vida inteira dele, e seus soluços ouvem-se mais alto.

Mas, agora, dois sujeitos emergem de um dos lados da alameda em modestos ternos pretos surrados. É assim que imagino os dois meirinhos em *O processo*, cujo autor jaz no cemitério judaico adjacente. A única coisa que falta é a faca. Em vez disso, um deles carrega nos braços a urna com as cinzas, enquanto o outro carrega uma pá de jardim. Chegam ao nosso túmulo, curvam-se diante de nós e, por um momento, ambos ficam parados na solenidade do luto.

Então, o primeiro deles abaixa-se até à abertura e coloca a urna dentro dela. O outro o homem oferece-nos a pá, e nós atiramos um pouco de terra no buraco raso, e os pedregulhos ressoam na tampa da urna.

Tudo é tão breve, não há tempo sequer para um piscar de olhos de Deus. Ninguém canta coisa alguma, ninguém toca coisa alguma; o único som que conseguimos ouvir é o das músicas húngaras do funeral cigano. Recentemente assisti na televisão algumas idosas de Moscou carregando, de modo desafiador, sobre as próprias cabeças o retrato do tirano que morreu no dia de meu nascimento. Quem sabe deixaria papai contente se eu segurasse um retrato daqueles sobre o túmulo dele. Mas eu não disponho de nenhum, e jamais pegaria um retrato daquele homem nas mãos. Preferiria tocar violino para papai, até mesmo a "Marcha dos Revolucionários Caídos", se ele tivesse deixado que eu continuasse a aprender o instrumento.

Os dois homens terminam o seu trabalho, vêm até nós expressar as suas condolências e aguardam com expectativa uma gorjeta. Recebem uma nota de cem coroas cada um e deixam-nos com ar de dignidade, enquanto permanecemos ali um pouco mais. Eu não sabia o que se passava na cabeça de mamãe ou na de minha irmã. Mamãe não suspeitava das infidelidades de papai, e não será agora que saberá algo a respeito. Pode ser que esteja recordando alguns bons momentos: deve ter havido alguns. Pode ser que esteja pensando na solidão que deverá acompanhá-la pelo resto de seus dias.

Papai morreu em casa. As dores o consumiram nos dias finais. Um médico da clínica ia visitá-lo e ministrava-lhe algumas injeções que não deviam aliviar muito a dor. Eu não perguntei o que ele lhe dava; a maior parte do tempo eu não estava lá. Eu própria tinha umas poucas ampolas de morfina que a enfermeira havia roubado. Jamais as usei, mas poderia tê-las injetado em papai, até mesmo todas de uma só vez, encurtando-lhe, assim, o sofrimento. Poderia ter feito isso; ele, de fato, já estava com a sentença de morte promulgada, mas não o fiz. Não passava pela minha cabeça encurtar-lhe a vida e fazer o papel de Dra. Morte. Eu não tinha esse direito, tinha? Ou eu estava apenas encontrando desculpas? Para fazer alguma coisa assim, ou você deve sentir muito amor ou um ódio amargo — eu não sentia nem um nem outro. Eu não conseguia ter compaixão suficiente por alguém que jamais demonstrou muita piedade em relação aos outros. Subconscientemente, disse a mim que cada um de nós deve fazer as contas com o próprio destino até o fim, e que havia uma espécie de justiça nisso também, e que não deveríamos interferir nela.

— Vamos embora? — perguntou Jana.

Levamos mamãe para casa e deixei minha filha ir à casa de uma amiga. Minha querida irmã, que certa vez profetizou a minha morte por minhas próprias mãos, decidiu ir até a minha casa, para um papo.

Antes de subirmos as escadas, olhei a caixa de correspondência e tirei o único envelope que havia ali: pela caligrafia, não podia dizer de imediato se era outra carta anônima. Coloquei-a depressa em minha bolsa antes que minha irmã tivesse a oportunidade de perguntar quem estava me escrevendo.

Preparei alguns sanduíches abertos, mas Lída recusou-os; ela encontrou uma nova fé — a alimentação saudável. Ela nem toca mais em carnes defumadas ou queijo. Não pode comer tomates, porque são tóxicos como as batatas, e recusa-se a comer pimentões, pois contêm zinco demais ou alguns outros metais perigosos ou outras coisas, além do fato de poderem ser geneticamente modificados. Graças à sua dieta, ela conseguiu expelir do corpo todas as toxinas e fluidos nocivos; expulsou todas as dores e perdeu o excesso de peso, e sua voz e olhos melhoraram.

Sirvo-me de uma taça de vinho, e ela tira de sua bolsa uma garrafinha com algum elixir ou coisa que o valha.

Não tenho nunca grãos ou vegetais fermentados, sirvo-lhe pão preto e, a seu pedido, coloco nele salsinha e cebolinha.

— Você deve adotar um estilo de vida mais saudável — diz-me ela, e dá um profundo suspiro. De modo surpreendente, ela contém-se, como em ocasiões anteriores, porque o meu apartamento está insuportavelmente enfumaçado, mas ainda assim ela me aborrece com a sua condescendente autotelia, que lhe permite saber, a exemplo de nosso pai, o que é certo e saudável — para si e para o resto da humanidade.

Por um momento, ela fala-me do sucesso de seus concertos e, em seguida, oferece-se para reembolsar-me as despesas do funeral.

— Dividiremos meio a meio — digo. Ficamos caladas por alguns instantes, duas irmãs que nada têm a dizer uma para a outra.

Recordo-me dos diários de papai. Quando os estava examinando, conto a ela, descobri que papai tinha uma amante.

Minha irmã não se abala, não altera a sua paz.

— Não há nada de estranho nisso: todos os homens têm amantes. Não era presidente dos Estados Unidos, podia permitir-se isso.

Disse que, aparentemente, ele teve um filho com a amante. Quando eu estava folheando os diários de papai pela última vez, encontrei uma notícia de falecimento, de uns dez anos passados, que anunciava o falecimento de Veronika Veselá. Estava assinado por uma única pessoa, o filho, Václav Alois Veselý. E com o endereço.

— Você quer dizer que quem morreu era amante dele. E que esse tal de Václav seria nosso meio-irmão.

— Ela deu a ele um segundo nome por causa do papai.

— E daí? Não sabemos nada sobre ele. Faz quanto tempo?

Digo-lhe que ele deve ser uns dois anos mais velho do que ela.

— Nada soubemos dele por quarenta anos — ela calcula rápido. — Não devemos preocupar-nos agora. De qualquer modo, não há herança alguma. Não o passamos para trás em nada; por isso ele nada tem a reivindicar conosco.

— Mas não é apenas uma questão de herança. Não acha estranho que exista alguém que tenha o mesmo pai que nós e que andou pelo mundo esse tempo todo sem que soubéssemos qualquer coisa a respeito dele?

— Isso é típico de papai. Foi bem treinado para ocultar de mamãe toda a espécie de assuntos secretos. E onde esse novo parente mora? — pergunta ela, finalmente curiosa.

— Em Karlín. Deve ser um lugar próximo ao rio, a julgar pelo nome da rua.

— Eu devo cantar no teatro em Karlín, se tudo der certo.

— Mamãe jamais suspeitou de nada — digo, ignorando a importante notícia de que ela cantará em Praga.

— Ou, quem sabe, ela não desejasse saber. Deve ter sido melhor assim para ela.

— Não, é mais provável que ela tenha acreditado naquela conversa dele sobre a nova moralidade.

Discutimos brevemente a respeito daquilo em que mamãe acreditava e daquilo que papai fazia. Então, minha irmã comentou que toda mulher prefere fechar os olhos, ao invés de enxergar a verdade. Eu fui uma que se comportou de modo estúpido.

— E o que isso significa?

— Você descobriu que Karel traía você e não conseguiu pensar em nada melhor do que divorciar-se dele. Que bem isso fez para você? Você ficou sozinha.

Contive-me de dizer que fui abandonada porque não permitiria que me fizessem de escrava. Nem disse a ela que devemos agir de acordo com os próprios sentimentos e fazer o que sentimos que é correto, e não fazer aquilo que é conveniente.

— Você está sozinha também — preferi dizer.

— Isso é uma outra coisa. Não tenho uma filha nas costas, e tenho sempre um namorado diferente.

— Você sempre desejou ser algo diferente. E quanto à Jana, estou feliz por tê-la.

— Quanto a mim, não gosto do jeito de sua filha — disse.

— Pode ser que ela nem ligue se você gosta dela ou não.

— Tem alguma coisa estranha nos olhos dela — prosseguiu ela. — Percebi isso no cemitério. As pessoas, normalmente, têm um olho bom e outro ruim, mas ela, não.

173

— Você tem ambos os olhos ruins — eu disse. — E não acho que você não seja normal.

— Meu olho esquerdo é melhor do que o direito — garante-me ela. — Não estamos, porém, falando a meu respeito. Os olhos dela não são bons nem ruins. Ela tem o olhar em outro lugar e você, como mãe, deveria ter percebido.

— O que você está querendo me dizer?

— Que a sua filha é viciada em drogas — declara. — Eu aposto que é.

— Jana não é viciada em drogas — grito. — Você está procurando um jeito de nos ferir.

— Kristýna — diz-me ela, colocando a mão em meu ombro —, jamais desejei fazer qualquer mal a você. A única a se prejudicar aqui sempre foi você, remoendo-se. Mas aquela expressão morta e as pupilas dilatadas são algo que conheço muito bem. — Ela pára e pensa um pouco, depois esclarece: — Dois dos rapazes da banda usam drogas injetáveis e um outro usa heroína. Se você ignorar isso, será pior para sua filha, e não tenho nada com isso.

— Sei que não é da sua conta. Você jamais ligou para nós. — Não digo a ela que a dieta pode ter expelido as toxinas de seu corpo, mas que elas se alojaram no cérebro dela.

Quando minha irmã se retira, lembro-me da correspondência anônima e tiro da bolsa a carta mais recente.

Ele me diz que está seguindo cada um de meus passos e que se aproxima o momento de minha vida em que as portas do inferno fechar-se-ão atrás de mim.

2

Jan gostaria que nos víssemos todos os dias. Que nos víssemos e fizéssemos amor. Ele quer que eu finja ter a idade dele. Mas eu não tenho mais vinte anos. À noite, quando retorno do consultório para casa, dói-me tudo: as pernas, as costas, as mãos e a alma. E ainda que desejasse encontrá-lo, não posso; sou mãe de uma adolescente que me causa preocupações.

E ainda que minha irmã não perca uma oportunidade sequer para dizer-me algo desagradável, sou incapaz de esquecer o aviso que me deu.

Observo os olhos de Jana. Ela tem um olhar fixo? Suas pupilas estão dilatadas? Talvez eu devesse examiná-la toda a cada noite e procurar por marcas, pistas, mas me sinto envergonhada porque seria degradante para ambas.

— Jana, onde você esteve a tarde toda?

— No parque, claro.

— E por que você vai lá o tempo todo?

— Por nada. Tem gente legal lá.

— E vocês fazem o quê lá?

— Mamãe, não faz sentido você ficar me interrogando o tempo todo. Você não entenderá nunca mesmo.

Ela age cada vez mais de modo desafiador, convencida de que a sua vida é problema dela, que nada tenho com o modo com que gasta o seu tempo, o que ela se tornará ou como ela se diverte. Todas as vezes em que pergunto, de forma direta, se ela se injeta com alguma coisa, ela adota uma expressão magoada. Como posso pensar uma coisa tão terrível a respeito dela?

Jan telefonou-me duas vezes hoje para convidar-me a um clube, ou algo assim, em que eles jogarão esses jogos de heróis.

Não lhe disse que já tenho essa idade em que as pessoas normalmente não têm nem tempo nem inclinação para fazer o papel de heróis ou até mesmo de covardes. Perguntei-lhe quanto tempo esses jogos duram e ele me disse que, habitualmente, várias semanas.

— Sem parar?

— Com pausas. — Ele sorriu. — Mas quase sempre duram até à meia-noite.

Convenço mamãe para que passe a noite conosco. Não faz muito tempo que eu ainda pedia a ela que servisse de babá; mas, agora, tenho a sensação de que a aborrece ter de sair de seu apartamento. Mas ela adora a única neta e, surpreendentemente, minha adolescente é menos rebelde quando a avó está por perto.

Mamãe chega depois das sete da noite, quando já estou vestida.

— Vai ao cinema? — ela pergunta.

Abano a cabeça em resposta.

— Um encontro?

— Uma coisa assim.

— Não era sem tempo — afirma mamãe.

— Mas, mamãe, eu não disse a você com quem tenho o encontro.

— Conheço você o bastante: é com algum homem. É sério?

— Sempre levo tudo a sério, mamãe.

— Diga isso a ele, não mim — observa mamãe sobre o homem de cuja existência suspeita.

Não tenho idéia a respeito das roupas adequadas para encontrar pessoas que representam o papel de heróis; jamais experimentei nada semelhante. Calças jeans, talvez, mas eu fico melhor de saia. Vestirei a blusa vermelha de manga curta e uma saia longa de algodão — tão negra quanto as minhas expectativas na vida. A saia chega até à metade de minhas pernas e esconde, ao menos, o fato de que elas vão se tornando mais finas. Não creio que jóias sejam apropriadas, mas usarei uma corrente fina de ouro para que o meu pescoço não fique tão nu.

Abro a gaveta onde guardo minhas jóias: a correntinha deveria estar numa caixa de relógio de pulso, mas não está lá. Abro as outras poucas caixas de jóias que possuo e a corrente não está lá. E, durante a busca, descubro que o anel que herdei de vovó Marie está faltando. Fico agitada. Sou cuidadosa com as minhas coisas e não coloco em lugar errado nem meias nem lenços, e não deixaria uma jóia de ouro assim largada. Ainda assim, abro as demais gavetas e procuro dentro delas.

— Procurando alguma coisa? — Mamãe quer saber.

— Não, nada.

Se um ladrão tivesse entrado no apartamento, com certeza teria levado também alguma outra coisa e teríamos percebido seguramente que houve um intruso.

Vou ao quarto de Jana para perguntar se ela não pegou alguma de minhas jóias.

Sinto uma hesitação momentânea.

— Mas, mamãe, nunca usei uma coisa como aquela — afirma ela, tentando adotar um tom desdenhoso.

— E alguma de suas colegas?

— Mamãe, o que você pensa a respeito delas? — Ela não sabe nada sobre as minhas jóias. — Emprestarei alguma coisa minha, se você quiser.

Mas eu não quero nenhuma de suas correntes ou anéis.

A idéia de que minha filha seja capaz de roubar-me apavora-me a tal ponto que prefiro não pensar mais no assunto.

Vou despedir-me de mamãe.

— Você está nervosa — diz-me ela, e deseja-me bom divertimento.

Vou me divertir o suficiente para esquecer que minha filha provavelmente esteja me roubando.

Jan aguarda-me do lado de fora da estação de metrô Hradčanská. Beija-me e afirma que estou bem produzida. Está contente que possamos ficar juntos a noite inteira. Seguimos na direção das mansões de Bubenec e ele tenta explicar-me o significado dos jogos de heróis. São um pouco infantis, mas ele pensa que participar de jogos é muito melhor do que ficar pregado junto à televisão, onde somos meros espectadores. Nos jogos você pode tomar parte em tudo pessoalmente; pode enfrentar gnomos, dragões, vampiros, monstros; pode viajar para onde imaginar, ou voltar no tempo e encontrar Edison, Jan Žižka ou até mesmo Napoleão. A maioria de seus amigos prefere representar personagens verossímeis, como cavaleiros medievais ou príncipes, ou lutar com monstros.

Enquanto subimos as escadas da casa à qual ele me trouxe, diz-me que não devo juntar-me a eles. Devo apenas assistir, se apreciar, e perguntar, se desejar conhecer as regras, que não são tantas.

Não entendo o jogo, nem mesmo depois de ele ter começado; há distrações demais. É uma sala ampla e as paredes estão cobertas com quadros grandes de onde contemplam-me faces de monstros de desenhos animados. De alto-falantes ocultos, ouve-se uma música tranqüila, para meditação. A luz brilha através de filtros verdes, de tal modo que todos parecemos submersos. Além de Jan e de mim, há também duas garotas, dois rapazes, um deles barrigudo e que me é apresentado como Jirka, a quem reconheço pela voz, uma vez que é locutor de noticiários de rádio. Infelizmente, ouço apenas emissoras FM de músicas clássicas. Uma das jovens, que tem um olhar visionário, dentes de esquilo e pernas compridas, chama-se Vera. Não deve ter mais de vinte anos. Não consigo guardar o nome da outra moça; recentemente, percebi que tenho tido uma dificuldade cada vez maior para lembrar o nome das pessoas. Mas nomes não são importantes. De qualquer modo, ninguém ali continua sendo quem é; todos tornam-se alguém que possivelmente desejariam ser. Isso deveria tocar-me: sempre desejei viver uma vida diferente daquela que vivi. Karel Čapek escreveu um romance a respeito disso. As pessoas vivem apenas uma de suas vidas possíveis, e quase sempre é aquela que as deixa menos felizes. O problema é que as vidas que me oferecem ali não me atraem.

Jan recapitula a situação que eles todos deveriam encenar.

— Estamos no ano de 1437 — afirma ele, talvez por minha causa. — O castelo de Sion está sob cerco. Jirka — Jan Roháč — já está resistindo há quatro meses às tropas de Hynek Ptáček.

— O jovem, que aparentemente reencarnou como líder dos que cercam o castelo, está de pé e curva-se. — Dom Roháč não sabe — prossegue Jan em sua explicação — que os homens de Ptáček estão escavando uma passagem subterrânea para penetrar no castelo. Eliška — observa, indicando a moça de pernas compridas —, cujo irmão está no castelo, consegue cair nas graças de dom Ptáček e descobre-lhe os planos. Pela última vez, ela recebeu a tarefa de encontrar um meio de ingressar no castelo com essa informação importante.

— Tenho uma pergunta — afirma o gordo. — Qual é a situação do castelo com relação à água? Poderia encher o fosso?

Jan declara que algo assim está fora de cogitação. Mal existe água para beber. Mas o fosso é fundo e escarpado o suficiente para oferecer proteção ao castelo, ele garante ao gorducho.

Daquilo que posso observar, fica evidente que o meu amado é o diretor do jogo ou coisa similar, cujo trabalho é organizar as cenas para os demais participantes e descrever a época em que estarão ingressando. Oferece papéis e formula habilmente questões para saber como se comportariam em determinadas situações e, baseado nisso, determina o quanto saíram-se bem. Essa é a principal razão pela qual trouxe-me até ali: a fim de que eu pudesse ver como ele governa, e ele pudesse demonstrar o seu conhecimento. Estou sensibilizada. Mas o jogo é lento demais e, enquanto a criatura de pernas compridas imagina formas de penetrar no castelo cercado, meu pensamento vagueia de volta ao nosso apartamento, e procuro descobrir se minha própria filha está me roubando ou se ela possibilitou a alguma colega que o fizesse.

Oferecem-me refrescos, eu recuso, mas aceito um pouco de vinho, embora ultimamente o vinho tenha começado a deprimir-me. O fato é que ali me sinto fora de meu ambiente. Todas as pessoas são muito jovens, tão jovens que quase não presto atenção em outra coisa que não seja a minha própria idade e o fato de não pertencer a este lugar. Todos são jovens o suficiente para serem meus filhos, inclusive o meu querido. Eles gostam de encenar jogos. Eles conseguem tirar prazer de fazerem parte de um mundo imaginário; por outro lado, nada na vida real é um peso efetivo para eles e, mesmo que seja, ainda têm forças para lidar com isso.

Observo a de pernas compridas, que se supõe deva entregar a mensagem importante. Não estou interessada naquilo que ela fará, mas percebo o seu olhar, com o qual segue o meu amado, com adoração, e a mim fita de soslaio. Não lhe agrado, não pertenço a este lugar, nem mesmo pertenço àquele que me trouxe aqui, ela deve pertencer-lhe muito mais do que eu, claro, e provavelmente tenta satisfazer-se com ele, aninhando-se junto a ele na passagem escura e atirando-se nos braços dele. E por que ele não a apanharia nos braços e não a beijaria, se ela o permite, se ela está pedindo por isso?

Minha vida está sendo dirigida por um foco que se reduz, ao passo que a dele apenas começa a tomar velocidade. Sinto dificuldade de respirar quando subo escadas, e ele apenas alça vôo, batendo asas invisíveis, enquanto paira acima de mim e, outras vezes, simplesmente salta para frente e cobre quilômetros com um só pulo.

Essas são fantasias intempestivas. Ele me ama; não teria me trazido ali se estivesse interessado em alguma lobinha de pernas longas, ali ou em qualquer outro lugar. Em toda parte, está rodeado de muitas garotas, a respeito das quais nada sei, a exemplo das secretárias que ele deve ter à mão. Percebi que ele quase nunca menciona o próprio trabalho, como se desejasse, ou devesse, ocultá-lo de mim.

Diz-me que sou preciosa para ele. Pode ser que eu seja preciosa, justamente por não ser mais uma mocinha.

A mãe de Johannes Brahms era 17 anos mais velha do que o marido. E o mesmo número de anos separava Isadora Duncan de Iessiênin. Quando se encontraram pela primeira vez, ela estava com 43 anos, ele, com 26, e casaram-se de fato. Segundo a biografia deles, *ela* casou-se com ele. Ela pediu a mão dele. Afinal, ela era mais velha, e mais famosa. Ela morreu aos cinqüenta, enquanto ele se suicidou aos trinta. Antes de enforcar-se num hotel de São Petersburgo, escreveu seu último poema com o sangue que lhe corria nas veias. Consigo recordar desses versos, porque me parecem melancolicamente sábios:

> *Adeus, amigo, sem mãos, nem palavras,*
> *Sem tristeza, sem dor, ou aflição,*
> *Morrer nesta vida não é singular,*
> *Tampouco há novidade em estar vivo.*

Dizem que enlouqueceu. Ou teria chegado à verdade? Se não tivesse se suicidado, teria sido morto pelo assassino que governou o país dele e morreu no dia em que nasci.

Mas eu não sou Isadora Duncan. Não sou famosa, simplesmente sou tão velha quanto ela, e sei consertar os dentes das pessoas. Meu amado não é poeta e estou certa de que não se suicidará; ele ama viver e encenar jogos. Para ele, a vida ainda é um jogo no qual me aceitou como parceira por um instante, até que chegue o dia em que o jogo acabe.

A inevitabilidade desesperançada disso tudo e a minha solidão futura pesam-me. Deveria ter ficado em casa com a minha garotinha: ela está em perigo e, portanto, precisa de mim. Descuidei dela. No mesmo momento em que deveria estar lá, com ela, estou sentada ali, entre gente estranha, enquanto, quem sabe, ela esteja se afogando, tentando manter-se em vão na superfície, batendo com os pezinhos no fundo, chamando e agitando os braços, ninguém pode ouvi-la, a não ser um desgraçado qualquer, sentado num bote, que a arranca da água pelo braço, mas já tem no bolso uma seringa pronta com veneno.

Posso ver seu bracinho batendo em meu peito cheio de leite, seus dedinhos como os de uma boneca, mas estão quentes e tocam-me a pele gentilmente.

De repente vejo tudo, aquela mão abrindo a gaveta de minhas jóias, retirando a corrente e o anel, entregando-os àquele que está no bote e que finge que a está salvando.

E se a minha irmã estiver com razão? E se eu estiver com medo e me recuse a ver o que ela viu no primeiro relance?

Não suporto ficar mais ali. Levanto-me e digo a Jan que devo ir para casa.

Ele interrompe o jogo por um instante, sai comigo para o salão de entrada.

— Imagino que você se tenha aborrecido.

Digo-lhe que não estava aborrecida, mas que estou preocupada com Jana. Peço-lhe que não saia comigo, que não deixe o jogo.

Como se ele pudesse aborrecer-me comigo, diz ele. Não estou zangada com ele por não sair comigo; não quer estragar o jogo dos demais. Acompanha-me até à escadaria, acende a luz, abaixa-se até mim e sussurra que estará comigo em breve.

Mamãe ainda está acordada e, impacientemente, pergunta se me diverti.

Digo-lhe que foi interessante.

— E onde você esteve exatamente?

Mamãe tem o faro de um lince. Assim, eu abro uma garrafa de vinho tinto Frankovka e sirvo-nos antes de tentar descrever de alguma forma o que experimentei, embora saiba que não é isso o que importa. Então conto a ela com quem estive. E que talvez ele me ame. Também digo o quanto ele é jovem e que ele é um homem ideal: não fuma, não bebe — a não ser quando sorve umas gotas de vinho de uma taça, como um favor para mim —, não fala palavrões e traz-me flores. Não conto a ela que investiga os crimes de pessoas a quem papai serviu.

Mamãe age como se não tivesse registrado a informação a respeito da idade dele; ela quer saber se estou apaixonada por ele.

Sinto-me estúpida para dizer que sim, como uma garotinha, mas não sou capaz de desmerecer o meu jovem, e por isso digo:

— Mas, mamãe, eu tenho mais de 45!

— Eu também, e tenho tido mais de 45 há muito tempo — declara minha mãe.

— Mas você tinha o papai. — Tento recordar-me do tempo em que mamãe estava com 45 anos. Eu tinha 23. Eu tinha dois irmãos, um dos quais nos era desconhecido: mamãe, minha irmã e eu. Eu cursava a universidade, freqüentava bares, às vezes ficava bêbada e não ligava a mínima para a minha própria casa. Não posso imaginar que ela tenha se apaixonado por alguém, mesmo que papai não tivesse estado lá. Quarenta e cinco, pensava eu naqueles dias, é a idade em que você se levanta de manhã e pode ouvir de longe a morte nos chamando.

— Como está Jana? — pergunto, para mudar de assunto.

— Dormindo. Mas pareceu-me estranha — afirma mamãe, concordando com o novo tema. — Ela está doente?

— Queixou-se de algo?

— Não, nada.

— Então, por que você acha que ela está doente?

— Ela disse que estava com frio — disse mamãe. — Vestiu um pulôver e tremia como se estivesse com febre. Isso não é normal neste calor, não é?

— Você perguntou a ela por que sentia frio?

— Ela disse apenas que tinha frio. Sentou-se na poltrona e ficou olhando fixamente para frente. Como se pudesse ver alguém que não estava ali. Ainda murmurou alguma coisa para si própria. Pode ser que esteja cansada.

— Cansada de quê, pelo amor de Deus?

— Agora fazem exigências terríveis na escola. Ouvi a esse respeito no rádio. Ainda bem que logo vêm aí as férias — observa mamãe. — Ela poderá descansar um pouco. Vocês duas precisam de repouso.

Sim, vêm aí as férias. Economizei para isso. Vamos para uma praia. Marquei uma viagem à Croácia. Levarei a minha garotinha para algum lugar distante, atravessarei o mar com ela para uma ilha deserta, onde nenhum traficante de drogas possa alcançá-la e, se encontrar, irei estrangulá-lo, atirá-lo no mar, ainda que isso signifique a prisão perpétua.

3

Vasculhei o apartamento inteiro, mas não encontrei minhas jóias. Há uma semana verifico minha carteira pela manhã e à noite e hoje descobri a falta de trezentas coroas.

À noite Jana chega em casa da escola com um pequeno atraso, pendura a mochila no cabide e corre para o quarto a fim de enfiar-se em sua bagunça.

— Jana!

Meu tom de voz desperta-lhe a vigilância.

— Sim, mãezinha?

— Preciso ter uma conversa séria com você!

— Mas você sempre fala sério comigo.

— Pare de fazer-se de sonsa. Você falta aula...

— Mas nós já falamos a esse respeito. Não falto mais.

— E está roubando!

Há um momento de consternação e ela me diz:

— Isto não é verdade!

— Sim, é verdade, e você sabe!

— Nunca roubei nada de ninguém!

— Não sei se não roubou dos outros, mas de mim roubou. Parece que você acha que o que é meu é seu também.

— Não sei de nada disso!

— E as minhas jóias?

— Não sei o que houve com as suas jóias, quem sabe você perdeu em algum lugar.

— Jana, você sabe muito bem o que houve com elas!

— Eu não me preocupo com as suas jóias. Com umas jóias de merda! — Ela levantou a voz. Ela se mostra tão ofendida, tão afrontada, que eu por pouco não hesito.

— Trezentas coroas desapareceram de minha carteira.

— Eu não peguei!

— Então você poderia dizer-me quem foi que pegou?

— Você deve ter perdido em algum lugar. Não é minha preocupação o seu dinheiro!

— Você esqueceu de dizer: o seu dinheiro de merda! Não é preocupação sua, você apenas pega o dinheiro!

— Isto não é verdade!

— E você ainda mente!

— Não é verdade!

— Para mim está claro para quê você precisa do dinheiro!

— Eu não peguei dinheiro algum!

— Levarei você à clínica para fazerem um exame de sangue e aconselharem o que fazer com você.

— Não irei a clínica alguma!

— Você irá comigo aonde eu disser!

— Não irei!

— Jana, você não tem idéia do que está fazendo. Uma vez dentro, você não sairá nunca e arruinará a sua própria vida! Até à morte!

— Não entrei em coisa alguma!

— Então para quê você precisou do dinheiro?

— Não peguei o dinheiro, nem outra coisa qualquer!

— Que você me roubou eu já sei, o resto vamos descobrir!

— Não vou a lugar algum!

— E você acha mesmo que eu ficarei sentada vendo você arruinar a sua vida!?

— Você também está se arruinando!

— Jana, proíbo você de me falar neste tom!

— Papai sempre dizia...

— Não quero ouvir uma palavra sobre ele.

— Com você, não vou a lugar algum!

— Então mandarei que levem você!

— Então eu fugirei! — De repente, ela põe-se a gritar histericamente. — Você é má! Banca a policial, telefona para a merda da escola para saber se estou lá ou não. Agora começou a imaginar coisas com o dinheiro. E sempre você vem dizer como devo ser e o que acontecerá se eu não fizer o que você quer. É a minha vida, não a sua. A sua vida está toda cagada, e o que você quer agora com a minha?

Vôo na direção dela. Levanto a mão, embora ela já seja maior e mais forte, mas não a estapeio, minhas pernas ficam bambas e a mão, que permanece firme quando arranco um dente durante uma cirurgia, começa a tremer.

Minha filha aproveita-se de minha fraqueza momentânea, some atrás de mim e, um instante depois, bate a porta.

Volto-me, corro atrás dela, ainda consigo avistá-la enquanto desaparece na esquina de nossa rua. Sei que não conseguirei alcançá-la, mas continuo correndo. Corro pela rua cheia de automóveis, de pessoas ao meu redor, as quais não conheço, que não me conhecem, que não estão interessadas em meus problemas, que não ligam para a minha existência.

Mas eu existo. E estou sozinha, não tenho ninguém que me aconselhe, que me ajude. Se eu corresse até aquele rapaz que me repete que me ama e encena o jogo que tenta evitar a destruição do castelo de Sion, ele seguramente ficaria aborrecido com o fato de eu estar tentando onerá-lo com algo que não é da conta dele. Ele não gerou a criança, e aquele que a gerou é a pessoa que, entre todas, menos irá me ajudar.

Poderia chamar minha amiga Lucie; ela certamente tentaria consolar-me de algum modo. Mas eu não preciso de consolo, preciso de ação.

Amanhã de manhã, cancelarei tudo no consultório e levarei Jana à clínica.

Se ela voltar esta noite. Se eu conseguir conduzi-la até lá.

4

Minha filha retornou depois do noticiário da noite na televisão. Atravessou a sala e, antes mesmo que eu tivesse oportunidade de dizer alguma coisa, fechou-se no quarto. De manhã, saiu e anunciou, de modo breve, que estava indo para a escola. Poderia discutir com ela, mas perderia a briga. De qualquer modo, não consigo decidir se a levo, ou não, à clínica de tratamento antidrogas; pode ser que, ao encontrar verdadeiros narcodependentes, chegue à conclusão de que, comparada a eles, ela seja pura como a neve. Deveria aconselhar-me com alguém, a sós.

Há somente uma pessoa que poderia aconselhar-me. Não falo com ele há uns vinte anos e quando, há alguns dias, nos encontramos no restaurante, não fui muito agradável com ele.

Repugna-me a idéia de telefonar-lhe, mas, ainda assim, ligo para ele do consultório.

De maneira bastante surpreendente, mostra-se satisfeito que eu deseje encontrá-lo; poderá receber-me prontamente em seu gabinete no Ministério da Saúde.

O ministério fica a um pulo de minha casa; porém, a exemplo da maioria de meus colegas, evito a instituição e lá não quero pôr os pés; prefiro um barzinho.

Encontramo-nos antes do anoitecer. Parece inclinado a pensar que me fez falta desde o dia em que o reencontrei. Pode ser que se tenha dado conta de como as coisas se sucederam comigo, como estou sozinha agora, e vê, por um momento, a oportunidade de aproximar-se de mim. Novamente assegura-me de que estou mais bela do que nunca. E garante-me, outra vez, que, dentre todas as mulheres que já conheceu, fui a mais bela — do mesmo modo que disse isto a todas as demais. Mas eu não fui ali para elogios; eis uma coisa que não me faz falta; estava ali para que me aconselhasse o que fazer com minha filha.

Ele ouve-me com interesse aparente; tudo o que lhe digo é banal, como quando me falam das dores de dente.

Percebe que preciso de consolo. Recorda nossos dias de juventude; estávamos em situação melhor? Não nos rebelávamos também contra os nossos pais? É preciso ter calma e paciência, afirma ele, empregando a fórmula que utiliza para eliminar o medo de pais assustados.

Depois aconselha-me a descobrir o que minha filha está tomando. Se é realmente algo muito pesado, precisaremos agir imediatamente; mas, se ela está fumando maconha de vez em quando, diz que devo agir com mais leveza. O mais importante é que eu descubra com quem ela anda. Se é com uma turma da pesada, devo tentar afastá-la, embora seja uma das tarefas mais difíceis. Felizmente, daqui a uma semana começam as férias, e seria ótimo se eu levasse Jana para algum lugar distante, onde a pudesse ter perto dos olhos.

Ele também pergunta como Jana se comporta em casa. Sem dar-se conta, os pais às vezes fazem algo que acaba empurrando os filhos na direção que eles não querem tomar. Por vezes, é o rigor excessivo e, outras vezes, é excesso de mimo. Arrola uma lista de recomendações preparadas para esta ocasião: não devo bancar a professora com minha filha, ou fazer-lhe muitas censuras; devo certificar-me de que ela não passa noites fora, mas tampouco devo fazer com que se sinta dentro de uma prisão. Devo fazer com que se sinta amada.

Enquanto ele fala, seu olhar invade o meu corpo, como fazia há tempos; pode ser que seja a única coisa que lhe interessa. Naturalmente, não liga muito para minha filha. E por que ligaria, se rejeitou a criança que concebeu comigo naquele tempo?

Pode ser que tenha desejado ouvir que estou triste, abandonada e solitária, que sou incapaz de administrar a própria vida e que minha filha está sofrendo, como conseqüência disso. Então, ele poderá oferecer-me a sua ajuda, que consistiria em acrescentar as suas preocupações às minhas.

Continua por algum tempo com as recomendações prontas-para-uso, que eu própria poderia compor, embora a constatação de que o caso de Jana não seja nada de extraordinário seja um leve conforto.

Agradeço-lhe então. Pede para que eu telefone, a fim de contar como as coisas estão andando e no caso de precisar de algum outro conselho dele. Antes de nos despedirmos, ele insiste.

— Estou viajando para Londres semana que vem. Você não quer ir comigo? Eu poderia pagar a sua passagem.

Não viajaria com você nem que me pagasse a passagem, penso, sem dizer a ele.

— Mas você sabe que minha filha está aqui.

— E hoje à noite?

— Também tenho coisas para fazer.

Caminho para casa e minha ansiedade vai aumentando à medida que me aproximo do prédio. Em casa, minha filha está sentada no sofá, com um pano molhado sobre a cabeça.

— Dor de cabeça?

— Um pouco. Mas vai passar.

Parece-me pálida.

— Você jantou? — pergunto a ela.

— Não tive fome. Por causa da dor de cabeça.

— E a escola?

— O de sempre. Apenas o de sempre.

Silêncio. Não devo fazê-la sentir-se dentro de uma prisão. Preciso fazer com que se sinta uma rainha.

— As férias escolares começam daqui a uma semana.

— Eu sei.

— Tirarei também minhas férias de verão em julho. Aluguei um chalezinho para nós em Hvar.

Silêncio.

— Não quero ir para a praia — anuncia finalmente.

— E por quê?

— Não tenho vontade de ir a lugar algum.

— Você não quer ir a lugar algum ou não quer ir comigo?

Hesita um momento antes de responder.

— Prefiro ficar em casa!

— Você quer ficar sentada aqui o verão inteiro?

— Aqui ou por aqui.

— Mas eu não quero. O ano inteiro fico esperando que cheguem as férias.

— Mas você pode ir ao litoral.

Suas respostas arrogantes irritam-me, mas procuro manter a calma.

— E deixar você em casa?

— E por que não?

— Porque não pretendo deixar você aqui sozinha.

— Mamãe, você deve convencer-se de que não sou mais uma criança.

— Eu não devo coisa alguma. E você tenha em mente que não está tão crescida assim.

— Não gosto de me arrastar até à praia. É um desperdício de dinheiro.

— Não se preocupe com o dinheiro. O que você gostaria de fazer?

— Ficar por aqui.

— E chegar em casa todos os dias à meia-noite?

— É.

— Maluca!

— Quero passar as férias com gente com quem gosto de ficar.

— Está certa.

Olha para mim com surpresa.

— Todo mundo prefere ficar com gente cuja companhia agrada. Você pensa que eu não?

— Está vendo?

— Mas você virá comigo, porque não vou deixá-la aqui para vagabundear com um bando de *punks* com os quais você acredita que gosta de ficar. Exatamente porque eles deixam você fazer o que quer e porque gastam o tempo não fazendo nada, como você faz.

— Mamãe, não tem sentido, eu não quero ir à praia com você de jeito nenhum!

— Tudo bem, não iremos à praia. — Sua expressão é desafiadora. Não é mais a menininha que se enfiava em minha cama nos domingos pela manhã. Sei que tenho culpa nisso. Ignorei durante muito tempo que as coisas andavam erradas com ela. Queria que a infância dela fosse diferente da minha; desejava que ela tivesse mais liberdade.

E, afinal, o que é a liberdade? A senda que conduz a um espaço desconhecido em que até os adultos se perdem, e minha filhinha nem tem 16 anos ainda, e perde-se, perde-se na paisagem que a atrai; todavia é um pântano em que ela deverá afundar, até que um dia venha a desaparecer.

Sinto lágrimas escorrendo de meus olhos. Limpo rapidamente a face, mas não consigo parar as lágrimas.

E aquela criatura fita-me por um instante e, de repente, coloca sua cabeça dolorida em meu colo:

— Não chore, mamãe! Não foi isso que eu imaginei. Iremos juntas, aonde você quiser.

5

Convidei Kristýna para participar de um jogo que inventei que não era louco demais ou até mesmo infantil, mas era sem monstros. Convidei-a porque desejava apresentá-la aos meus amigos. Não, desejava provar a mim mesmo que ela era minha não somente na vida íntima, mas também diante das pessoas; queria que Vera a visse comigo.

Mas não me arrependi. Kristýna não se sentiu à vontade durante a encenação, melhor dizendo, não gostou. Eu deveria ter pressentido que ela tem os pés no chão, é uma mulher séria. Esforçou-se para alegrar-me, mas percebi como se atormentou. Não a retive, quando decidiu ir embora duas horas depois.

Continuamos jogando quase até de manhã. Vera agiu com desdém. Antes de nos despedirmos, não se conteve e comentou:

— Pelo amor de Deus, onde foi que você arrumou aquela relíquia?

— Não arrumei, descobri nos arquivos — disse, achando que seria uma boa resposta. — Tem antepassados nobres!

— Não sei dos antepassados dela, mas que o traseiro dela é grande, isso é.

Disse-lhe que ela era patética e que tinha pena dela. Respondeu-me que não sabia quem deveria ter pena de quem, mas afirmou que o maior coitado era eu.

Amanhecia, quando voltei para casa. Tive a impressão de que algo fundamental havia ocorrido em minha vida.

Quando Kristýna saiu de noite, e continuamos a encenação, repentinamente percebi que aquilo não me dava mais prazer, que eu estava perdendo tempo. Como se eu me enxergasse com os olhos dela: um rapazinho que, em vez de completar os estudos, ainda continua brincando.

O jogo pode ser uma paixão, mas não é o meu caso. Naquelas encenações, a gente não tem a esperança de uma recompensa financeira que possa mudar a vida. Para fazermos de conta que estamos cercados de criaturas de contos de fadas, naturalmente devemos ter certa imaginação, mas também infantilidade, o que é impróprio para a minha idade e o meu trabalho.

As pessoas quase sempre jogam para escapar do tédio de seus empregos. Meu trabalho não era tedioso. Investigar arquivo após arquivo, procurar neles a nobreza de espírito de uns, a sordidez e a maldade de outros, não aborrecia. Sentia-me por vezes como um *voyeur*, ou um abutre sobrevoando o deserto em busca de carniça. Às vezes, gostaria de sonhar à noite com aquelas pessoas que nunca vi, embora suas vidas privadas as tenham precedido sob os meus olhos analíticos de forma mais ou menos distorcida. No fim das contas, era um alívio movimentar-me em um mundo de faz-de-conta habitado por espíritos, magos ou até vampiros e dragões de muitas cabeças. Havia algo de mágico em ingressar num universo artificial dentro do qual você podia traçar as normas e influenciar o curso dos acontecimentos. Alguns dos informantes, cujas fichas eu lia, fizeram o que fizeram exatamente por essas razões: quiseram poder influenciar o curso dos fatos desconhecidos dos demais, que sequer poderiam contemplá-los. Eles acreditavam possuir poderes mágicos sobre os destinos dos homens, ainda que muitos fossem apenas instrumentos, simples marionetes em mãos alheias que acreditavam o mesmo. E assim *ad infinitum*.

O importante para mim era o fato de que conseguia levar os jogos a um final auspicioso ou, ao menos, aceitável, o que eu não conseguia fazer em minha vida pessoal ou no trabalho. Mas já era tempo de conduzir também os negócios de minha vida pessoal a uma conclusão aceitável. Parece, contudo, que não estou destinado a isso.

O sr. Rukavička-Hádek, cujo trabalho era reprimir os que esposavam a idéia do escotismo, naturalmente escusou-se de ser interrogado. Enviou suas desculpas e incluiu um atestado médico, segundo o qual o seu estado de saúde não lhe permitia viajar. Na época em que ele era o interrogador, atestados médicos como esse não ajudavam. Se ele precisasse interrogar alguém, os seus esbirros arrancavam a pessoa até de uma casa de saúde.

Assim, tivemos de descobri-lo sozinhos.

O lar de idosos em Městec ficava numa mansão neogótica rodeada por um grande parque de estilo inglês. Para alguém cuja função fora a de reprimir a liberdade das pessoas, era um lugar confortável e sem preocupações.

A superintendente concordou de bom grado que usássemos o escritório dela para o nosso trabalho, durante um tempo curto. Até colocou à nossa disposição a velha máquina de escrever. O meu superior perguntou-lhe se estavam satisfeitos com o sr. Rukavička, e a superintendente respondeu, novamente de forma muito gentil, que ele era um senhor agradável e tranqüilo que morava ali com o seu canário. Aparentemente, o pássaro era a sua única alegria. A mulher já havia falecido e os filhos não o visitavam. Não tinha muitos amigos ali, mas comportava-se de forma muito amistosa com todos, e as enfermeiras falavam bem dele.

Uma das enfermeiras conduziu então à nossa presença o homem que, no passado, utilizava pelo menos dois codinomes. Parou ali, sustentado por duas muletas: um velhote rechonchudo e comum, com face enrugada e um crânio pálido, com cabelos remanescentes grisalhos. Encostou as muletas na parede, sentou-se no sofá e perguntou-nos em quê poderia ser-nos útil.

Ondrej apresentou-nos, a ambos, e disse-lhe que não havia a intenção de retê-lo por muito tempo. Depois anunciou que gostaria de fazer-lhe algumas perguntas na condição de testemunha e disse que certamente ele tinha consciência do assunto.

O velho não tinha a mínima idéia, ou, pelo menos, foi isso o que sustentou. Nem sequer me mostrou sua carteira de identidade para que eu pudesse entrar em pormenores referentes às afirmações.

— Sr. Rukavička, o senhor trabalhou a partir de 1949 sob o nome de Hádek como interrogador para o Serviço de Segurança do Estado — iniciou o interrogatório o meu superior.

O velhote assumiu uma expressão ofendida. Devia haver algum equívoco absurdo.

— Mas temos documentos que comprovam isso — disse Ondrej, retirando uma pasta de sua maleta. — Trouxemos aqui. O senhor poderia vê-los?

O sr. Rukavička-Hádek apanhou no bolso o estojo dos óculos, mas depois sacudiu a cabeça. A leitura cansava-o, e ele não tinha interesse nos documentos.

— Suponho que deva esclarecê-lo a respeito de seus direitos?

— Sempre gosto de ser esclarecido — sorriu o velhote. — Especialmente por uma dupla tão agradável de jovens.

O meu superior leu os tópicos mais relevantes da lei sobre o direito das testemunhas e perguntou em seguida:

— Mas o senhor não nega que tenha sido informante do Serviço de Segurança do Estado.

— Servi por um breve tempo, há cinqüenta anos — admitiu. — Fui ensinado para ser carpinteiro, mas fizeram recrutamento no serviço militar. Tive a impressão de que o trabalho seria mais interessante.

— E foi assim que o senhor trabalhou como interrogador da Segurança de Estado sob o nome de Hádek?

Explicou que às vezes era solicitado que usasse um nome em particular. Após cinqüenta anos, efetivamente seria incapaz de lembrar-se do nome.

— E quanto aos nomes dos que o senhor interrogou? — perguntou Ondrej.

— Não interroguei ninguém.

— O senhor gostaria de ver os depoimentos daqueles que interrogou?

— As pessoas dizem toda a espécie de coisas. Eu já disse o que penso a respeito desses papéis. Não me interessam. — O velhote olhou em volta aborrecido, procurando uma de suas muletas. Pode ser que quisesse mandar-nos embora, ou fazer com que soubéssemos que ele poderia levantar-se quando bem entendesse. — Eu devo saber melhor o que fiz ou deixei de fazer.

— E o que o senhor fez?

— Fiquei sentado num escritório. O que mais?

— Certo. E o quê o senhor fazia no escritório?

— Tenente, o senhor imagina que vai se lembrar daqui a cinqüenta anos do que o senhor fez hoje? Que o senhor tenha vindo a um lar de idosos ver um sujeito e despejado uma série de acusações absurdas contra ele?

— Na verdade, não levantamos acusação alguma contra o senhor. Simplesmente falamos a respeito de seu trabalho e dos nomes que o senhor usou. O senhor acha que isso é uma acusação?

— Nos dias de hoje, nunca se sabe.

— Lerei alguns nomes e gostaria que o senhor me dissesse algo a respeito deles — disse o meu superior, ignorando as invectivas. Ele começou a ler os nomes dos chefes de escoteiros que acabaram presos, dentre eles o nome de meu pai.

O velhote sacudiu a cabeça, negando. Não, ele não podia lembrar-se de um nome sequer.

— Quem são eles? — indagou.

Ondrej explicou que todos eles acabaram presos devido a acusações forjadas. As evidências alegadas a respeito das atividades ilegais haviam sido fornecidas por um tal de capitão Hádek.

— Não faço idéia — disse. — Pode ser que tenham feito algo, já que foram presos, mas eu não tive nada a ver com isso. Nenhum desses nomes significa qualquer coisa para mim.

— E o que o nome Rubáš significa para o senhor? — intervim.

Olhou-me como se quisesse dizer "Desista disso, o seu trabalho é escrever que eu não me lembro de nada." Então, para surpresa minha, repentinamente fitou-me como se recordasse.

— Creio que era o nome de um técnico do Bohemians.

— É interessante que o senhor se lembre do nome de um treinador de futebol, mas não consiga lembrar-se do nome das pessoas que interrogou.

— Já lhe disse: não interroguei ninguém. — E acrescentou: — É uma pena que eu não esteja por aqui daqui a cinqüenta anos para perguntar ao senhor se se lembraria de meu nome depois de tanto tempo.

— Será mais difícil para nós — eu disse. — O senhor usou tantos nomes diferentes, sr. Rubáš.

Sorriu, como se o meu comentário lhe agradasse. Depois, disse:

— O senhor é muito jovem e não consegue imaginar o que são cinqüenta anos. Menos ainda o que são oitenta anos no lombo. Sendo assim, jamais compreenderá o que se passou naquela época. Do que se tratava, de fato. Desejávamos construir algo, não como nos dias de hoje, quando as pessoas apenas correm atrás de dinheiro.

Ondrej tentou formular-lhe ainda algumas outras perguntas, mas ambos percebemos que nada seria respondido. Oculto atrás dos oitenta anos de sua vida e de meio século já transcorrido do trabalho que fazia, e que nos interessava, o velhote não se lembrava de nada, de fato algum, de nenhum nome daqueles que interrogara, de nenhum de seus colaboradores. A única coisa que conseguia recordar era do nome do treinador do time de futebol. As testemunhas que poderiam depor contra ele estavam todas mortas e aquilo que tínhamos realmente contra ele havia sido silenciado há muito tempo.

Não havia sentido em perder mais tempo e dar ao homem a satisfação de ainda conseguir, aos oitenta anos, vitórias contra os inimigos de classe. A declaração que redigi não continha um único fato que pudesse esclarecer algo.

— Um gentil e tranqüilo vovozinho — observei, enquanto retornávamos a Praga. — Pena que não nos tenha mostrado o seu papagaio.

— Canário — corrigiu-me Ondrej. — Pode ser que realmente goste do bicho. Sob um regime normal, ele não teria interrogado ou torturado ninguém, mas deve ter passado a vida contabilizando caixões. O fato de ele não ter consciência não deve ter incomodado ninguém, ninguém sequer sabe disso. E, agora, o que faremos com ele? Ainda há pouco, chegou um comunicado do ministério afirmando que estamos jogando dinheiro fora. Começo a acreditar que estão certos. Desperdiçamos tempo e gasolina. E, nas raras ocasiões em que conseguimos juntar as peças, jamais chegamos a lugar algum, o gabinete do promotor público devolve-nos tudo com certo prazer, afirmando que aquelas provas são insuficientes para iniciar um processo. Imaginam que depois de cinqüenta anos seja fácil encontrar a mesma espécie de testemunhas e evidências que num caso transcorrido há um mês.

— Eles não imaginam nada — objetei. — Eles gostam de saber que podem usar essa desculpa.

Então ambos caímos em silêncio. Um abatimento tomou conta de mim. Pensei que esse mesmo homem havia tido poder sobre meu pai; na verdade, espancou meu pai, torturou-o durante semanas, assim como fez com dezenas de outros que não havíamos descoberto. Não temos poder para fazer qualquer

202

coisa com ele, porque, ao contrário dele, reconhecemos a presunção da inocência. Porque, ao contrário dele, somos pessoas decentes.

Pode ser que eu seja uma pessoa decente, mas, no momento, isso me incomodava; tinha a sensação de que havia falhado novamente, não havia conseguido levar a cabo outro projeto; em nome de alguma lei superior, coloquei-me no lugar das vítimas humilhadas por ele. Se ao menos tivesse dito o que eu pensava a respeito dele!

É como se a justiça jamais alcançasse papai. E eu?

Sentia tamanho vazio dentro de mim que, de repente, nem tinha vontade de continuar vivo.

No que colocaria minhas esperanças agora?

No caminho de volta, também pensava, de forma ansiosa, em Kristýna. Eu a perderia também um dia. O amor é mais um setor de minha vida em que sou incapaz de ter sucesso.

Quando a encontrei, no dia seguinte, perguntei-lhe se sabia a hora exata de seu nascimento.

— Você quer fazer o meu mapa astral? — indagou, surpresa. — Melhor não fazer. Você descobrirá algo terrível a meu respeito.

— Eu só queria ver quais eram as minhas chances.

Contou-me a hora de seu nascimento, mas, como a maioria das pessoas, não sabia dizer os minutos exatos, e até mesmo uma diferença de quatro minutos pode induzir ao erro. Mas tracei-lhe o mapa tão responsavelmente quanto pude e prospectei o futuro de nosso relacionamento. Ainda que os nossos elementos, fogo e água, parecessem irreconciliáveis, tínhamos esperança de um lar comum. Segundo a antiga astrologia, ambos estávamos sujeitos a Júpiter, que comanda o lar.

Kristýna certamente tem origem aristocrática, parece um lago subterrâneo; existe dentro dela uma paixão que, se emergir, pode gerar vida ou destruição. Não para aqueles que a cercam, mas para si mesma.

Ela é gentil e preocupada, e seu desejo é livrar as pessoas da dor, por isso escolheu aquela profissão, embora a vida tenha lhe negado muitas outras possibilidades. Ela é magnânima, mas sujeita a angústias; deseja casar-se, mas teme a traição. Que esperanças tenho, portanto? Não sei.

Damo-nos bem. Jamais senti ao lado dela o vazio que sentia com outras mulheres. Agradava-me que desfrutasse com plenitude, e sempre, cada conversa nossa de maneira que jamais acontecera antes. Para ela, tudo se movimentava entre os limites da alegria e da tristeza, do prazer e do sofrimento. Evitava as conversas sem sentido que a maioria das mulheres que conheci apreciava.

Às vezes, falava-me dos pacientes que atendia no consultório, dos golpes do destino e mudanças a que estavam sujeitos, mas geralmente falávamos de golpes do destino e mudanças a que estiveram sujeitas as vidas que eu investigava.

Eu era mais categórico do que ela em meus julgamentos. Contei-lhe a respeito de papai. Também mencionei o encontro com o sujeito no lar de idosos, que tenho certeza foi um interrogador. Falei-lhe de nossa falta de poder diante de criminosos que fingiam ter perda de memória. Assegurei-lhe que nada realmente havia sido feito ainda para avaliar a culpa daqueles que ajudaram a reprimir a liberdade dos outros, e contei-lhe também que, doravante, faria tudo o que estivesse ao meu alcance para que a culpa deles fosse estabelecida e eles acabassem punidos, se possível.

Kristýna sustentava que aquilo não beneficiaria ninguém. Quem julgaria, se quase todos se envolveram ou foram envolvidos. E, de fato, estávamos nos envolvendo.

— Você envolveu-se comigo agora — disse-me.

Não sabia o que ela pensava.

— Meu pai serviu à milícia e ao regime, e ele consideraria seu pai um inimigo — explicou.

— E você teria concordado com ele? — perguntei.

— Eu não podia suportá-lo. Eu não podia suportar meu pai — repetiu. — Assim que comecei a entender algo, nem mesmo queria falar com ele, ou vê-lo.

— Veja só: você praticamente perdeu o pai, enquanto ele ainda estava vivo. Então, o que você entende como envolvimento?

— Aos olhos de seu pai, o meu também era inaceitável. E, agora, nós dois estamos deitados aqui, juntos. Nenhum dos dois teria aprovado. Nem mesmo sua mãe — disse ela.

— É ótimo que estejamos deitados aqui juntos, enquanto nos amamos. E não meta os nossos pais nisto — observei.

Mais tarde, quando eu estava saindo, percebi que o pai dela também era realmente um daqueles que perseguiram o meu. Não é culpa dela, assim como não é culpa minha o fato de meu pai ter sido o perseguido. Ainda assim, prefiro não pensar a respeito de nossas diferentes origens. Ignoro-as e pretendo continuar ignorando-as, assim como ignoro o cheiro de cigarro em Kristýna, ainda que eu o sinta em seu cabelo.

De fato, a única forma de existir é ignorando as coisas que não apreciamos, e as coisas nas pessoas e no mundo que poderiam perturbar-nos.

6

São quase oito horas da noite e Jana ainda não voltou da escola.

Hoje eles receberam os boletins escolares. Minha filha esforçou-se para temperar a sua insolência com o apaziguamento, e anunciou-me ontem que repetiria em matemática e teria, ainda, pelo menos cinco notas vermelhas e uma boa nota de comportamento. Convenci-me de que não deveria gritar nem censurá-la por coisa alguma. Mas ela não voltou para casa.

Primeiro telefonei para mamãe, no caso de ela ter ido para lá, e depois para a melhor amiga de Jana, mas ela não sabia nada a respeito de Jana, ou pelo menos foi o que me garantiu.

Pouco depois mamãe ligou para mim e disse para eu fazer algo a respeito.

— Sei, mas o que devo fazer?

— Você sabe como é: as crianças têm notas ruins e, ora por dor de consciência, ora por medo fogem, ou até mesmo fazem algo contra si mesmas! — pressionou-me.

— De quem Jana teria medo, mamãe?

— Isso é você quem deve saber.

— Jana não é mais uma criancinha! Pode ser que tenha apenas saído com as colegas.

— Mas, ao menos, ela teria telefonado, não teria? Você deve informar à polícia, agora.

— Esperarei um pouco — eu digo, concluindo a conversa. Fumo um cigarro após o outro e ligo também para meu ex-marido, embora saiba que será inútil.

Não, ele não tem visto Jana pelo menos nas três últimas semanas. Ressente-se, porque se sente infeliz e nem sabe por quanto tempo mais ficará vivo. Começa a enumerar-me, longamente, os próprios sofrimentos. Está interessado apenas em si. Encerro a conversa sem sentido, acendo outro cigarro. Os dedos tremem e desejo chorar. Não tenho ninguém no mundo inteiro além de mamãe, e ela também está velha. Não, há uma pessoa que me ame, talvez, mas como poderia ajudar-me? Seguramente, ele pensaria que estou ficando histérica. Não lhe contei quase nada a respeito de Jana. Tinha vergonha de que a idade dela fosse mais próxima à dele do que a minha.

Esperarei mais meia hora e depois irei à polícia. Tudo o que todos nós temos no mundo é a polícia. Números telefônicos de emergência e a polícia, que vem, indaga, registra uma ocorrência e tudo acaba assim.

Por fim, o telefone toca. Mas é apenas Lucie para dizer-me que está horrivelmente mal, que sente falta do seu amante moreno. Ela quase me conta tudo em detalhes, mas interrompo-a com o meu problema.

— Mas ela voltará para casa — esforça-se a minha amiga para acalmar-me.

Quando desligo, estou convencida de que Jana não voltará para casa. Deve estar em algum lugar com a sua turma bebendo, na melhor das hipóteses bebendo, e divertindo-se. Quem treme de medo sou eu; ela sabe que não precisa ter medo de nada. E a consciência? Não lhe incomoda a consciência pelo fato de ter roubado dinheiro de mim, quando mentiu para mim, e por que faria algo desesperado por conta de um boletim escolar?

Eu não deveria ter deixado as coisas chegarem tão longe. Assim que ela chegar, tenho de levá-la ao hospital! Mandarei fazer um exame de sangue e, finalmente, saberei o que ela vem fazendo.

Mas e se aconteceu algo inesperado? Ela pode ter se embebedado ou se drogado e pode ter se jogado debaixo de um carro. Pode ter sido atacada por alguém.

Realmente, eu deveria ir à polícia, mas continuo hesitando. Não quero que a coloquem numa lista e fiquem à procura, como se fosse uma fugitiva.

Jan, o mestre dos jogos de heróis e também alguém que tem experiência em investigações, é a minha última esperança. Assim, ligo para ele finalmente e divido os meus medos com ele, enquanto me desculpo por envolvê-lo em meus problemas.

Sem aguardar pormenores, ele diz que logo estará aqui.

A espera parece infindável, embora ele tenha chegado em menos de meia hora.

Ele quer saber que espécie de boletim Jana estava aguardando, se ela sofre de depressão, se ela bebe, com que espécie de turma ela sai e que locais freqüenta.

Conto-lhe que ela tem saído com uns *punks*, que não conheço os lugares que freqüenta e que ela me diz que fica sentada nos parques.

Ele pergunta se alguma vez fui procurá-la lá.

Nunca, porque ela sempre chegou antes de mim; três vezes por semana fico no consultório até às seis.

Minhas respostas não conseguem satisfazê-lo; imagino que esteja pensando que sou uma mãe irresponsável e descuidada.

Ele raciocina durante algum tempo e, então, afirma que os *punks* costumam reunir-se na ilha de Kampa, perto da ponte Karel.

— Ainda que não encontremos Jana lá, pelo menos poderemos descobrir alguma coisa — ele diz.

Eu teria concordado com qualquer coisa que ele sugerisse, para que ao menos fizéssemos algo. Levo-o até o meu carro, mas peço que ele dirija porque estou nervosa demais.

Nessa hora da noite, as ruas estão praticamente semidesertas e em pouco tempo estamos passando por Smíchov, um bairro às margens do rio Vltava. Ele consegue estacionar numa rua lateral e descemos as escadas até Kampa. O som das guitarras já alcança os nossos ouvidos; está ficando escuro, mas eu consigo distinguir os cabelos *punk*. Esses são aqueles que estamos procurando; reconheço minha filha de costas. Corro até ela:

— Jana!

Ela volta-se para mim.

— É você, mamãe?? Está fazendo o que aqui? — Está tão pintada quanto uma beldade da Papua-Nova Guiné.

— O que *você* está fazendo aqui? — eu digo nervosa porém aliviada por tê-la encontrado ainda viva.

— Estou aqui, ora. As férias escolares começaram hoje. — Age arrogantemente, não quer se ver diminuída na frente dos amigos. Eles me avistaram, mas a maioria parece despreocupada.

— Por que você não me telefonou?

— Acabaram os meus créditos telefônicos.

— Não ocorreu a você que eu ficaria preocupada?

— Me poupe de uma cena, mãe!

— Certo, não direi mais nada, junte as suas coisas e vamos!

Em vez de responder, vira-se de costas para mim.

— Jana, levante-se e venha comigo!

Não me olha, nem se mexe. Contudo, Jan reclina-se em sua direção e pergunta:

— Você não ouviu?

— Quem é o senhor? Mamãe, você veio buscar-me com um tira?

Num instante, o meu sangue se congelou diante do pensamento de que a palavra *tira* pudesse incitar os demais, e eles poderiam atacar-nos.

— Não, você está enganada. Acontece que eu gosto de sua mãe e não irei aturar que você a atormente — disse ele.

— Não a estou atormentando — diz ela, mas ela parece tão assombrada com aquilo que acabou de ouvir que se levanta, volta-se para os amigos e diz: — Tchau, então, até manhã, eu agora devo ir com eles.

— Onde está o seu boletim escolar? — pergunto, porque a única coisa que ela estava levando era uma bolsinha de tecido.

— Lá — e apontou na direção do rio.

— Você jogou fora?

— É. Era nojento! — E dá uma gargalhada estranha, ensandecida.

Calo-me.

Jan coloca-nos ambas no banco de trás do carro e volta-se para minha filha então:

— Você está completamente bêbada, hein?

210

Ela olha fixamente para ele.

— É da sua conta? — diz, afinal. — Você não é meu pai!

— Jana!

Mas ela ri novamente com aquela voz estranha.

— Estou ótima! Pouco importa o que vocês pensem!

— Mas para mim importa o que você tem na sua corrente sangüínea. E quero esclarecer isso de uma vez por todas.

Ela ri. Depois começa a gritar e diz que não permitirá que alguém colete o seu sangue, que não irá a lugar algum conosco e que eu a deixasse descer do carro.

Não quero discutir com ela, então digo a Jan para onde deve ir.

— Você quer trancafiar-me com os doidos?

— Quero apenas descobrir o que se passa com você.

— Não vou com vocês! — Ela tenta abrir a porta do carro em movimento. Agarro-a, passo os braços em torno de sua cintura e seguro com toda a força. Lutamos. Ela consegue abrir a janela e começa a gritar por socorro. Quando percebe que ninguém poderá ouvi-la, tenta escapar e lançar-se sobre Jan, sacudindo o banco dele e gritando que para ela era indiferente se todos morrêssemos. E berra: — Vou matar vocês, odeio vocês, vocês são maus, vou matar vocês!

Consigo recolocá-la no banco, estou deitada sobre minha filhinha, sinto-lhe a respiração que exala um cheiro estranho, estou deitada sobre minha filhinha, que me arranha, morde minha mão e chuta-me a barriga com os joelhos. Ela é mais jovem e mais forte e seu cérebro foi obscurecido por algum veneno. Sei que não serei capaz de agüentar por muito tempo, pode ser que ela consiga pular ou atirar-me para fora do veículo. E então ela se atira sobre Jan e arranca-lhe o volante das mãos; realmente quer matar-nos.

Repentinamente, desiste. Cala-se. Percebo que seu rosto está ensangüentado. Apavoro-me, mas é o meu sangue, que escorre dos arranhões em minha mão.

O longo muro da clínica aparece diante de nós, Jan pára diante dos portões.

— Você quer deixar-me aqui? — pergunta a pequena Jana. E começa a choramingar: — Mamãe, você não vai me deixar aqui, vai?

Mas os portões abrem-se e sei que devo deixá-la ali.

7

Tudo aqui é branco e horrível: as paredes, as camas, as luzes e as pessoas. Exceto os morcegos negros que vejo pendurados algumas vezes nos lustres. O médico-chefe estava completamente fora de si quando o vi pela primeira vez; pensei que fosse um louco disfarçado ou um viciado. Assim que me conduziram para a desintoxicação, lutei com eles tanto quanto pude, mas eram bem-treinados e, em vez de algemas com correntes e chicotes, usavam seringas. Injetavam em mim alguma coisa e depois eu dormia por um mês, mais ou menos como a Bela Adormecida. Quando acordava, estava meio zonza e me lixando pra eles. Aquele maluco disfarçado de médico me disse gentilmente que eu estava com os sintomas clássicos de abstinência. Também comunicou que o meu sangue continua com toda a espécie de porcarias e que eu devia estar feliz por continuar viva. Que eu fiz uma mistura danada.

Eu não misturei nada, foi Ruda.

De qualquer modo, fugirei.

Éramos nove na desintoxicação — horrível! Havia alguns alcoólatras também, contávamos nossas vidas uns aos outros. Renata ainda estava com 25 anos, mas parecia ter mais de cinqüenta, e diz que estava indo lá fazia oito anos. Era a sua terceira estada ali, e disse que se suicidaria de qualquer jeito. Disse que já tentou várias vezes, mas sempre alguém a salvava. Na última vez, deitou-se sobre os trilhos, mas o trem parou a mais ou menos meio metro de distância. Em seguida, o maquinista saltou, apanhou-a e, como ela estava em estado de choque, estapeou-a e bateu nela, dizendo que iria matá-la. Então, por que o imbecil havia parado?

Renata disse-me: "Fique agradecida por ter uma mãe que trouxe você aqui. Pouco se lixavam para mim e veja como estou."

Havia também uma prostituta, chamava-se Romana e, quando contava histórias, era muito legal. Disse que transou certa noite com oito caras e ganhou tanta grana quanto um ministro ganhava por um mês. Garantia que nascera na Sicília, onde metade dos habitantes eram originários da Índia e, quando ela nasceu, Kali reencarnou nela. Kali era a mais feroz das deusas da Índia, derrotara o próprio marido, um deus também, e dançou a dança da vitória sobre o peito dele. Romana aprendeu bruxaria lá na Sicília e também como destruir os homens.

Dizia que levava apenas duas semanas para transformar em zumbi qualquer homem que acreditasse não poder viver sem ela. Havia o filho de um padre católico, que queria endireitá-la; em duas semanas ficou parecendo ter cem anos de idade e nem mesmo a maconha podia ajudá-lo. Um outro cara, um comerciante, começou a percorrer cemitérios desenterrando esqueletos para bater com os ossos deles na própria cabeça, até que um dia se matou assim. Um professor, que lecionava magia na universidade, depois que a conheceu começou a subir no telhado todas as noites, nu, debaixo de qualquer tempo. Ela contou que ele ficou sentado até que uma noite congelou na chaminé e os bombeiros precisaram arrancá-lo de lá. Cerca de uma dúzia de seus amantes atirou-se pela janela. E ela derrotou um lutador peso-pesado atirando-o da janela direto dentro de uma betoneira.

Claro que era tudo mentira, ou então ela ficava viajando mesmo, mas ela era um grande barato.

O pior foi quando me trancaram com uma velhota que era a reencarnação da amante de papai. Comportava-se como ser humano, mas há muito tempo tornara-se um vampiro e ficava no meu encalço. Ficava no encalço de todos, mas eu detestava que ela quisesse o meu sangue. Contei para a enfermeira, que se parecia muito com a Eva da mamãe, e ela me disse para não ter medo, que tomaria conta de mim enquanto eu estivesse dor-mindo. Era assim que eu podia dormir, quando ela estava de plantão; mas, ainda assim, eu tinha medo e, durante a noite, eu amarrava um xale em torno do pescoço.

Estava lindo lá fora, além da janela, mas não podíamos sair. Isso era o que mais me aborrecia, porque era época das férias e todo mundo devia estar na ilha de Kampa e eu ali, apodrecen-do feito tomate amassado.

De qualquer modo, fugirei.

Tínhamos terapia o tempo todo, vinha sempre uma loura oxigenada com avental branco e começava a falar. Daí a vaca dizia que realmente é uma coisa imbecil tomar drogas, que era superlegal viver sem elas. Afirmava que desejava o nosso bem e mandava que repetíssemos depois dela, como papai fazia, que era estúpido e que não o faríamos de novo. Ela também interrogava-nos a respeito de nossas condições. Parece que não gostou de saber que mamãe era dentista e disse: "Veja, você tem uma mãe dessas e você a amargura. Mas você não deseja mais amargurá-la. Então, tente dizer isto em voz alta ou, pelo menos, para si própria."

Era horrível!

Acho que papai jamais me colocaria numa terapia.

Mamãe, portanto, me ferrou mesmo, atirando-me aqui dentro. Afinal, ela sempre dizia que cada um conduz o próprio destino. Era quando papai se aborrecia com aquelas drogas dela.

Tinha pena dela, lamentava muito, mamãe quase sempre estava com depressão, dependente das drogas legalizadas. De manhã, ficava com tremores, mas não podia tomar nada, porque precisava sair para ficar enfiando a mão na boca das pessoas, como ela mesma dizia. Ela nem consegue imaginar como é quando a gente fica curtindo um barato, quando a gente realmente pode fazer uma viagem legal. Então, por que ela não me deixou em paz?

E ela tem um namorado; isso me derrubou mesmo. Um cara magrelo, parece um fio que bóia, aposto que ele também se droga, mas age como se não fosse com ele. Mamãe é doida por ele, percebi isso claramente, embora eu estivesse bastante baleada. Desejo o bem dela; talvez ela não esteja tão fodida na vida e um dia me tire daqui.

Domingo, mamãe veio me visitar pela primeira vez, depois que saí da desintoxicação. Trouxe um bolo para mim, algumas laranjas e um livro de contos de Karel Čapek. O bolo ela fez sozinha, por isso estava um pouco queimado, e os contos eram de bolso. Teria sido melhor se ela tivesse me trazido uma caixa de Rohypnol, a droga do amor, mas isso eu não podia esperar dela. Disse que eu não ficaria internada por muito tempo mas que eu precisaria me esforçar. O que achei desumano mesmo foi quando ela disse que me colocou aqui porque me ama, para o meu bem e para eu não arruinar a minha própria vida.

Fingi que engoli tudo e prometi fazer um esforço danado para melhorar.

Farei um esforço para cair fora daqui, assim que puder.

Mas não sei para onde poderia ir; se fosse para casa, mamãe logo me traria de volta. Romana disse para eu não me preo-cupar, que ela vai cuidar de mim.

Mas estou cagando e andando pra isso; só faltava eu ficar por aí trepando com uns caras desconhecidos!

Vovó também veio ver-me e disse como mamãe está apa-vorada por minha causa, e como ela também estava, porque sabia que eu era uma garotinha esperta e ela depositava todas as suas esperanças em mim, porque sou a única neta dela. E quando contei a ela que tomamos leite quente no café-da-manhã, observou que o leite é uma gororoba cancerosa. E logo depois, o de cabelo vermelho também apareceu, aquele que me seqüestrou com mamãe. Trouxe-me uma flor avermelhada.

Acho que era uma íris. Com isso, ele arruinou-me completamente. Primeiro, ele me traz para este muquifo de doidos, depois aparece com uma flor. Que alguém me trouxesse uma flor, nunca me aconteceu. Contudo, ele deixou de lado aquela frescura educada. Ficou um tempo ali alimentando-me com histórias, contando como apanha cobras venenosas. Aparentemente, uma era tão venenosa que, se o tivesse mordido, ele bateria as botas em uma hora. Disse-lhe que esperava que a cobra não mordesse ninguém jamais. E ele ria tanto que seus óculos à John Lennon pulavam, para cima e para baixo, sobre o nariz. Contou-me ainda que sabia que eu tinha um tambor em casa e que ele também costumava tocar no ritmo dos índios ou dos negros. Aprendeu a enviar sinais com tambores, bandeiras e fumaça. Ele tentava impressionar-me o tempo todo e, assim, contei a ele que eu era boa em atirar cartas nas caixas de correspondência, e que conseguia lembrar-me de todos os números telefônicos de que precisava — uns quatro.

Antes de sair, ele começou a falar de mamãe, o quanto ela era genial, linda e singular, e como ela me amava.

Não discuti com ele, não tenho nada contra mamãe; disse simplesmente a ele que, se ela era tão legal, devia tirar-me dali antes que o vampiro chupasse o meu sangue. E ele sorriu de novo. Gosto do jeito dele, de sorrir sempre.

Ontem a terapeuta novamente pirou e todos tivemos de repetir: Nós nunca mais queremos tomar drogas, nunca mais tomaremos drogas, nunca mais usaremos uma seringa. Eu disse em voz alta: Nós não queremos ser estúpidos drogados, queremos ser sagrados, queremos que nos cresçam asas para sermos anjos. Como castigo, levaram-me de volta para a desintoxicação.

Parece que Romana não quer cuidar de mim, ontem ela tentou enforcar-se com a mangueira da ducha. Foi terrível. Ficamos todos em estado de choque. Quando a carregavam para fora, ouvi aquela enfermeira que se parece com Eva resmungando sozinha: "Se ainda fosse a Renata... mas Romana?!"

Mas para mim era óbvio que a Romana não quis se matar. Foi aquela bruxa vampira. Deve ter sugado o sangue dela até à morte e depois enrolou a mangueira da ducha em volta do pescoço dela para encobrir as marcas. Serei a próxima e, se eu não fugir, morrerei de maneira igual.

Dizem que conseguirão salvar Romana, mas, se deixarem aquela vampira reencarnada aqui dentro conosco, ela vai fazer de novo.

Eu estava muito assustada ontem, na hora de dormir, e percebi que a velhota caiu fora e logo dois morcegos voaram e penduraram-se no lustre, e o maior era ela própria.

Saí da cama e corri para encontrar a enfermeira, e ela foi gentil mesmo, voltou comigo: "Olhe, aqui não há morcegos. Dê uma boa olhada", ela disse.

Dei uma boa olhada e eles não estavam mais pendurados no lustre — mas é porque eles já se foram, e o lustre ainda balançava.

Capítulo Cinco

1

Tudo em minha vida virou de cabeça para baixo. Cancelei minhas férias e desmarquei a viagem ao litoral. Meu querido viajou por uma semana com os colegas para as montanhas eslovacas — levando uma barraca minúscula e uma mochila enorme. Iria com ele se pudesse. Amava a Eslováquia, íamos para lá todos os verões, logo depois que me casei. Andávamos de canoa, esquiávamos ou assim como Jan: passeávamos pelas montanhas e vales, ouvíamos uma linguagem que me parecia macia e melodiosa.

A Tchecoslováquia desmoronou antes de meu casamento, chorei por isso, mas nada pude fazer para ajudá-la, nem a mim mesma consegui ajudar.

Meu Mickey Mouse fala um pouco de eslovaco e diz para mim: "Você tem olhos de erva medicinal, olhos de *veronika*." Verônica é o nome latino e os eslovacos chamam assim o chá-da-europa. Eu pergunto, você gosta da Kristýna ou de alguma Veronika eslovaca?

Amaria uma Veronika eslovaca, se ela tivesse os seus olhos. Os seus seios, o seu nariz. E ela deveria ser tão sábia e carinhosa, e deveria saber amar como você; mas não há nenhuma assim na Eslováquia ou em qualquer lugar do mundo. É assim que ele mente, e sabe que gosto disso.

Convidou-me para ir com ele, mas fiquei com medo de me afastar enquanto Jana estivesse internada. O que faria se algo acontecesse a ela, e se ela fugisse? Ele ofereceu-se também para ficar em Praga, mas eu não quis que ficasse aqui, em torno de mim. Antes de viajar, ele me disse, ainda, que teria duas semanas de folga e convidou-me a ir com ele para algum lugar.

Há uma onda de calor e a cidade está semideserta, a exemplo de minha sala de espera. Até Eva tirou férias. Lidarei perfeitamente bem sem ela com os poucos pacientes remanescentes.

Durante a maior parte do dia, fico sentada no consultório, fumando ou tomando água mineral com algumas gotas de vinho. Não visto coisa alguma sob o jaleco além das calcinhas e, ainda assim, sinto calor. Mas estou contente porque posso ir ao consultório, porque em casa sinto-me aborrecida. O apartamento está vazio, sinto falta da bagunça de Jana, de alguém para tomar conta, sinto falta da amabilidade hipócrita e calculista de Jana, de um ser humano próximo com quem possa falar.

— O que faz você pensar que, realmente, não possa ter um filho? — pergunta-me sem qualquer cerimônia o meu amado.

— Porque estou velha demais — respondi.

— É a única razão?

— É uma razão bastante boa.

— Você não está tão velha, uma das amigas de mamãe teve um filho aos 47 anos — disse ele.

— Então, não tenho tempo a perder — respondi, e virei de lado para que ele não visse que eu queria chorar.

Pode ser que eu tenha um filho ainda, a medicina é poderosa, inventou o bebê de proveta, conseguiram clonar o extinto lobo da Tasmânia e, em breve, conseguirão fertilizar até as múmias. Mas não se trata apenas de conceber e ter um filho, mas também de cuidar dele. Não sei se ainda tenho forças para isso. Não agora, talvez em cinco ou dez anos.

Se ao menos eu parasse de prejudicar a própria saúde. Não quero imaginar como estarei daqui a dez anos. E esse rapaz, que me declara amor agora, o que será dele em dez anos, quando o meu rosto estiver cheio de rugas e precisarei andar com a ajuda de uma bengala? Ele desaparecerá, buscará alguém mais jovem, e eu ficarei aqui com a minha criancinha num mundo em que os traficantes de drogas estarão circulando com a sua mercadoria pelas escolas. E, pelo buraco da camada de ozônio, cairá uma chuva ultravioleta.

E o que acontecerá se, dentro de dez anos, meus pulmões estiverem cheios de alcatrão e um tumor estiver me consumindo? Eu deveria pelo menos parar de fumar, mas se parar de fumar, começarei a engordar mais ainda e me tornarei obesa. A menos que comece a fazer exercícios; meu primeiro e único marido incentivava-me a fazer isso. Então, eu me exercitava, tinha ainda forças para tanto.

Daqui a dez anos é quase certo que Jana tenha saído de casa. Hoje ainda tenho alguém me esperando quando volto do consultório, alguém para cuidar.

— Não fique brava comigo — disse o meu querido, quando viu que eu começava a soluçar. — Queria convencer você de que ainda não é velha.

A gente é tão velha quanto se sente, não cheguei a dizer-lhe, e tentei sorrir para ele.

Pode ser que eu esteja sendo injusta com ele. Fico o tempo todo comparando-o com meu ex-marido, ainda que saiba que ele é diferente. Ele é gentil e acredita em algo mais do que a razão pura.

Convenço-me de que ele é diferente. Mas os homens todos têm uma inclinação egoísta, irrequieta, que os impede de ficar com uma só mulher. Eu não deveria esquecer-me disto.

O padre Kostka aparece no consultório. Precisa extrair um de seus últimos dentes. Aplico-lhe uma injeção e asseguro-lhe de que não vai doer, não doeria mesmo sem a injeção, o dente está praticamente solto.

— Não tenho muito medo da dor — afirma. Sorri para mim com os olhos, como é seu hábito, e eu me sinto culpada, ainda que meu pai, miliciano comunista, não esteja mais vivo.

Senta-se na cadeira, esperamos que a anestesia faça efeito. Decido falar com ele a respeito do problema que tenho com minha filha.

— Minha jovem — é assim que ele habitualmente chama a Eva e a mim —, as pessoas esperam de um padre que enxergue em todos a falta de fé. Mas a fé não é única coisa importante. O apóstolo Paulo falava a respeito de fé, esperança e amor. Porém, maior do que tudo, ele escreveu, é o amor. Nos dias de hoje, não é fácil crer na mensagem da Bíblia, mas os jovens não sofrem apenas da ausência de fé — falta-lhes amor.

E não tenho em mente particularmente a sua filha, mas há muitos jovens que tentam fugir de um mundo em que não conseguem encontrar nenhuma das três coisas. Gostaria de acrescentar que nos falta vontade ou capacidade para reconciliar-nos. Estamos cheios de orgulho e somos incapazes de reconciliar-nos com o nosso destino ou com as pessoas que nos cercam, porque tampouco queremos ver o Pai celestial acima de nós.

A gengiva já está anestesiada e começo a preparar os instrumentos, e ele ainda acrescenta que as crianças são o nosso reflexo. Olhamos para elas e vemos seus defeitos e imperfeições, mas, na verdade, são defeitos e imperfeições nossos.

Extraio-lhe o dente frouxo com poucos movimentos. Ele cospe o sangue, limpa-se e agradece.

— Mas a senhora, minha jovem, certamente desejava ouvir de mim algo diferente, algo mais concreto.

Digo a ele que talvez eu precisasse ouvir exatamente aquilo que ele disse. Posso encontrar conselhos pseudocientíficos em qualquer livro de psicologia.

Quando ele sai, percebo que não perguntei onde se pode encontrar esperança, e como é possível lidar com o amor para que dure, para que não mime, mas fortaleça. Mas isso é algo que devo descobrir sozinha.

Do consultório, vou ver Jana no sanatório. Trazem-na para mim. Está pálida e parece-me inchada.

— Oi, mamãe!

Olho para ela e sinto um remorso por dentro. É terrível, sinto-me culpada — mais do que ela, talvez. Pergunto-lhe como está e ela, compreensivelmente, censura-me por tê-la deixado naquele buraco. Admite, contudo, que havia sentido que a terapia fez algum efeito. Mesmo quando as sessões são um tanto doidas, acrescenta, e eles não querem fazer concessões.

Saímos, então, para um passeio, mas em movimento conversa-se com dificuldade, por isso sentamo-nos num banco. À curta distância de nós alguns esquizofrênicos e alcoólatras capinavam os canteiros. Desembrulhei uma torta de damasco, que eu mesma preparei, e minha filhinha atira-se com gosto sobre ela. Pergunto-lhe sobre as pessoas que convivem com ela, mas ela desconversa e afirma que são malucos e drogados. Não sabe o que poderia contar-me a respeito deles, e não sabe, de fato, o que está fazendo aqui entre eles.

— Jana, você se lembra do que lhe contei sobre a minha avó? — pergunto.

— Qual delas?

— A mãe de minha mãe. Aquela que jamais conheci.

— Sei. Morreu em um campo de concentração.

— Foi morta com gás venenoso.

— É, você já me contou.

— Quando falei sobre isso, você comentou como deve ter sido terrível. E agora está se envenenando, aos poucos, com essas drogas.

Fita-me com olhar dolorido, como se quisesse dizer que não entendo nada da vida real.

— Isso é algo completamente diferente.

Tento explicar-lhe que a única diferença é que naquele tempo alguém menosprezava a vida alheia, e agora ela é quem despreza a própria vida.

Balança a cabeça aborrecidamente, não consegue ajustar-se ao papel que havia preparado para representar diante de mim. Começa buscando persuadir-me de que seria verdade o que eu disse, se ela tivesse feito algo similar, mas ela não tomou venenos, e que eu também não posso deixá-la ali; que aquele lugar era horrível e, na verdade, não a estão ajudando, porque não havia do que curá-la.

— Mas há, filhinha, sei bem o que encontraram no seu sangue.

— Isso foi uma exceção.

— Você pode contar isto para quem não tem a mínima noção das coisas, mas não para mim.

— Foi uma exceção, e nunca mais eu experimentaria. Percebi a estupidez que foi aquilo.

— E devo acreditar em você?

Ela promete nunca mais fazer algo semelhante. Até jura. Eu me calo, não quero facilitar o juramento dela, mas sei que posso pôr pouca fé em sua determinação.

— Mamãezinha, você não pode deixar-me aqui, vou enlouquecer!

— Vai enlouquecer muito mais por causa daquilo que você ingeriu. Você vai ficar aqui até estar curada! E isso leva duas ou três semanas. Se Deus quiser.

— Você acredita nisso mesmo?

Enquanto confirmo, ela apanha um pedaço da torta que eu lhe trouxe e atira no chão. Levanta-se e sai correndo. Tenho vontade de correr atrás dela, mas sei que não devo fazê-lo.

De noite, recebo de minha irmã Lída uma ligação interurbana. Quer saber notícias de Jana.

— Mamãe disse que você a levou para o hospício.

Respondo que, naturalmente, ela não está trancada entre os loucos. Minha irmã nem supunha isso, mas, de fato, não escolhi o melhor lugar para ela.

— Sei que não é um bom lugar para ninguém.

— Não discutiremos por causa disso — observa minha irmã. — Mas ouvi dizer que eles não conseguem resultados muito bons. Você não pode arriscar que sua filha tenha uma recaída, quando a liberarem. — Então, passa a falar sobre o guitarrista de sua banda que fez tratamento numa comunidade perto de Blatná; lá, conseguiram curá-lo. Ela conhece o terapeuta que orienta a comunidade, é um grande sujeito. Poderia convencê-lo a chamar Jana.

Fico hesitante. Não estou acostumada que minha irmã ajude em qualquer coisa, e certamente não por vontade própria.

— Eu não sei.

— É claro que você deveria primeiro ir lá, dar uma olhada!

— Preciso pensar antes.

— Kristýna, pense, mas você não encontrará nada melhor. — Dita-me o nome do terapeuta e o endereço, e ainda apressa-me a fazer algo logo. — Apanhe-me, estou livre na quarta-feira, irei com você — oferece-se.

Pode ser que minha irmã realmente lamente por mim, ou por Jana pelo menos, tenho medo de acreditar; mas, ainda assim, estou grata pela preocupação dela. Digo-lhe que cancelarei tudo no consultório na quarta-feira e irei.

2

Meu querido liga-me da Eslováquia. Lá é muito bonito e eles querem visitar Velký Sokol e o vale Biela, pontos turísticos do parque nacional eslovaco.

Sei o quanto é bonito e estou contente que você se sinta bem, disse-lhe. Mas não perguntei como poderia estar bem sem mim, se me ama assim como afirma amar. Lamenta que não possa estar comigo, mas não vê a hora de rever-me. Não se lamenta tanto a ponto de retornar, mas por que não poderia escalar o monte Velký Sokol? Só porque sinto falta dele?

Não sei o que fazer no sábado à tarde. Pelo menos irei visitar mamãe. Mamãe tem sido sempre quem me reconforta; não porque diga palavras consoladoras, mas porque sempre conseguiu colocar meus problemas sob uma perspectiva apropriada. Sempre soube ouvir e me consolar com alguma história de sua própria vida. Ela me contava desses momentos em que não se desesperou, ainda que tenha estado em situação pior que a minha.

Aceitou a morte de papai, mas visita o cemitério no mínimo duas vezes por mês, coloca flores frescas no vaso que comprei e limpa desnecessariamente a lápide asseada de mármore. Começou a encontrar-se com velhas amigas para as quais antigamente nunca tinha tempo e até vai com elas ao teatro, coisa que jamais havia feito antes.

Ofereci-me para comprar-lhe um cachorro, um gato, até mesmo um papagaio, para que não ficasse no apartamento sem viva alma, mas ela recusou. Não quer nada vivo, embora preferisse tomar conta de alguém. Por isso, comprou inúmeras plantas ornamentais, cactos e sempre-vivas, com as quais preencheu os locais vazios do apartamento.

Está até rindo de novo, em geral de si mesma, inclusive nas situações em que outros se aborreceriam ou se desesperariam. Conta-me, com satisfação, anedotas a respeito de velhotes e vovozinhas esclerosadas.

Mas me preocupo com a saúde dela. Freqüentes vezes tem sangramentos pelo nariz que são difíceis de estancar; há pouco tempo precisei levá-la ao hospital por causa disso. Precisa tomar um cardiotônico e hipotensivo, mas ela diz que se esquece de tomar a dose diária e, quando a repreendo, assegura que não precisa de remédios, que se sente saudável e não devia me preocupar por causa de algumas gotas de sangue.

Mal eu me sento, ela já começa a fazer café e traz-me também um bolo ainda quente, mostra-me alguma nova planta violácea em flor, que denomina com conhecimento de cicadácea, e quer saber o que há de novo em relação a Jana.

Conversamos brevemente a respeito de minha filha rebelde e as perspectivas de sua cura, e mamãe surpreende-me ao querer assumir parte da responsabilidade, ou até mesmo a culpa.

— Você jamais aceitou as convicções de seu pai, e nada tenho a oferecer-lhe de melhor — diz.

— Mas a conversa não é sobre mim — observo.

— Não se pode dar aos outros o que nunca se teve — esclarece mamãe. — Eu apenas dava-lhe coisas.

E o que eu lhe dava em compensação?, pensei, sem perguntar.

— Sua avó ainda freqüentava a sinagoga, ou dizia que freqüentava — mamãe começa a recordar. Na verdade ela não sabe sequer se aquela avó assassinada acreditava em Deus, segundo a fé judaica. Mas, se acreditava, ela não devia ser particularmente ortodoxa, porque não se casou com um judeu. Ainda assim, passou adiante algo que recebeu de seus ancestrais, mas que não terminou de transmitir porque mataram-na antes disso. O que deixou foi minha mãe, que era incapaz de transmitir alguma coisa. Parecia que para minha mãe tudo aquilo que merecia ser ensinado ou sentido, ou aquilo em que se deveria crer, extinguiu-se naquela guerra terrível, e assim não me transmitiu coisa alguma.

— Mamãe, você me deu a coisa mais importante.

— E o que foi?

— Você me amou.

— Ora, foi um mérito, não fui uma mãe desumana. Mas algo faltou a você, você mesma sabe.

— Todos sentem falta de algo. E hoje quem freqüenta as sinagogas? Quantas pessoas freqüentam qualquer igreja?

— Não foi isso que pensei. — Esclarece que tinha em mente a corrente de continuidade destruída pelo nazismo, e que ela não tentou reparar depois. Talvez papai tampouco. Isso teria feito sentido para ele.

Nisso ela tem razão. Papai recusava-se a aceitar coisas que não faziam sentido para ele e considerava ruim tudo aquilo que não aceitava.

Mamãe espera a minha resposta para isto, mas eu me calo. É verdade que algo me faltou, havia em mim apenas obstinação. Se alguém me perguntava o que eu não queria, eu sabia a resposta. Mas era mais difícil dizer o que eu queria. Talvez não mentir e não ser enganada. Ser útil às pessoas. Viver em amor. Banalidades apenas. Nada de coisas elevadas.

— Isso era uma obrigação minha em relação à mamãe, às tias, aos tios e a minha avó, a todos eles que acabaram do mesmo jeito — diz mamãe, com pesar.

— O que era obrigação sua?

— O que estou tentando explicar para você. Comportei-me como se tudo o que aconteceu tivesse sido uma desgraça terrível, mas o que mais fiz além de parar de falar a respeito de meu próprio pai?

Ela afirma que falhou por não conseguir manter a continuidade, quebrou todos os vínculos com os quais deveria ter mantido conexão. Não queria mais ter ligações com aqueles que morreram de maneira tão trágica. Desperdiçou a vida; porém, por outro lado, tudo o que ela fez foi deixar as coisas acontecerem para que papai não se exasperasse. E deixou-nos crescer sem vínculos, nem queria imaginar que tivéssemos algo em comum com aqueles parentes assassinados.

— Não faz sentido você ficar sofrendo por isso, mamãe!

— Não estou sofrendo, mas penso em você e, sobretudo, em Jana. Pode ser que se sentisse melhor, se soubesse qual o lugar dela, do que faz parte.

Afinal, do que somos todos parte?, nem pergunto. De seis bilhões de pessoas no final do segundo milênio, em um mundo globalizado. Denominam-no assim, mas é uma situação em que, entre a esperança e a dor, nada mais existe além de hipermercados.

Somos parte de um mundo 14 bilhões de anos depois do Big Bang, diria meu ex-marido. Um mundo que durará apenas mais algumas piscadelas de Deus, a julgar pela situação em que se encontra.

Mas esta é apenas uma forma de arrumar desculpas para mim mesma, para parar de pensar naquilo que mamãe tenta dizer-me, ou no motivo pelo qual tantas coisas acabaram mal em minha vida.

— Plantei no túmulo de papai algumas mudas de madressilva. Sabia? Você nem deve ter ido lá.

Digo-lhe que tenho tido tão pouco tempo que não consigo visitar o cemitério; prefiro visitar Jana.

— Você deveria ir lá de vez em quando. Afinal, era seu pai — observa.

Prometo-lhe que irei lá qualquer hora, mas lembro que ele não foi apenas meu pai e o de Lída. Só que mamãe não sabia disso, por sorte.

Saio para a rua escaldante e deserta. Todos os que puderam deixaram a cidade. Sigo na direção do cemitério, mas não vou até lá; em Flora, desço até à estação do metrô, ali está mais fresco.

Inconscientemente sei para onde vou, vou para Karlín. Para o endereço do homem chamado Václav Alois Veselý e que talvez seja meu irmão, e cujo nome memorizei. Não sei se irei visitá-lo, não sei o que lhe diria. Não posso tocar a campainha e, de repente, dizer para um sujeito estranho: desculpe, por acaso o senhor não é meu irmão?

Pode ser que se pareça comigo e, se fosse, poderia simplesmente abraçá-lo: irmãozinho, sou eu, Kristýna! Sua meio-irmã!

Mas, por certo, ele ficaria assustado com uma mulher estranha que lhe põe os braços em redor do corpo e o abraça.

Nem devo entrar, posso apenas dar uma olhada no lugar em que vive. Se ainda vive lá.

Chego à rua próxima do rio. As margens do rio agora estão escondidas por galpões de fábricas, armazéns, muros e garagens. Caminho pela calçada oposta aos prédios de apartamentos cheios de musgo, em meio a pequenas lojas. Crianças ciganas brincam no meio da rua de quatro pistas de rolamento.

A casa que procuro tem justamente dois pavimentos. Nos lugares em que caiu o reboco, vê-se a parede de pedra. Da janela aberta ouço uma televisão ligada, a surrada porta de madeira da frente da casa está aberta. Hesito por um instante, mas, já que fui até ali, resolvo parar diante da casa.

Na entrada, sinto cheiro de repolho azedo e mofo. Não consigo avistar o nome dos moradores, mas a um canto vejo penduradas caixas de correio, atrás da porta. Numa delas encontro o nome que atribuo ao irmão desconhecido. Está escrito em grandes letras de fôrma. As letras estão inclinadas para a esquerda e suas bases são arredondadas. Parecem-me familiares. Busco em minha memória, sem querer acreditar, ou talvez esteja hesitando em acreditar o que entendi agora. Não fui a única a buscar meu irmão; ele também saiu à minha procura, só que preferiu mandar-me cartas ameaçadoras que esquecia de assinar.

Encontrei aquele a quem procurava e que não me convidou. Posso voltar-me e ir-me embora, mas, em vez disso, continuo caminhando e procuro uma porta com o nome dele. Está no andar térreo, reconheço as letras antes de ter lido o nome. Toco a campainha e espero.

Por muito tempo ninguém aparece, mas repentinamente a porta se abre, sem que eu tenha ouvido passos, a porta se abre e eu, assombrada, estou diante de meu pai em cadeira de rodas, meu pai, como me lembro dele da infância, espessas sobrancelhas louras, cabelo já grisalho, frios olhos azuis e um queixo grande, proeminente. Fita-me, uma mulher estranha, desconfiado.

Apresento-me e digo:

— Finalmente, encontrei você!

— Como a senhora imaginou?

— Sempre desejei ter um irmão — digo. — Mas nada sabia a seu respeito. E agora encontrei uma menção a você nas anotações que papai deixou. Você sabe que ele morreu, não sabe?

— Entre, entre. — Ele retorna de costas com a cadeira de rodas e eu, em vez de fugir, entro. A porta do recinto está totalmente aberta, parece ser a única do apartamento. Está mobiliado com madeira escura anterior à era da madeira prensada; a televisão sobre uma mesinha; sobre outra mesinha, no canto, um fogareiro elétrico de duas bocas. Nas paredes, pendurados quadros de cores berrantes de estranhas figuras retorcidas, corpos distorcidos de pessoas e animais, tarugos de madeira. Todos estão assinados com aquelas letras inclinadas para a esquerda. Dentro de duas gaiolas penduradas por ganchos no teto, vários pássaros. Ele segue o meu olhar. — São empalhados, Kristýna — afirma.

— Mamãe falou-me a seu respeito. — Ele aproxima-se da mesa, recolhe algumas folhas de papel, amassa-as e atira dentro de um cesto. Talvez cartas escritas para mim. — Farei um chá — sugere.

— Posso fazer.

— Não, não, estou acostumado a fazer tudo sozinho. Mas você pode trazer a água. A torneira fica no corredor.

Entrega-me uma chaleira e vou buscar água. Não sei o que estou fazendo ali, sobre o que posso falar com ele.

— De que papai morreu? — Ele quer saber quando volto.

— Tinha um tumor.

— E você é uma médica!

— Quase — digo, exatamente como faço quando mencionam a minha profissão.

— Sei, mamãe contou-me isso. Nunca cheguei a ver papai — acrescenta. — Assim, não se aborreça se não estou triste com a morte dele. Espero que você tenha passado mais tempo com ele.

Sim, mas não foi exatamente como ele talvez imagine. Ainda assim, sinto de repente culpa em relação a ele.

— Também quis ser médico — observa. — Mas aconteceu isto comigo. — Ele aponta para a cadeira de rodas. — Assim, desisti da idéia.

— Como aconteceu?

— Mergulhei e bati numa pedra!

— Sinto muito.

— Comecei a pintar. — Ele mostra os quadros. — São todos obras minhas!

— Reconheci que são seus. São... são interessantes.

— Eu desenhava para uma fábrica de brinquedos. Também para uma fábrica de tecidos, mas ninguém me dá mais trabalho. É um mundo de merda! Teriam prazer em mandar os deficientes para as câmaras de gás! Economizariam dinheiro e poderiam baixar os impostos dos saudáveis.

A chaleira apita, ele vai até lá, coloca um pouco de chá dentro da peneira e despeja a água. As xícaras que ele apanha são

234

grandes e não parecem muito limpas; mas por que ele deveria ter xícaras limpas aqui?

— Açúcar ou rum?

— Não adoço.

Vai até o armário e tira uma garrafa de rum. Despeja um pouco em minha xícara e depois na própria. Para si, mais rum que chá.

— Lamento que isso tenha acontecido a você — digo. — Alguém cuida de você?

— Eu cuido de mim — e ouço na voz dele a determinação amarga de papai. — Mamãe cuidava de mim antes de morrer. Ali está um retrato de mamãe! — Aponta na direção da mesa, sobre a qual há uma pequena fotografia emoldurada.

Levanto-me e vou ver. A mulher na fotografia devia ter a minha idade, talvez um pouco mais jovem; a imagem está envelhecida, a julgar pelo penteado, do final dos anos 1960. Observo a face, mas não percebo nada de interessante nela. Não sei o que deveria dizer sobre a mulher que papai amou em segredo.

— Minha namorada visitava-me também — afirma meu meio-irmão. — Mas casou-se e agora tem filhos. Tenho muitos colegas — acrescenta, rapidamente. — Eles vêm dar uma espiada aqui, fazem alguns favores, mas ninguém tem tempo. Papai nunca vinha, mas nem eu quereria. Arruinou a vida de mamãe, e a minha. Eu mergulhava apenas para mostrar que era alguém, ainda que não tivesse um pai. Por vezes, um único gesto estúpido pode decidir o nosso futuro inteiro. — Bebeu o chá e agora despeja na xícara apenas o rum.

235

Ele deixa-me deprimida. Sorvo o chá e penso no fato de que aquele homem é meu irmão. Devo sentir algo em relação a ele, mas duvido que consiga.

— Imaginava você diferente — afirma, de repente.

— Como?

— Mais feia — diz com inesperada franqueza. — Então, você tem uma filha!

— Sim — mas não digo nada a respeito dela, não o deixo chegar até os meus sofrimentos ou alegrias.

— Traga-a, para eu vê-la qualquer dia.

Fico em silêncio.

— Isto é, se você ainda desejar visitar seu irmão deficiente.

— Isso não é importante, a cadeira de rodas — digo. — Virei todas as vezes que você quiser ou precisar de algo.

Não concorda, mas não diz não.

— Como é o seu trabalho, muitos pacientes? — pergunta.

Digo-lhe que tenho tantos quantos consigo tratar.

— Mas você ganha bem!

Digo-lhe que isso não é muito, mas basta para vivermos.

— Eu precisaria fazer uma ponte. — Abre um pouco a boca e aponta para ela, como se desejasse mostrar-me o trabalho de outro dentista. — E meu dentista pediu 15 mil. Por alguns minutos! E eu preciso economizar dois anos para isso.

Digo-lhe que jamais peço tanto. Se ele viesse ao meu consultório, faria o trabalho de graça. O que não lhe digo é que isso lhe faria muito mais bem do que ficar me escrevendo cartas ameaçadoras.

— Não sabia que você me adotaria — afirma. — Eu não fazia parte da família.

— Não sabíamos a respeito de você.

— Ouça — diz de repente. — Devo advertir você a meu respeito: sou, por vezes, estranho, imagino coisas estranhas. Que sou um ditador poderoso. Ou o comandante de um campo de concentração. Um campo de concentração para mulheres. Tenho sob o meu comando inúmeras mulheres e posso fazer com elas o que desejar. Entende o que digo? Absolutamente tudo o que desejo, posso ordenar-lhes que se dispam, ou posso torturá-las para admitirem algum crime e, então, fico imaginando isso.

— Você diz isto para assustar-me — observo e, de fato, sinto angústia, embora seja mais uma repulsa.

— Não, são apenas coisas imaginadas. Nunca fiz mal algum a ninguém. Pode ser que, quando mergulhei e bati a cabeça na pedra, algo tenha acontecido dentro de mim, uma concussão cerebral. Por favor, um comandante de campo de concentração em cadeira de rodas, isso não faz sentido. — Sorri brevemente. — Mas poderia ser uma excelente anedota num seriado de humor negro qualquer. Você pode imaginar? O comandante em cadeira de rodas, com uma bengala incandescente nas mãos, põe-se diante daquelas mulheres, completamente nuas, numa imensa fila e...

— Não entre em pormenores — peço a ele. — Não quero ouvir.

— Você acha que eu sou um louco ou um pervertido, não é?

Lembro-me da irmã de papai, Venda.

— Quem sabe você herdou algo — digo. — Alguns genes. Na família de papai havia isso.

— Não sabia. Pensei que papai fosse normal. Que, ao menos, não fosse maluco.

— Não, maluco não era. Mas sabia ferir. Enfim, você descobriu sozinho.

— Sim, com certeza. Você quer mais chá? Ou um pouco mais disto? — Ergue a garrafa.

— Não, já bebi o suficiente. Queria descobrir mesmo se era você. Não havia nada de definitivo nos diários de papai.

— Pareço-me com ele.

— Bastante.

— Lamento.

— Entendo. — Levanto-me.

Ele me acompanha até à porta e, quando ofereço a mão, tenho a impressão de que tem lágrimas nos olhos. Quem sabe tenha-o tocado o fato de conhecer a meio-irmã depois de tantos anos. Mas ele sabia a meu respeito antes disto, encontrou-me há muito tempo. Como se lamentasse perder a imagem que alimentava a respeito de seu inimigo.

Ao despedir-me, não consigo repetir o meu convite para que me telefone, se precisar de algo. Afinal de contas, conhece bastante bem o meu endereço. Se não estivesse em cadeira de rodas, eu lhe diria: não me mande mais aquelas cartas! Para que soubesse que eu sei. Mas é provável que não me mande mais; encontrará outro modo de alimentar suas fantasias sádicas.

Não volto ao metrô, sigo na direção oposta para fugir da multidão. O curso do rio deve estar por perto. Mas, entre mim e ele, construíram uma via com quatro faixas e, atrás dela, mais muros e cercas. Caminho ao lado da cerca, ainda que possa não ter fim. Veículos passam velozes por mim, sobre as cercas há *outdoors* com propaganda e, acima deles, flutua uma quente névoa azulada.

Assim, encontrei meu irmãozinho, que me injuriou porque eu tinha um pai que jamais sequer olhou para ele. Provavelmente imagina-me nua no campo de concentração dele, me queimando com a bengala incandescente, porque fui objeto da afeição de papai.

Não poderia ficar brava com ele. Herdou o espírito malévolo de papai e, ainda por cima, a infelicidade colocou-o para sempre numa cadeira de rodas.

Finalmente, uma abertura na cerca, a estrada de concreto pré-fabricada promete conduzir-me a um supermercado. Pego a estrada e, imediatamente, encontro-me num mundo diferente, silencioso. A via serpenteia entre os muros, cuja decrepitude é mascarada pelas heras. Enormes pneus, sacos plásticos e barris enferrujados estão empilhados nas margens da rua. Ninguém, além de mim, se move. Vejo uma conhecida loja, está fechada, talvez porque seja sábado à tarde, mas tudo indica que jamais tenha estado aberta porque ninguém parece entrar ali. Sigo em frente, nenhuma alma viva. Mas, à distância, consigo ouvir a sirene de um barco no rio; talvez eu encontre um meio de chegar até o rio afinal. Deveria estar assustada, mas sinto-me inebriada, como se estivesse andando dentro de um sonho deprimente. Não costumo ter medo dos sonhos, a não ser que esteja desperta. A estrada faz uma curva fechada em torno de um alto hangar metálico e vejo-me diante de algo bastante peculiar. No meio do lixão, onde termina a rua, há uma estrutura bizarra. Duas torres com topos que parecem dois sáurios petrificados com as cabeças trançadas. Ocorre-me que possa ter sido uma antiga tenda de festa, ou então um cenário de filmagens abandonado. Quando chego mais perto, vejo que se trata de uma ruína maciça de paredes de concreto, como um *bunker* militar de antes da guerra.

O lixão fede e um enxame de moscas sobrevoa o local. Dou a volta e, finalmente, consigo avistar um braço do Vltava, com seu preguiçoso e sujo curso de água. Encosto-me sobre o tronco velho de um salgueiro semimorto e tento acender um cigarro. Minhas mãos tremem. Não vejo uma alma viva. Se alguém aparecesse, poderia matar-me; a morte sobrevoa a terra e as águas e não existe consolo em lugar algum. Imagino Jana perdida aqui. De repente, compreendo-a, compreendo como se apegou às drogas, que fazem o mundo tornar-se diferente e talvez melhor ou, pelo menos, mais aceitável do que realmente é.

3

Hoje é domingo e eu poderia continuar dormindo, mas acordei às cinco e entendi que não conseguiria adormecer novamente. O encontro com meu irmão desconhecido pesa-me sobre o peito. E é como se apenas agora eu tivesse noção exata da coisa terrível que aconteceu a Jana. Penso nela e volto ao passado, tentando buscar o momento em que minha menininha começou a sucumbir. Se tal momento existiu.

Pode ser que minha irmã tenha razão, porque acredita que eu tenha agido de modo irracional quando decidi terminar o casamento com meu marido infiel. Se eu tivesse conseguido controlar-me e fingisse não saber de nada, ou se mostrasse que sabia mas estava preparada para esperar pacientemente até que sua alteza, meu marido, tomasse juízo e voltasse para mim, as coisas poderiam ter sido melhores para minha filhinha. Ou piores, porque ele começou a ficar violento comigo, inclusive diante dela e, por vezes, eu não suportava e começava a chorar ou a brigar com ele.

Quando o amor acaba, a tranqüilidade e a compreensão acabam também. Mas por que fui incapaz de manter aquele amor?

E minha filha ainda necessitava de amor. Quando Karel me deixou, tentei dar a ela amor, mas foi impossível continuar fazendo isso; bem, fui incapaz, afinal. Havia momentos em que minha solidão pesava-me demais; a areia esfarelava-se sob os meus pés, e eu ficava sedenta. Ansiava por um homem amoroso, ansiava tanto que amantes apareciam-me em sonho e sussurravam palavras carinhosas, beijavam-me os seios e penetravam-me e, em meus sonhos, eu sentia o prazer total. Mas eu havia conseguido ter um amante real e isso acabou de modo trágico. Depois, tive medo de outro desapontamento, e o que mais poderia esperar dos homens?

Agora sucumbi à tentação e sei que não escaparei do desapontamento, mas tento não pensar nisso, não pensar no futuro.

Ontem, antes de adormecer, imaginei aquele que me convidou a passear em algum lugar nas montanhas. Disse-me que fora com um grupo de homens e pode ser que tenha dito a verdade. Seja meu, querido, implorei-lhe. Seja meu. Não me abandone, ainda que você fique comigo somente até o fim do verão, apenas por uma fração do piscar divino, não me abandone.

Como mamãe disse, há algo que me falta. Uma dimensão que sou incapaz de enxergar. Sou incapaz de abrir uma porta para ela. Papai trancou-a diante de mim, e meu único marido acrescentou ainda uma tranca. O que há por trás dessa porta? Deus? Algum amor que não leva a lugar algum, como o amor entre as pessoas? Seria a paz no coração de alguém, a paz na vida, ou a paz na morte em que sempre penso quando estou deprimida como espécie de redenção? Seria a nobreza de espírito capaz de elevar-se acima das futilidades do cotidiano? Ou aquele vazio que permitiria que eu me centrasse e ao meu espírito, algo que quase nunca tenho tempo ou lugar para fazer? Ou seria o som de música? A música era algo que me ajudava a olhar para além dos meus sofrimentos e ansiedades, e preenchia-me com um desejo de reconciliação. Mas eu não insisti, deixei que fosse afastada de mim, e o máximo que faço hoje é cantarolar ocasionalmente algo em voz baixa ou escutar, de forma passiva, o que outros compuseram e executaram.

E se eu visitar minha filhinha? Ela não é culpada por tentar preencher, à sua maneira, algo que lhe falta. Ao culpar a mim mesma, acabo reforçando a razão dela. Foi ela que injetou veneno nas veias, eu apenas segurei a seringa.

Resolvo então visitar o pai dela logo cedo. Dirijo-me para lá com um pensamento de reconciliação.

Quando ele abre a porta, não demonstra surpresa diante de minha visita.

— Sonhei com você esta noite — informa, depois de sentar-se no sofá.

— Como você se sente?

— Um pouco melhor, talvez — observa. — Até ganhei um pouco de peso.

— Bom. — Desembrulho o resto de uma torta de abricó e coloco-a num prato que desconheço. Nossos velhos pratos ficaram comigo, ainda que ele não tenha ficado. — E o que havia nesse sonho comigo?

— Sonhei que você me apanhou em flagrante.

— Fazendo o quê? — Como se eu não soubesse.

— Eu estava com umas garotas. Estávamos deitados num quarto de hotel, com cortinas vermelhas e um tapete persa. O elevador estava quebrado e a escadaria, bloqueada. Pensei que, se o elevador estivesse quebrado e a escadaria bloqueada, você não poderia chegar até nós. Mas você subiu pela escada de incêndio.

— Lamento ter incomodado você.

— É estranho que, depois desses anos todos, eu ainda tenha medo de que você descubra.

Não digo a ele que existem alguns pecados que persistem até o fim, em vez disso informo que Jana está em tratamento.

A notícia deixa-o abatido. A idéia de ter uma filha em tratamento para viciados em drogas é demais para ele, o atleta e pedagogo, que sempre foi um exemplo brilhante de moderação e oposição a todos os vícios, exceto à infidelidade.

— Foi preciso?

— Você acha que eu a internei numa clínica só pelo prazer de levá-la até lá? De qualquer modo, não pretendo deixá-la na clínica. Vou trazê-la de volta a Praga.

— Você toma decisões importantes como essa e nem lhe ocorre a idéia de discuti-las comigo — afirma, em tom de censura.

Explico-lhe que foi preciso agir com rapidez. E que, por um lado, já faz muito tempo que nós discutíamos juntos a vida dela. Ele perdeu o interesse por ela, tinha outras preocupações. Por outro lado, não quis aborrecê-lo logo depois da cirurgia.

Ele levanta-se e começa a caminhar de um lado para o outro no aposento. Era o que costumava fazer quando estava pronto para dar-me uma bronca.

— São desculpas e preconceitos contra mim. É claro que você deveria ter me consultado — diz. — Ainda sou o pai dela. E tenho certa familiaridade com esses assuntos.

Meu velho sentimento de insegurança e medo retorna. Fiz algo de errado, algo impensável, tornei-me culpada aos olhos severos dele.

Quando encontrava com Jana, nos últimos anos, ele diz, percebia como ela compartilhava cada vez mais os meus genes, e não os dele. Quando ele me conheceu, recorda-se, eu era exatamente assim. Andava para cima e para baixo com um grupo de amigos pelos bares e me embriagava; as drogas eram raridade na época. Mas faltava-me senso de ordem e respeitabilidade.

Enfatizo que mudei desde então. Todavia, do ponto de vista dele, a gente deve nascer com senso de ordem.

— Cometi um erro por ter nascido, afinal.

Ele pede-me que não seja irônica e começa uma exposição pedagógica sobre a forma correta de se criar os filhos. Evidentemente, arrola todos os meus tropeços, dos quais tenho consciência: jamais gostei de cozinhar, era perdulária, nunca soube administrar o dinheiro, gastei rios de dinheiro em roupas para mim, sem falar no fato de fumar ou de, inúmeras vezes, passar a noite com amigas e chegar alcoolizada. O que devia pensar a respeito a nossa garotinha, que exemplo eu dava a ela?

Conheço a ladainha de cor, quantas vezes precisei ouvi-la de forma contrita enquanto ainda vivíamos juntos? Eu tentei defender o meu direito a um fragmento de privacidade, um espaço próprio, mas jamais consegui vencê-lo, sempre acabava com a sensação de ter sido surrada. Tentei fumar menos, mas não agüentava por muito tempo, porque era um dos pequenos prazeres que a vida me concedia.

Além do mais, um bom exemplo vale mais do que todas as palavras, prescrições ou proscrições, continua dizendo meu ex-marido.

Eu deveria me impor diante dele, não estou mais subordinada a ele em coisa alguma, não devo ser rebaixada por um homem que me abandonou, que me largou e largou nossa filha. Que cada um cuide da própria vida da melhor forma que puder.

Ainda assim, não consigo contradizê-lo, levanto-me no meio do discurso dele e saio do apartamento.

Quando estou na rua, percebo que ele tem razão numa coisa, comportei-me como Jana. Mas esqueci-me de apanhar o prato com a torta de abricó e atirá-lo no chão.

4

O prédio é de madeira, bastante abandonado, e fica na beira de um prado na montanha. O caminho que conduz a ele é tão estreito que dois veículos mal conseguem passar por ali. Estacionamos na entrada e uma ciganinha espia e desaparece em seguida. Entre a granja e o celeiro, galinhas e patos passeiam, e ouve-se o grunhido faminto de porcos.

— Uma beleza, não? — comenta minha irmã.

— A natureza aqui é esplêndida — digo, cautelosa. — E agora estamos no verão.

O terapeuta encarregado recebe-nos no escritório que não tem nada além de uma mesa, uma cadeira, um arquivo, na parede um retrato de Sigmund Freud e figuras coloridas de santos. Freud, os santos e o terapeuta são todos barbudos, o terapeuta tem um topete de cabelos negros, e, ao contrário de Freud e dos santos, usa uma camiseta com a inscrição *Associação Cristã de Jovens*. Lída e ele tratam-se por você; Lída chama-o de Radek.

Pede-me que eu narre, com detalhes, tudo sobre Jana. Esforço-me para expor todas as particularidades, inclusive aquelas das quais me envergonho, como o fato de minha filha não ter apenas mentido para mim, mas ter-me roubado também.

Então, ele quer saber se alguém na família usou drogas ou teve outro vício qualquer.

Admito que fumo e que tomo vinho todos os dias, embora com moderação. Na juventude, embebedei-me algumas vezes, mas isso foi realmente há muito tempo. O pai dela, por outro

lado, foi um exemplo nesse aspecto e, comparada a ele, aniqui-
lo-me, e ele sempre criticou-me por isso.

Faz anotações num bloco, meneia a cabeça de vez em quando, como se dissesse, sim, é assim que as coisas acontecem. Mas
não diz nada e convida-me para dar uma olhada no local.

A casa é espaçosa e austera. Tudo ali parece surrado, os móveis podem ter vindo facilmente de algum depósito de fim de
estoque ou de peças descartáveis. Algumas janelas, percebo,
estão quebradas ou foram arrancadas. Mas tudo é limpo, o piso
ainda está molhado e não há sujeira alguma. Estou menos
interessada em coisas e mais nas pessoas com as quais Jana terá
de conviver. No entanto, o quanto se pode conhecer durante
uma curta visita? Um rapaz de uns vinte anos está moendo alguma coisa num moedor digno de museu; outro empurra esterco num carrinho de mão; a ciganinha está serrando madeira
com outro rapazinho. Por um momento, lembram-me figuras
de uma galeria de tiro ao alvo, exceto pelo fato de todos ves-
tirem calças jeans e camisetas.

Na cozinha, duas jovens preparam a refeição noturna; no
dormitório, que visitamos em seguida, há três camas: numa
delas, uma jovem de belos traços está fumando e sequer registra a nossa presença.

— O que você tem, Monika? — indaga o terapeuta.

— Não quero continuar vivendo — responde, sem olhar
para ele.

— Isso vai passar. Falaremos sobre o assunto à noite —
promete.

— Ela está aqui há duas semanas apenas — informa-nos
ele, quando deixamos o dormitório, como se estivesse se des-

culpando pelo fato de alguém não querer viver. Não precisa desculpar-se para mim, às vezes eu também não quero continuar vivendo, estou mesmo surpresa por continuar viva.

Quando retornamos ao escritório, o terapeuta observa que Jana pode vir para cá, se desejarmos; mas a decisão deve ser exclusivamente dela.

— Temos diariamente uma sessão de terapia em grupo com eles, e todos devem trabalhar; faz parte da terapia. Quando eles melhoram, podem ir à escola, mas ela fica bem longe daqui e, durante o inverno, não é fácil chegar lá — afirma. Adverte-me de que a rotina é rigorosa. — Drogas são proibidas, é claro. Sexo e álcool tampouco são permitidos. Se fumam, podem receber cigarros. Eles devem permanecer aqui; durante o primeiro mês, não permitimos visitas ou cartas. Quem quebra as regras deve abandonar a casa. Se alguém considerar o regime duro demais, pode sair. Se alguém foge, deve ir embora. As condições tendem a ser difíceis aqui, sobretudo durante o inverno — observa, lembrando novamente as condições do inverno.

— O inverno ainda está longe — digo, na esperança de que ele concorde.

— Menos do que a senhora imagina. — E acrescenta, como que para destruir qualquer esperança falsa que eu alimente: — Por aquilo que a senhora contou-me a respeito de Jana, não creio que ela estará em casa antes do inverno. Curada até lá, imagino. A senhora deveria tomar providências para que ela interrompa os estudos. — Depois ele começa a contar que metade daqueles que conseguem completar a terapia jamais retornam às drogas. Finalmente, esclarece com quanto devo contribuir por mês. Há uma série de outras coisas. Quero perguntar mais, porém ele se desculpa porque precisa se apressar para uma sessão de terapia que, infelizmente, ele não nos pode convidar para assistir. Mesmo que eu permanecesse ali por mais tempo, o que ele poderia dizer-me? Tudo dependerá de Jana. Não posso imaginá-la serrando madeira ou carregando esterco; mimei-a demais para isso.

No caminho para casa, Lída e eu paramos numa taverna de aldeia. Ela come apenas pão e queijo, enquanto eu tomo um prato de sopa de carne, batatas e molho de páprica. Estou faminta, não comi desde cedo, mas o meu estômago vira só de pensar em trazer Jana para este lugar selvagem, onde sequer poderei visitá-la.

— Não se preocupe — diz minha irmã. — Ele vai ajudá-la. Ele é ótimo. Ele sabe como descobrir a causa, e isso é o mais importante. — Ela hesita antes de complementar: — Ele ajudou-me também.

— A você?

— Por que você se surpreende?

— Não tinha a mínima idéia!

— Isso foi há oito anos, e eu ia ao ambulatório. Não falei a respeito disso nem com os velhos nem com você. Não era um problema de vocês, era meu. Meu, acima de tudo.

Quis perguntar-lhe com o que ela se drogava, mas a pergunta parecia-me inadequada. Então perguntei:

— E que causa ele apontou?

— Um vazio. Decepção e vazio.

— Não pensaria isso a seu respeito.

— Porque você sempre imaginou que eu estivesse satisfeita comigo mesma. Mas isso é o que eu representava diante de vocês. Eu viajava com a banda e gravava vários CDs, mas há milhares de bandas como essa e milhões de CDs idênticos. Não faz diferença se alguém compra ou não compra o seu CD, porque daqui a um ano todos já o esqueceram mesmo. Não há nada pior do que tomar parte numa atividade artística para a qual as pessoas acabam não ligando muito. — Ela acrescenta que invejava o meu trabalho, porque tinha algum sentido — ajuda a suprimir a dor das pessoas —, enquanto aquilo que ela fazia era multiplicar o barulho que nos cerca por todos os lados. As pessoas aplaudem-na, mas aplaudem a todos que as ajudem a parar de pensar, ainda que por um momento, na vida que levam.

— Não podia imaginar, não tinha idéia — eu disse.

— Conhecemo-nos muito pouco, cada um de nós fica com as próprias preocupações e as escondemos diante dos outros.

— E como ele ajudou você? — indago.

— Ajudou-me a entender o que realmente sinto. E a conformar-me com a realidade. A parar de olhar acima do horizonte e a superestimar os meus poderes.

— E você está bem agora?

— Depende do que você entende por isso.

5

Vimos um lince e um pássaro no céu que identifiquei como sendo o falcão da floresta, mas Jirka dizia que era uma águia.

Věra sustentou a minha opinião, os demais a de Jirka, porque ele é um locutor de rádio e todos acham que locutores não se enganam, o que não é verdade.

Eu poderia ter discutido, porque papai e eu sempre observávamos falcões, mas não senti necessidade de comprovar minha opinião a respeito de aves de rapina.

Andávamos cerca de vinte quilômetros por dia. Poderíamos ter conseguido mais, porém o caminho era cansativo, entre ravinas estreitas, por vezes subíamos por íngremes ladeiras de pedra e Jirka precisava arrastar, além da barraca e da mochila, seu próprio excesso de peso.

Nos picos, o céu era limpo, mas aqui, nas escarpas, o sol raras vezes atingia-nos e as noites eram realmente frias.

Com Věra eu não falava nem um pouco a mais do que com os outros. Uma vez precisei ajudá-la com a mochila, quando escalávamos as escarpas e dei-lhe a mão para saltarmos um riacho de águas rápidas. O toque da mão dela sempre me excitava; quando estávamos sentados no cinema ou no teatro, segurávamos as mãos um do outro, e também quando fui visitá-la na residência dos estudantes, onde ficamos a sós. Ficávamos com os dedos entrelaçados, sentindo o pulsar do sangue; era um excelente prelúdio para fazer amor.

Eu procurava não pensar em fazer amor ou não imaginarnos nus e abraçados quando, à noite, ela se deitava sozinha na barraca. Pode ser que esperasse que eu fosse lá. Se fosse, talvez me pusesse para fora. Eu tentava pensar em Kristýna, mas parecia-me tão distante. Ela vivia em outro mundo, no mundo onde se trabalhava, falava-se de coisas importantes, havia diretores, chefes, comandantes e subordinados, e papéis que escondiam denúncias.

Ali, caminhávamos por trilhas desertas; quando conseguíamos sair da floresta, ficávamos deitados na grama, seminus, tomando sol, cozinhávamos sobre o fogo a céu aberto, cantávamos depois das refeições e, quando anoitecia, montávamos as nossas barracas; as pessoas congregam-se ao compartilharem algo incomum. Vim para cá para concluir que até o sofrimento e a perseguição unem mais as pessoas do que uma vida monótona de inatividade pacífica.

É disso que sinto medo, não gostaria de passar a vida assim; excita-me tudo aquilo que parece incomum ou até mesmo excêntrico. Por isso, sou atraído por cobras venenosas ou pela história das vidas de Hitler ou Stalin, por exemplo. O destino deles era como cordas esticadas. Ambos escalaram montanhas cujos picos pareciam escondidos dentro das nuvens, ao passo que o sopé submergia em sangue, no qual, ao fim, ambos desmoronaram.

Não anseio pelos cumes que conduzem aos céus, a queda de lá sempre é mortal. Não gostaria de permanecer lá em cima nem por um instante, lá reina a solidão. Deixaram Stalin deitado sobre o assoalho, em sua agonia mortal, durante horas, temiam escalar as alturas em que o viam ainda, enquanto ele estava estatelado no chão numa poça da própria urina. Seu maior inimigo, e também companheiro de viagem, ruiu antes dele, arruinando-se dentro de um *bunker* subterrâneo. Lá, para escapar do julgamento, deixou-se fuzilar pelos próprios lacaios. Sem funeral algum ao qual comparecesse um daqueles milhões que o saudavam. *Finis coronat opus.* O fim coroa a obra.

O destino que gostaria de ter é aquele que pudesse elevar-me acima da mediocridade, acima do vazio, do qual brota a morte. Mas de que modo devo alcançá-lo? Quase sempre acabo inebriado pela imaginação.

Cada momento que passo aqui sinto estar mais distante da vida que levo. Nestes últimos dias, tive a impressão de que minha cabeça ficou mais lúcida; afinal, fui capaz de enxergar os contornos claros de tudo aquilo que busquei a vida inteira. Pude ver com clareza inclusive aquilo que ainda está por vir.

Concluí que o trabalho que faço envenena a alma. Força-me com que eu me ocupe com nulidades do passado que, afinal, só eu vejo. Cada um de nós está ligado a eles de alguma forma, pessoalmente ou através dos pais ou antepassados. Tive a impressão de que, assim como em Sodoma, não há sequer dez homens justos em nossa cidade.

Antes de sair de Praga, tentei fazer o mapa astral da cidade para o próximo século, que já está tão próximo. Previ a destruição da cidade para junho de 2006. Tentei descobrir se essa destruição seria conseqüência de guerra ou inundação ou de algo vindo de cima, embora águas também desabem de cima. Mas agora percebi que não precisa ser uma catástrofe que destrua prédios; pode ser algo que afete a alma das pessoas.

No quinto dia de nossa viagem, quando entrei em minha barraca, não consegui adormecer, como se tivesse sido tomado por uma agitação inexplicável, a premonição de algo inevitável chegando.

De repente, a lona de minha barraca foi levantada e avistei Věra sob a luz do luar.

— É você? — perguntei, como costumava perguntar-lhe, amorosamente, há não muito tempo; mas, agora, a pergunta adquiriu novo sentido.

— Sou eu — sussurrou. — Se Mickey Mouse não vai à montanha, a montanha vai até Mickey Mouse.

— Aqui há montanhas suficientes — disse eu. Mas ela despiu-se rapidamente e deitou-se ao meu lado.

A lua brilhava e um raio pálido caiu sobre nós através da abertura da barraca. O murmúrio de um riacho estava próximo e, quase acima de nós, um pássaro estrilou. Fizemos amor e ela gemeu como nunca, e não sei se foi de êxtase, por sentir-se vitoriosa, ou de tristeza.

— Você me ama? — ela quis saber. — Diga-me, enquanto ainda faz amor comigo.

Mas eu fiquei calado.

Repentinamente, ela empurrou-me e começou a vestir-se. Saí com ela diante da barraca. Acima de nós as estrelas brilhavam e pareciam ter brilho incomum.

— Não se aborreça comigo — disse-lhe. — Mas não tem sentido recomeçar, não levaria a lugar algum.

— E quem disse a você que eu quero recomeçar algo? — gritou ela. — Eu precisava saber se você se arrastaria, se eu desejasse.

— Mas não me arrastei até você!

— Não, é? E você tem a coragem de dizer isso na minha cara, depois do que acaba de fazer? Você é nojento, ruim e um mentiroso sem-vergonha!

Pode ser que ela tenha razão. Ocorreu-me que o tempo todo fiquei esperando que ela viesse até mim e que fizéssemos amor.

Na época em que eu me esforçava para tornar-me um intérprete da história, li uma lenda medieval a respeito da abstinência física. Eles se abstinham de propriedades, alimentos, bebidas e também, evidente, do que chamamos de amor sexual, o que para os autores era resultado do pecado original. Iam tão longe na condenação do desejo físico que chamavam de seres superiores aqueles que permaneciam virgens até o fim dos seus dias. A hipocrisia desses autores repugnava-me. Menosprezavam os desejos do corpo, sem os quais eles nem teriam nascido. Mas havia algo que devia reconhecer: que a gente deve fixar certos objetivos, acima desses desejos, e deve ser responsável por seu comportamento e por aquilo que faz.

Retornei à minha barraca, deitei-me novamente e tentei pensar em alguma coisa agradável que me aconteceu no passado, ou que poderia vislumbrar no futuro; mas não me lembrei de nada.

Na manhã seguinte, paramos na cidade de Rožňava. Depressa cada um de nós foi atrás daquilo que lhe interessava. Perambulei pelas ruas e ruelas incandescentes, onde houvesse vida na manhã quente, além de eventuais crianças seminuas que passavam ou cachorros com as línguas de fora. Uma loja de doces escondida anunciava sorvete italiano, mas acabei mais atraído pela tabuleta que anunciava os serviços de alguém que lia a sorte.

Ao abrir a porta, vários sinos tocaram ao mesmo tempo, mas a única criatura viva a aparecer foi um gato persa cor de canela. Pulou sobre o balcão e fitou-me com aqueles olhos amarelos, não-humanos. Um cesto de plantas desidratadas que pendia do teto enchia o lugar com a fragrância de ervas.

A porta dos fundos abriu-se finalmente e entrou uma mulher sorridente metida num longo vestido púrpura, e ainda que nada estivesse escrito na porta, eu saberia que ali praticam alguma forma de magia.

— O jovem deseja ler a sorte? — indagou.

Ela tinha cabelos negros desarrumados e olhos de índia; em volta do pescoço havia um pesado colar, talvez de ouro, e braceletes similares em torno dos punhos morenos.

Perguntei-lhe como conseguia ler a sorte. Respondeu-me que era uma inspiração divina. Poderia olhar-me a palma da mão, mas não seria necessário; deveria mesmo era ver a minha aura e somente depois poderia soerguer as cortinas que ocultavam o futuro.

Gesticulou para que a seguisse até uma saleta onde havia duas cadeiras surradas, uma mesinha com algumas flores murchas. De forma surpreendente, o local era convidativamente fresco.

Apontou-me uma das cadeiras e sentou-se diante de mim, pediu-me que colocasse as mãos com as palmas voltadas para cima sobre a mesinha, que afastasse meu pensamento de todas as coisas e olhasse para ela. Apanhou minha mão por um instante, mas não parecia concentrada naquilo. Perguntou-me se desejava conhecer tanto as coisas boas quanto as ruins a respeito de mim, e eu balancei a cabeça. Largou minha mão, fitou-me e balbuciou algo incompreensível. A minha aura, disse, estava se tornando gradualmente clara, eu emergia dela e flutuava acima; via que sou um homem bom, com muitas habilidades, mas que passei por uma grande dor, pôde ver-me chorando sobre um caixão, viu serpentes se contorcendo ao redor de minhas pernas, mas não devo ter medo, elas não mordem.

— O senhor, meu jovem, terá vida longa e a doença que o senhor terá não será uma ameaça. Vejo faíscas saindo de seus dedos, o senhor tocou muitas pessoas com eles! Tome cuidado, tome cuidado, para que a chama de suas mãos não o queime!

O gato entrou silenciosamente no recinto e pulou no colo da mulher, mas a vidente nem parecia tomar conhecimento; sua atenção aparentemente estava fixada nas imagens que lhe apareciam e que ela me contava. A concentração dela impressionou-me, assim como o fato de que não procurou servir-se de ajuda externa, como baralho ou bola de cristal.

Num futuro próximo, ela via muitos obstáculos em meu caminho, ela continuava dizendo, são sólidos e poderosos, mas não deverei superá-los, deverei contorná-los. Ingressarei num veículo que me levará para alturas régias e nenhum inimigo que se antepuser em meu caminho conseguirá barrar-me. Disse-me que eu tinha muitos amigos e que um amigo em particular, forte e gentil, ficará a meu lado. O desastre que atingirá todas as cidades ao meu redor passará por mim.

Desejei perguntar-lhe de que desastre ela falava, mas tive receio de interromper-lhe o fluxo de visões.

— Vejo também uma mulher mais velha do que o senhor — disse ainda. — Está longe e aguardando o senhor, mas não é sua mãe. Sim, procura-o, porque ela está em perigo. Um grande perigo, e o senhor é quem pode salvá-la. Uma rica recompensa o aguarda. — Calou-se, levantou as mãos, como se quisesse abençoar-me, e ergueu-se.

Dei-lhe duzentas coroas e saí para o dia quente, cuja claridade cegava-me.

Com ansiedade repentina, tentei telefonar do Correio para Kristýna, mas não consegui falar com ela. Quando encontrei os outros, disse-lhes que devia voltar a Praga no próximo trem. Věra, sem dúvida, deve ter pensado que eu fugia dela, mas não liguei para o que ela pudesse pensar.

Minha ansiedade aumentou no trem. Sabia que alguém mandava ameaças anônimas para Kristýna. Outra possibilidade era que uma pessoa que temia atacar-me de modo direto atingisse Kristýna, a fim de intimidar-me. Kristýna é sensível. Não, não tanto sensível quanto vulnerável. Qualquer um poderia machucá-la. Há pessoas que tão logo descobrem a vulnerabilidade de alguém mal podem esperar para atacá-la.

Houve época em que as vítimas eram reverenciadas como mártires; hoje os torturadores é que são reverenciados.

Em Praga, liguei para ela do primeiro telefone público que encontrei na estação e perguntei se tudo estava bem. Ela disse que sim e que estava contente por eu não tê-la esquecido ainda. Disse que gostaria de ver-me, mas ela e Jana estavam de saída. Estava levando Jana para um outro centro de tratamento, longe de Praga. Não sabia se conseguiria retornar à noite. Mas, seguramente, estaria em casa no dia seguinte. Eu poderia ir lá e ficar com ela, agora que estava sozinha.

Perguntei a ela se não queria que eu a acompanhasse. Hesitou por um momento e disse, então, que não seria necessário.

Eu deveria ter deixado mais claro que ela corria perigo, deveria ter pedido que me levasse junto. Mas eu não sei se o perigo é imediato ou não. Como o celebrado Nostradamus disse: *Quod de futuris non est determinata omnio veritas.* Não está definida toda a verdade a respeito do futuro

Lamentei ter retornado de minhas férias por causa dela, pois ela não parecia ter muita pressa em ver-me, então lhe disse que provavelmente não poderia ir lá no dia seguinte, mas que telefonaria de qualquer jeito.

6

O verão chega lentamente ao final: as tílias que crescem diante da casa de mamãe já floriram e a melancolia outonal vai me apanhando de forma prematura, assim como a fadiga. Levei Jana àquele ponto distante em que não posso visitá-la durante um mês inteiro, e também não será uma boa idéia escrever para ela.

Poderia tirar uns dias de descanso agora, mas não tenho vontade de ir sozinha a lugar algum. Jan falou a respeito de irmos juntos para algum lugar, mas jamais ficamos juntos nem por um dia. Tenho a impressão de que ele está preocupado com alguma coisa; está menos comunicativo. Diz que tem muito trabalho; quer examinar tantos arquivos quantos puder antes de ser demitido ou que lhe seja recusado acesso aos materiais ultra-secretos. Não quero convencê-lo, assusta-me um pouco a idéia de ficarmos juntos o tempo todo; ele é cheio de energia e eu sou uma mulher de meia-idade. De mais a mais, acostumei-me a não ter um homem perto em tempo integral.

Mas, uma noite dessas, ocorre-me a idéia de perguntar-lhe quem eram as pessoas que foram com ele para a Eslováquia e por que me fala tão pouco a respeito delas. Pergunto isso do mesmo modo que pergunto como passou o dia, o que leu de interessante ultimamente ou se tem histórias novas para me contar. Percebo, contudo, que a minha pergunta não lhe agrada. Quer saber por que estou indagando.

— Porque me interesso por você, é claro.

Diz-me que esteve lá com a turma que encontrei naquele jogo para o qual me havia convidado. E não me contou nada sobre a viagem, porque não imaginava que faria sentido falar de viagens. É impossível descrever a natureza, exceto em poemas, e ele não é poeta. Tampouco faz muito sentido falar de pessoas que não conheço. Quando havia algum interesse, como é o caso das profecias da vidente, ele contou-me tudo o que ela vaticinou e, desde que voltou, as coisas sem importância fugiram-lhe da memória. Lembro a ele de como se comportam as pessoas com consciência pesada, quando interrogadas pelos colegas. Como se expressavam através de longas explicações, para dizer que não conseguiam lembrar de nada.

Sinto uma ansiedade repentina.

— Então, aquela garota pernuda, aquela com quem você saía, também estava lá?

Ele hesita por um minuto antes de responder, como se pesasse a resposta que me daria, ou achasse que eu sei ou suspeito de algo.

Depois responde que ela também estava lá.

É tarde e está na hora de dormirmos. Há pouco fizemos amor; ele foi carinhoso comigo. Devia ficar quieta e deixar de fazer perguntas. Mas sou incapaz de conter a ansiedade que se apossou de mim.

— Ela nem tentou seduzir você? — pergunto.

Ele permanece calado e responde com uma pergunta:

— Por que ela tentaria seduzir-me? Nós terminamos, não foi? — Ele por fim levanta da cama.

— Aonde você vai?

— Estou com sede.

Ele sai para a cozinha. Não posso esperar. Ponho o meu robe e sigo-o. Está servindo vinho em duas taças.

— Você vai tomar vinho comigo?

— Sim, só um pouco.

— Mas você não respondeu ainda à minha pergunta.

— Não sei por que você quer saber isso justo agora.

— Agora ou a qualquer hora.

— Mas eu perguntei a você se queria vir comigo, lembra?

— Mas eu não podia. Você queria que eu fosse para protegê-lo de sua ex-namorada?

— Não preciso de proteção. Eu amo você, é por isso que eu desejava que fosse comigo.

Ele ainda está evitando dar uma resposta.

— Mas era noite, todos dormiam em volta, e ela irrompeu dentro de sua barraca — respondi por ele.

Vejo que o assustei.

— Se ela ligou para você e tentou convencê-la disso, não acredite nela.

— Não me telefonou. Ninguém me convenceu de coisa alguma, eu imagino que foi assim. Se não fosse assim, você teria me dito há muito tempo que ela também viajou com você — digo.

Fica calado, não se defende. Não reconhece nada, mas não nega nada. Não é um mentiroso, tampouco consegue dizer a verdade. Como todos os homens.

— Está vendo? Não preciso de uma vidente para contar-me o que aconteceu e qual é o perigo — afirmo.

— Eu amo você — diz-me. — Não deixei de amar você um momento sequer.

— Nem mesmo quando a outra estava em seus braços?

Permanece calado. Então, tenta explicar-me: ficaram juntos durante quase dois anos.

— Não quis magoá-la, mas acabei magoando quando disse a ela que não queria mais continuar com o relacionamento.

— Porque queria ficar comigo — completei. — Você não precisa explicar-me nada. Fico contente que tenha consideração por sua ex-namorada. Posso ter a esperança de que você terá a mesma consideração em relação a mim também.

Ele repete que me ama, que não ama a mais ninguém. Tenta explicar que há situações em que se faz algo sem querer e acabamos nos arrependendo logo em seguida. Pede-me que o perdoe.

Digo que sou capaz de ter compreensão em relação a tudo, a vida ensinou-me isso, porém isso não significa que eu aceite tudo e concorde com tudo. Odeio traição, pedi o divórcio por causa disso e privei Jana de um lar e de um pai.

Ele pergunta, magoado, se deve ajoelhar-se diante de mim e implorar perdão.

Digo que não gosto de homens que precisam ajoelhar-se e menos ainda daqueles que perguntam se devem ajoelhar-se.

Sinto que o rapazinho está perdido. Pode ser que se ofenda, pode ser que caia em prantos. Não é um mentiroso, apenas não sabe dizer a verdade, é quase certo que esteja arrependido por não ter mentido, mas todos aprendem isso um dia. Talvez eu devesse ficar contente por ele não saber mentir ainda, mas, neste momento, tudo o que sinto é desapontamento e cansaço.

— Kristýna — implora —, não aconteceu nada, nada de importante, você vai me perdoar!

— Não sei o que você espera. Que eu aconselhe você? Que eu volte a deitar-me com você?

Hesita. Então pergunta se deve ir embora.

Digo a ele que apreciaria se fosse.

7

Minha nova prisão chamava-se Banho de Sol, mas acho que Pé-na-Cova seria mais apropriado, porque o local mais próximo dali era um velho cemitério abandonado. Chamavam assim à comunidade que tratava de drogados. Eu também havia tomado drogas. O sol realmente batia o tempo todo ali, e durante esses poucos dias de minha permanência voluntária, bronzeei-me bastante. Devo confessar que escolhi o lugar voluntariamente. No começo, vacilei, mas eu sabia que iria para qualquer lugar desde que me livrasse daquelas vampiras e onde não precisasse escutar as baboseiras da loura oxigenada que dizia ser tudo para o nosso bem. No entanto, eu insisti que não iria para nenhum manicômio no meio da floresta, preferia enforcar-me. Mamãe tentou persuadir-me de que era para o meu próprio bem e contou como o lugar era legal. Papai nasceu não longe dali e viveu ali quando tinha a minha idade, e aparentemente algumas de suas tias-tataravós ainda moravam no lugar, embora eu não ligue a mínima para elas. Mamãe veio para dizer-me que eu não ficaria lá por muito tempo e que não era um fim-de-mundo, porque havia eletricidade. Eu disse a ela que aquilo era realmente o máximo, eletricidade, e eu já me entusiasmava antes do tempo. E perguntei a mamãe se eles tinham também essas coisas fantásticas por lá, tipo cadeiras elétricas, ou se aplicavam choques elétricos depois do café-da-manhã, só por prazer. Mamãe ficou uma fera e disse que não tinha conversa, que se eu quisesse poderia ficar onde estava. Comecei a ficar apavorada com a idéia de que ela me largasse naquela casa de malucos e então disse a ela que, tudo bem, que, se ela quisesse, poderia mandar-me de foguete para a lua se fosse para o meu próprio bem.

Éramos oito em tratamento de desintoxicação na Pé-na-Cova, segundo eu me lembro. Alguns deles estavam lá fazia seis meses, apenas Monika era a única que estava no segundo mês, e planejava cair fora. Ela me contou que, antes de acabar ali, trabalhou num hospital. Era o paraíso das drogas, disse: tinha de tudo. Eles tomavam Rohypnol e davam para as velhotas doentes um placebo qualquer, e, assim, eles viviam doidões. De tempos em tempos, conseguiam até morfina; era genial, porque não precisavam gastar grana comprando dos traficantes árabes. Ela estava trepando com um médico casado por quem estava caidinha, mas quando descobriram tudo, o imbecil deu-lhe um pé no traseiro, e tudo o que restou para ela eram as drogas. Ela concluiu, então, que a vida sem drogas era impossível e que as pessoas eram más por natureza.

Por isso, espero que consigamos cair fora juntas.

Pavel, que já serviu o exército e distraía-nos com truques com baralhos e fazendo o chá desaparecer da xícara diante de nossos olhos, diz que este lugar é mais ou menos a mesma merda que o exército: unidades de trabalho, plantões na cozinha, faxina e disciplina militar. E as punições são as mesmas: quase sempre confinamento nos barracões. Não me haviam permitido ainda dar um passo livre sequer; por isso não podiam tirar nada de mim. Sempre que o nosso querido Radek, que nos ajudava a ser pessoas normais novamente, achava que o assoalho não estava adequadamente limpo, precisávamos limpar de novo. Na primeira semana, precisei esfregar o chão de nosso dormitório três vezes, sozinha. Puseram-me também de plantão para tomar conta de nossas quatro galinhas e de uma pata com seus patinhos. Eles sempre fugiam de mim, especialmente os filhotes e, semana passada, uma fuinha levou um deles. Radek disse que aquilo era destino e disse para eu não me aborrecer: as fuinhas também eram criaturas de Deus. E eu não fiquei aborrecida mesmo. Chamava os porcos de "cachorros de salsicha", porque eram pequenos e, quando tinham fome, o que acontecia sempre, grunhiam e todos os cachorros ao redor começavam a latir.

Fora isso, Radek é legal, ele é genial. Ele tem uns 18 filhos, todos dele mesmo, e ainda encontra tempo para visitar-nos à noitinha. Às vezes, conta-nos coisas da vida. Não deixaram ele estudar porque se filiou a uma igreja, devia ser uma igreja secreta ou coisa do tipo, e assim ele precisava trabalhar para viver e fez quase de tudo, consertava telhados, pisos, entregava coisas e trabalhou numa lavanderia, onde eles costumavam ferver as roupas num ácido; quando aquilo evaporava era um narcótico mais forte do que qualquer outra droga. Por vezes, a vida dele era como um filme, porque ele sempre tinha que fazer coisas para aquela igreja. Certa vez, os tiras comunistas o prenderam e tentaram arrumar uma acusação de que ele havia atropelado um garoto. Ele disse a eles que não poderia ter atropelado ninguém porque nem carro tinha, e nunca dirigiu um, e aqueles crápulas falaram que ele se tornava mais suspeito ainda por isto. Disseram que iriam levá-lo preso para interrogatório e no caminho contavam como ele seria fuzilado, se tentasse escapar. Ele não acreditou nos caras, porque se quisessem fuzilá-lo, não ficariam falando disso na frente dele, mas, mesmo assim, chegando lá, ele recusou-se a sair e foi preciso carregá-lo. E isso realmente aconteceu: ele foi carregado e atiraram-no numa cela qualquer, onde foi deixado durante a noite inteira num frio completo, sem comida, e soltaram-no na noite seguinte. E ele contou-nos também que não ficou pau da vida com os caras porque eles nem sabiam o que estavam fazendo, que todos eram completamente malucos devido ao treinamento recebido, e também por causa da televisão.

A verdade é que Radek realmente sabe fazer a cabeça das pessoas. Consegue que elas formem uma opinião a respeito de si próprias. Ele não fica aporrinhando ninguém, dizendo que tomar drogas é perigoso; ele ajuda-nos a pensar de maneira positiva, a entender por que tomávamos drogas e outras pessoas não. Eu já descobri que me drogava para fazer birra ao papai, porque ele pensava que depois da descoberta do Big Bang cada um poderia viver cagando pros outros, e foi assim que ele fez. Radek percebeu que eu queria ser diferente do meu pai, mas diferente de mamãe também.

Tenho a sensação de que aprendi tudo a meu respeito daquilo que deve ser conhecido, e também sobre mamãe e papai. É realmente importante ter uma atitude com relação a si própria, e aos outros que nos cercam.

Agrada-me, de fato, quando nos sentamos e conversamos sobre cada um de nós; Pavel disse que, certa vez, quando estava doidão, quase acabou com a própria mãe, e ela ficou tão chocada que disse a ele: acho que você me confundiu com alguém, meu filho. Sou eu, sua mãe. Simplesmente terrível.

Semana passada, quando eu dava plantão na cozinha, esqueci de encomendar o espaguete que deveríamos ter para o almoço e, como castigo, fiquei de plantão na cozinha novamente no dia seguinte e, à noite, tive de recolher o esterco. Quis jogar aquela merda toda na janela de Radek, mas isso não me ajudaria, porque eu teria de limpar e lavar tudo depois. Em vez disso, quebrei dois pratos e fingi ter ficado aborrecida e disse que eles escorregaram de minhas mãos, por acidente, porque estavam molhados.

Os rapazes aqui são bacanas e acho que eles gostam de mim. Outro dia, Pavel trouxe algumas margaridas para mim e varreu a cozinha no meu lugar. E Lojza, que deve ir para casa em breve, ofereceu-se para ajudar-me em matemática. Mas eu disse a ele que ainda não atingi aquele estágio em que eu poderia estudar; por isso, preciso concentrar os meus esforços para lutar comigo mesma e vencer o meu vício. De outra vez, ele disse que tinha certeza de que eu superaria tudo, e também falou que eu deveria acreditar em mim. Não sei se vou superar *isso*. Mas, fora isso, acredito em mim.

Um idiota que chegou logo depois de mim caiu fora 14 dias depois. Fiquei curiosa para saber o que Radek diria, mas a única coisa que ele falou foi que, se alguém não quisesse ficar aqui, poderia ir embora.

Anteontem recebi a primeira carta de mamãe. Ela disse que sente minha falta e que conversou com Radek por telefone e ele disse estar muito satisfeito comigo. Você pode acreditar nisso? Depois de eu ter esquecido de encomendar o espaguete e ter quebrado aqueles pratos? Ele sabia muito bem que eles não escorregaram, assim, de minhas mãos e que eu fiz de propósito. Mamãe mandou também duzentas coroas para quando eu tiver um passe para sair, e disse que viria até aqui me visitar. Nenhuma palavra sobre aquele amigo ruivo dela; pode ser que ele também tenha abandonado ela, assim como papai, e eu lamentaria muito por ela. Também comecei a sentir bastante falta dela e de Ruda, lembrei das coisas legais que fizemos juntos, mas sinto falta mesmo é de meu quartinho, onde ninguém vem enfiar o nariz e ninguém berrava às seis da manhã: "Levanta! Levanta!"

Ontem, Monika, quando foi fazer compras, tentou roubar uma garrafa de bebida e a vaca da vendedora contou ao Radek. Monika foi imediatamente confinada no barracão e, ainda por cima, precisou varrer todas as trilhas e escadas. Um horror! À noite, ela me disse que está de saco cheio e que está a fim de sair fora, e perguntou se eu iria com ela. Disse a ela que desde o primeiro dia penso em cair fora e, se ela for, irei com ela, embora ainda não saiba para onde ir.

Ela sugeriu uma tia dela perto de Písek, que não nos poria para fora e até poderíamos ajudá-la na propriedade até decidirmos o que fazer da vida. Também tenho uma tia, em Tábor, mas ela conhece Radek, e imagino que ela nos entregaria.

Radek participava de uma reunião de terapeutas ou coisa parecida, de modo que apenas Madla estava conosco, uma garota não muito mais velha do que nós e que começou a ser treinada. Ela costumava papear conosco à noite e cantava canções e tocava violão até de manhã. Eu tinha pena dela por ficar nessa situação de babá por nossa causa, mas Radek não era tão ruim assim; ele dizia que era o destino e que, se alguém não queria ficar em seu paraíso, que fosse embora mesmo.

Um dia à tarde, quando todos devíamos ir à floresta buscar lenha para aquecimento, fingi que estava com uma dor de cabeça insuportável. Monika estava de plantão na cozinha, e deveria lavar a louça. Assim que os outros saíram, pegamos nossas mochilas e caímos fora, mas na direção oposta.

O dia estava fantástico e nenhuma de nós duas conseguia compreender como havíamos agüentado por tanto tempo aquilo: alimentar a cabra, recolher esterco, lamber o assoalho e cuidar de nós mesmas. Quando saímos da floresta, conseguimos uma carona com um boçal daquele lugarejo, que levava a esposa ao dentista em Blatná.

Uma coincidência, eu disse, minha mãe também é dentista, mas em Praga. Eles ficaram vermelhos de alegria ao saberem que mamãe também era dentista e queriam saber se estávamos voltando para Praga, e de onde vínhamos. Disse-lhes que estávamos viajando e, por ser tão lindo por esses lados, sequer havíamos conseguido partir. Eles ficaram muito contentes e disseram para que nos servíssemos das maçãs que levavam.

Comecei a falar sobre a Banho de Sol, dizendo que ouvira falar de um sítio na floresta onde tratavam de uns drogados, perguntei se sabiam. Disseram que sim, e que era realmente preocupante como tantos jovens podiam envolver-se com drogas, mas que os jovens do sítio eram os piores de todos: roubam, bebem e todos vivem em total promiscuidade.

Isso realmente deve ser terrível para quem vive perto, eu disse; por sorte nem passamos perto do sítio, porque teríamos prejudicado nossas belas lembranças das montanhas, concluí.

Deixaram-nos em Blatná diante do castelo e até disseram que estavam muito contentes por terem conhecido duas jovens tão gentis, e que era muito bom que pessoas jovens apreciassem tanto a natureza.

Monika disse-me, depois, que eu era ótima, e que, se ela soubesse do dinheiro que mamãe havia me dado, teria me enfiado no supermercado local para comprar uma garrafa de vodca, ainda que eu não estivesse a fim de encher a cara. Mesmo assim não tínhamos grana suficiente para qualquer coisa que desejássemos.

Capítulo Seis

1

Sinto falta de Jana. Quando encerro meu trabalho no consultório, quase não tenho vontade de voltar ao apartamento vazio. Jan telefonou-me algumas vezes, falei com ele, mas não tenho vontade de vê-lo. Digo isso a ele e a mim mesma. Mas sempre que desligo o telefone, sinto tanta saudade, tanta solidão, que quase caio em prantos.

Às vezes saio com Lucie e, praticamente todos os dias, dou um pulo na casa de mamãe; também visito meu ex-marido. Faço compras para ele e, como outrora, preparo o jantar dele. Ele logo vai virar semente, já está um velhinho.

A vida é triste, quase todos acabam sozinhos no fim. Pode ser que, em tempos idos, as pessoas se sentissem junto a Deus; só que ele não estava com elas, mas pelo menos elas o acolhiam em suas mentes.

Não ligo de estar sozinha; o que me incomoda é que a minha vida não deu certo, e as pessoas ao meu redor também falharam. Censuro-me, porque deixei minha filha em mãos estranhas, porque não fui capaz de lidar com ela sozinha. Estou aborrecida comigo mesma, porque, quando ela mais precisou de mim, eu desperdicei o pouco tempo de que dispunha para ela com um amor vão e inútil.

Pode ser que eu entenda de dentes, mas não compreendi sequer as almas daqueles que me eram mais próximos.

A sala de espera está lotada desde cedo, mas tenho pressa de sair daqui e ficar sozinha na floresta, na mais densa, embora não consiga fugir de mim mesma.

Trabalho calada, não falo nem com Eva, justo no dia em que tenho um caso sério após o outro. Periodontite e três extrações. E, como se fosse de propósito, o telefone não parou de tocar.

Enquanto trato do oitavo paciente, dito os dados para Eva escrever na ficha do paciente, e o telefone toca de novo e ouço Eva dizer: "A doutora não pode falar agora, está atendendo." Ela silencia por um minuto e se volta para mim:

— Parece importante. É sobre Jana.

Apanho o fone e uma voz de garota informa que Jana sumiu. Fugiu com Monika. Quem é Monika? Sim, agora eu lembro. Aquela jovem que não queria continuar viva.

— Se ela não retornar até a noite, precisaremos pedir à polícia para procurá-la. Se ela voltar para casa, avise-nos — adverte a garota.

— Você acredita que ela volte para casa?

— Provavelmente não!

— Então, o que eu devo fazer? — pergunto.

— Não sei — responde a voz. — Não tenho experiência nisso e Radek deve voltar apenas à noite. — Ela promete telefonar-me, se Jana voltar.

— Fugiu? — pergunta Eva, depois que desligo o telefone. Balanço a cabeça afirmativamente.

— O que você vai fazer? Fechamos o consultório?

Ligo para mamãe e conto-lhe o que houve, pedindo que vá ao meu apartamento e espere lá até eu chegar. Não faz sentido mandar os pacientes embora, se eles têm hora marcada — por outro lado, não sei o que faria em casa, a não ser esperar. E correr para casa seria mais intolerável ainda.

— Irão encontrá-la — Eva tenta consolar-me. — Eles telefonarão logo, você vai ver.

Mas ninguém liga e continuo trabalhando. Os meus dedos fazem gestos automatizados, inserem a broca certa, fazem a pressão certa, eu não paro de falar, pergunto coisas, dou ordens, depois imagino uma pocilga escura cheia de rapazes, um carro dirigido por algum pervertido ou por um traficante, todos levando embora minha garotinha.

— Isso não dói?

— Não, doutora. A senhora tem mãos de seda.

Tenho mãos de seda, mas nada deu certo em minha vida.

— Pronto — Eva anuncia de repente, e deixa a porta aberta para a sala de espera. — Devo telefonar para os pacientes que marcaram hora para amanhã e dizer-lhes que não venham?

Dou de ombros. Não sei o que acontecerá até amanhã, se não encontrarem Jana.

— Não, não desmarque nada!

2

Em casa, mamãe quer saber de detalhes, mas eu não sei nada. E se Jana voltar, ocorre-me, e for para a sua casa, em vez de vir para cá?

Mas mamãe pensou nisso, e deixou um bilhete pregado na porta, dizendo onde estava.

— Você não deveria tê-la mandado para tão longe. Ela não estava acostumada a esse tipo de vida — censura-me.

— E eu deveria ter deixado que ela continuasse com o tipo de vida a que estava acostumada? — Não sei como passarei o resto do dia. Fumo um cigarro após o outro, não consigo ficar sentada, ando pelo apartamento, rearrumando as coisas. Preciso fazer alguma coisa. Telefono novamente para a Banho de Sol. A voz de garota afirma que eles ainda não têm novidades a respeito das fugitivas, mas os rapazes da comunidade decidiram sair e procurá-las.

— Você acha que eles conseguirão encontrá-las?

— Só eles têm condição. Eles já as conhecem e sabem onde podem encontrá-las.

Telefono também para as colegas de Jana que conheço, mas ninguém atende. Ninguém está em casa. Evidente, ainda estão de férias.

Peço a mamãe que fique em casa, enquanto eu saio para procurar Jana.

— Onde?

— Não sei. Por toda parte.

— Quando você voltará?

— Também não sei.

— Mas isso não tem sentido algum!

E o que tem sentido, mamãe?, penso, mas não pergunto. Digo que darei umas voltas, em vez de ficar sentada ali sem fazer nada.

— Tenha juízo, Kristýna, e pare de ficar histérica — aconselha-me. — Você não pode encontrá-la, pode acontecer algo com você. Veja como está perturbada.

— Mamãe, não sou mais criança!

Primeiro dirijo até Kampa, mas no lugar em que a encontramos a primeira vez, vejo apenas alguns cães soltos.

Vou até as margens do rio Čertovka, como se quisesse pescar Jana das águas. Num banco, está sentado um casal de namorados, que sequer toma conhecimento de mim.

Não viram a minha Jana? Quinze anos, olhos azuis, testa alta, pernas compridas, cabelo *punk*, mas não lhes pergunto. Corro de volta para o carro e sigo na direção sul, contra a corrente do rio, fora da cidade. Forço o motor velho tanto quanto posso. A paisagem passa por mim como se fosse composta por manchas coloridas.

Aonde você vai, Kristýna? Você não tem a mínima idéia de para onde está indo!

Estou procurando minha filhinha.

Como você pensa encontrá-la neste vasto mundo? E o que fará, se não encontrá-la? Como continuará vivendo?

Saio da estrada, atravesso Príbram e, de repente, ali está: o muro do cemitério, a Igreja da Exaltação da Cruz Sagrada.

Paro. Saio do carro, as pernas tremendo, há manchas diante dos meus olhos.

275

Ainda há luz do dia, não sei por que parei ali; não posso imaginar Jana vindo visitar alguns parentes do pai que ela sequer conhece. E, ainda que viesse por este caminho, por que pararia ali?

Eu parei porque tenho medo de dirigir até o lugar de onde ela fugiu. Parei por causa de mim mesma. Por causa do túmulo de Jan Jakub Ryba, autor da *Missa de Natal;* ao ouvi-la, sempre tenho vontade de chorar de alegria, mesmo que eu não creia no Deus e em seu Filho deitado na manjedoura. Por causa do compositor que, certa manhã, decidiu que não poderia continuar vivendo. Ele era na época um pouco mais velho do que eu, mas acabaram-lhe as forças. E ele tinha uma mulher fiel e bons filhos.

Ele pôs, então, uma navalha no bolso e foi até a floresta chamada Štěrbina. Lá, ele teria sentado sobre um bloco de pedra e, quando não encontrou qualquer fenda através da qual pudesse ver esperança, cortou a própria garganta. Era assim que o meu ex-marido contava.

Não tenho uma navalha no bolso, mas não tenho certeza de que desejo continuar viva. Ainda não conheci um homem fiel e a minha única filha está desaparecida.

Mulheres em geral não utilizam navalhas para se matar, mas barbitúricos ou gás. Tenho um vidro de analgésicos na bolsa; poderiam ajudar a livrar-me das dores e desapontamentos. A floresta conhecida como Štěrbina, ou A Fenda, está aqui, apenas as árvores mudaram. Construíram um monumento de pedra no local em que o compositor pôs fim à vida. Meu primeiro e único marido levou-nos ao local, a Jana e a mim, enquanto ainda estávamos juntos.

Não estamos mais juntos.

Não devo perder tempo, devo seguir em frente e procurar minha filhinha. Mas então sinto uma presença atrás de mim, a eterna criança, a mensageira de Deus, que me sussurra que ela também é minha filhinha e que posso encontrá-la a qualquer momento, ela irá abraçar-me, ficará comigo para sempre e seremos felizes, e todo medo e toda dor desaparecerão.

A menininha promete conduzir-me à floresta e é tão gentil que sopra uma brisa atrás de mim. Você sentará sobre uma pedra, ela cochicha, engolirá aquilo que trouxe, deitará sobre o musgo e sentir-se-á leve: ninguém mais fugirá de você, ninguém mais ferirá você ou deixará você deprimida; ninguém mais trairá você, ninguém mais desejará coisa alguma de você, nem eu; soprarei a brisa, enquanto você trilhar o caminho para a paz eterna.

A menininha tem uma voz gentil e suave, e quando acena com a mão, uma névoa me cerca e sinto que tudo ficará bem.

Sim, irei com ela.

Nesse momento, o órgão começa a tocar dentro da igreja, atrás de mim, e reconheço as notas musicais familiares. Quem poderia estar tocando a *Missa de Natal* em pleno verão? Pode ser que o próprio compositor morto tenha escolhido esta entre as milhares de obras que compôs por ser a que mais enleva o espírito.

Nasci aqui, à beira do Rožmitál, apontava-nos meu ex-marido, e aqui fui à escola. Conseguem ouvir o coro? Eu cantava nele a *Missa de Natal*. Por que está rindo, Jana?

— Porque você também ia à escola, papai. Você foi criança.

Minha filhinha, você tem uma mãe louca, triste, uma pessoa desesperada, e ela está se destruindo, assim como você. Balança no abismo. E quando ela cair, o que será de você?

Volto à igreja e fico ouvindo, recordando a época em que vivíamos todos juntos com amor. A menininha mensageira, não foi suficientemente paciente, não me esperou e desapareceu em silêncio.

Encosto-me na porta da igreja, como se quisesse entrar e agradecer ao organista, mas a porta está trancada. Sabe lá Deus há quanto tempo alguém passou por ela, o órgão está em silêncio.

Somente agora percebo que há uma cabine telefônica próxima à igreja.

Sim, já encontraram Jana e Monika. As garotas fugiram, embebedaram-se, serão punidas por isso, a menos que os demais decidam expulsá-las.

— Eu poderia ir até aí? Estou perto de vocês.

3

Chego à Banho de Sol no crepúsculo.

Não deixam Jana ficar comigo a sós.

— Puxa, mamãe, você por aqui? — ela exclama, quando a trazem. — Que legal que você veio. Serei proibida de receber visitas. Pode ser que também raspem a minha cabeça.

A menininha pensa apenas em si. Nem lhe ocorre perguntar como eu fiquei quando me avisaram a fuga dela, o que estive fazendo durante esse tempo todo de tortura.

— O que você pensou, pelo amor de Deus, para vocês fugirem?

— Nós não fugimos, fomos dar apenas uma volta.

— E, por isso, vocês levaram as mochilas — comenta um dos rapazes que, aparentemente, também era um paciente.

— Levamos nossas coisas porque podia chover, seu imbecil! — esclarece Jana.

— Pelo peso da mochila, seria um temporal — comenta Radek. — De qualquer modo, passeios não são permitidos. Vocês sabem disso!

— É — concorda Jana —, nós realmente tínhamos outra intenção. A comunidade vai decidir se vão raspar a minha cabeça, se irão expulsar-me, ou se limparei bosta durante um mês — prossegue, voltando-se para mim.

O psicoterapeuta adota uma expressão conciliadora.

— Eles não expulsarão você, você verá — afirma. — Você faz uma boa sopa e toca violão bem; sentiríamos a sua falta.

Queria perguntar a minha filha se ela entende que, se não se adaptar ali, não conseguirá encontrar ajuda em lugar algum, mas Radek pede a ela que saia.

— Nós conversaremos com ela — explica-me, e conduz-me ao escritório.

Ele me convida a sentar diante do retrato do grande Freud e somente agora dou-me conta de que, por pouco, não sucumbi à tentação da paz eterna porque senti que esta vida não tinha nada mais de bom a oferecer-me. Sinto lágrimas escorrendo de meus olhos, mas não consigo detê-las.

— Acalme-se — o psicoterapeuta chega perto de mim e acaricia os meus cabelos. — Quase todos tentam fugir e nós sempre deixamos que saiam, na primeira vez. Alguns ficam escondidos durante um mês, depois voltam e pedem que os readmitamos. Há outros, claro, que fogem e nunca mais os vemos.

Meneio a cabeça, para dizer que entendo. Gostaria de perguntar-lhe quanto ele está satisfeito com Jana, mas o que poderia dizer, depois de ela ter fugido no mesmo dia?

— Lamento sinceramente que Jana tenha lhe dado aborrecimentos — digo então.

— Mas não, é por isso que estamos aqui. Veja a senhora, todos pensam que, depois de uma ou duas semanas, já há resultados, mas isso leva meses. Não temos o direito de ser impacientes. Nenhum de nós é santo ou anjo.

— Eu sei.

— Sua irmã e Jana disseram-me que a senhora sofre de depressão.

Concordo, e digo que isso não vem ao caso.

— Mas para Jana isso é importante — afirma.

— Sempre procurei ocultar isso dela.

— De qualquer modo, ela percebeu. Pode ser que ela não tenha sabido nomear, nem mesmo entender. Mas, quando uma mãe não sabe se está feliz por estar viva, o mundo da criança perde um dos principais suportes e, então, a criança tenta fugir desse mundo. O que queremos deles aqui é que consigam aprender a identificar e compreender o que sentem, e por que sentem isso. É o primeiro passo para que eles, talvez, parem de procurar por falsos meios de fuga.

Concordo. Percebo que isso me incrimina, e tento parar o fluxo de lágrimas de meus olhos.

— Não culpo a senhora por nada — observa, como se lesse os meus pensamentos. — A insegurança é algo mais profundo e mais generalizado, e que nos envolve a todos. Eles — aponta para os vultos que diviso em movimento do lado de fora da janela — não sentem segurança. Não têm a mínima idéia do rumo que devem tomar, quando tudo a sua volta parece perdido. Podem ter toda a espécie de drogas, mas elas apenas fazem aumentar a sensação de vazio. Eles têm consciência disso. Não são alienados, como aqueles que aprendem a conformar-se e não se preocupam com coisa alguma. Simplesmente são sensíveis ao vazio para o qual fechamos os olhos. A menos que consigamos preencher esse vazio, não conseguiremos curá-los.

Compreendo que isso também diz respeito a mim. Também estou rodeada por um vazio que tento preencher.

— É claro que os submetemos à terapia — acrescenta Radek —, mas deve haver um esforço para garantir que cada um deles consiga aprender a sua responsabilidade: em relação a si próprio e à vida de modo geral. O fato de eles cuidarem de cabras, porcos e galinhas não é para diminuir a conta da alimentação, mas para incorporá-los a uma certa ordem natural. É para lembrá-los de que o propósito daquilo que estão fazendo não é a gratificação, mas o benefício que decorre da preservação da vida. Mas, acima de tudo, ensinamos a eles a paciência. Por vezes, num único momento de lucidez, a gente descobre aquilo que procurou em vão durante anos. A questão é não nos destruirmos antes que esse momento chegue.

4

As manhãs são ainda frias, nevoentas, o ar cheira mal. As pessoas adoecem mais e os dentes doem mais. A sala de espera está cheia desde cedo, Eva e eu não temos tempo nem para comer. É cansativo, mas pelo menos é melhor do que ficar sozinha em casa.

Não consigo concentrar-me em nada. Abro um livro e não consigo ler, ponho uma música, mas, depois de um instante, percebo que não a estou ouvindo. Parece que estou perdida num labirinto do qual não tenho forças para sair.

Visito meu ex-marido a cada dois dias. Ele também está sozinho, é mais solitário do que eu, e sabe que está morrendo lentamente. Parou de fazer-me perguntas ansiosas, mas sei que está tomado pelo medo. Quem não teria medo, eu também tenho medo, embora a morte quase sempre pareça-me uma redenção.

Faço compras para ele, preparo algumas refeições dietéticas sem gosto que ele come apenas alguns bocados, descasco algumas laranjas para ele, separo os gomos, como se fosse uma criança, certifico-me de que ele tome os seus remédios. Quando vejo que está totalmente dominado pela ansiedade, pego-lhe a mão esquelética e converso com ele. Falo a respeito das eleições para o Senado, que não o animam mais, ou sobre as inundações na Boêmia oriental, que ele nunca mais visitará, ou leio em voz alta uma carta de Jana, da qual ele sequer toma conhecimento.

— É estranho pensar — disse-me da última vez — que o mundo vai continuar e eu nunca mais o verei. Mas como continuará?

Não sei o que responder. Apenas olhei em seus olhos fundos e fiquei calada.

Ele também permaneceu calado. Então, depois de alguns instantes, disse que era impossível para ele pensar que as pessoas ainda estariam por aqui daqui a mil anos, ou até em centenas de milhares de anos. Que isso nada tinha a ver com o fato de que ele se aproximava do fim e que o mundo não significava coisa alguma para ele. Parecia-lhe que as pessoas seriam incapazes de sobreviver por tanto tempo. Elas destruiriam a terra ou a si mesmas. O tempo continuará em frente, o universo também, mas não haveria ninguém por ali para perceber isso, o que o entristecia.

Fechou os olhos, cansado de falar, pedindo que eu não me aborrecesse com aquelas reflexões insensatas de um moribundo.

Quando volto para casa, sinto uma fadiga diferente daquela a que estou acostumada. É como se todos os pesos que sempre carreguei, todas as decepções sofridas, todos os vinhos que tomei, todos os cigarros que fumei e todas as noites em claro tivessem se fundido. Despertei no meio da noite tão tensa que não consegui mais adormecer. Levanto-me, vou até à janela, vejo a rua vazia e fumo. Procuro imaginar algo agradável, mas, em vez disso, vejo crianças esqueléticas, mendigando comida na calçada, vejo pessoas com o rosto de meu pai, andando pela cidade em cadeiras de rodas, segurando um bastão incandescente. Nas trevas, o metal incandescente brilha como um facho. Vejo minha avó parada num enorme recinto azulejado, debaixo de um chuveiro que expele gás. Vovó grita e cai. Há pessoas em volta dela. Gritam e caem. Vejo um carro-fantasma, e de sua janelinha alguém atira pequenos pacotes brancos e seringas de injeção. Posso ver meu ex-namorado deitado nu nos braços daquela garota pernuda, e ouço seus gritos de prazer. Vejo ladrões que pulam cercas e, em silêncio, escalam as paredes das casas. Lembro-me de que minha própria filha roubou-me jóias e dinheiro. As imagens se superpõem em minha cabeça e pesam tanto que começo a sufocar. Ouço passos de milicianos e vejo meu pai, que aperta a culatra do fuzil e fita-me como a um inimigo.

Pode ser que eu esteja cometendo uma injustiça; simplesmente tivemos uma relação horrível. Num de seus últimos diários li como ele confeccionou um presente para o quinto aniversário de Jana.

Fiz para ela uma pequena turbina; quando a água corria por ela, movia o dínamo de uma bicicleta e acendia uma lampadazinha. Levei mais de um mês para fazer, mas não me deu a impressão de que Jana tivesse apreciado, e Kristýna ainda me disse contrariada: Papai, você não entende? Isso é brinquedo de menino, não de menina. Aos olhos de minha educada filha, serei sempre um bobalhão, e assim ela está criando Jana. Senti-me muito mal.

Papai queria dar alguma alegria para minha filhinha, talvez para mim também, não comprou um brinquedo, fabricou sozinho, e eu o recusei.

Eu não conseguia ser humilde. Não sabia como fazer as pazes com papai, tampouco consegui fazer as pazes com meu marido depois que ele me traiu, não consigo fazer as pazes com meu querido e o seu pecadilho. Não consegui fazer as pazes com papai, nem mesmo quando ele estava morrendo. Não fiz as pazes com ele, assim como não consigo ver meu Pai celestial acima de mim.

Minha cabeça dói e sinto náuseas. Tenho enxaqueca. Tomo o comprimido, mas, imediatamente, ponho-o para fora.

No dia seguinte, tive um encontro com Lucie. Esforço-me para agarrar minha amiga: dê-me a sua mão, fale comigo!

Ela tem um namorado novo, aparentemente é um jovem surdo-mudo, ela diz. Quando estão sentados numa cantina, ele escreve mensagens numa pequena lousa, contando como está feliz, como ele gosta de vinho e como tem vontade de beijá-la. Mora com ela agora, embora tenha dito a ele que não deveria se livrar do seu apartamento, a fim de que tivesse para onde voltar. Mas ele não volta, faz amor com ela com uma paixão que ela desconhecia até agora e, quando ele goza, você não diria que é surdo-mudo.

— E você não tem medo de magoá-lo? — quero saber.

— Eu, magoá-lo? Mas ele está feliz comigo!

— E quando não estiver mais com você?

Ela sorri. Pergunta de Jan. Por que vocês dois não vivem juntos, se vocês se amam? Ou tudo já teria acabado?

Não sei o que devo responder, Lucie veria numa infidelidade acidental e admitida uma bobagem sem conseqüências. Digo-lhe apenas que estou cansada. Jana está em tratamento, meu ex-marido está morrendo, mamãe não está nada bem, embora faça de conta que está alegre.

— Mas estou perguntando de você!

Não tenho forças para nada, menos ainda para viver com alguém de novo.

Ela não entende isso. Quando ela se apaixona, tem mais energia do que antes.

Somos diferentes. Pode ser que eu não esteja apaixonada. Estou apenas desapontada.

— E o que ele quer? Ele ama você?

— Não sei o que ele quer. Mas ele irá deixar-me um dia, ainda que diga o contrário.

— Você é maluca, por que fica pensando naquilo que pode acontecer um dia?

— Porque isso diz respeito a mim. Porque isso diz respeito a mim hoje.

— Kristýna, você deve encarar as coisas mais levemente. Estamos vivas hoje, nem sabemos se estaremos vivas amanhã.

Vou beber água, mas vomito outra vez.

5

Não sei o que fazer.

Não consigo concentrar-me ou pensar em outra coisa a não ser em como reconquistar Kristýna. No trabalho, fico olhando para o monitor ou para as folhas de papel, sem compreender o sentido daquilo que leio.

Cancelei o nosso jogo hoje à noite. Talvez porque não queira encontrar-me com Věra, mas principalmente porque não consigo pensar em qualquer jogo.

Jirka é a única pessoa a quem confidenciei o que aconteceu. Ele disse:

— Jamais poderia acreditar que você fizesse tamanha bobagem! Como foi contar a ela algo que ela não precisava saber?

Expliquei-lhe que fiquei com medo de que Věra telefonasse e revelasse tudo.

Jirka disse que ela jamais faria isso.

— Esse seu trabalho está deixando você maluco, vê um informante em cada pessoa. E, se ela contasse, você sempre poderia negar. Afinal de contas, você passa o dia inteiro pensando nessas coisas; quando está no jogo, também. Sabe muito bem que a gente jamais deve admitir coisa alguma, nem sob tortura.

Disse-lhe que isso não era como um interrogatório. Considerei desonesto mentir para Kristýna justamente porque a amo.

— Amor você pode demonstrar de outro modo, seu idiota!

Então, sou um idiota e não sei o que fazer. Sonhei, certa noite, que fui até Kristýna e implorei que me amasse de novo. Ela disse: "Mas você me decepcionou." Prometi que nunca mais faria isso, que faria tudo o que ela desejasse. "Certo", ela concordou. "Então apague-os. Ambos!"

Entendi que ela queria que eu encontrasse os arquivos do pai e do ex-marido e os destruísse. O pedido deixou-me com medo, porque, no sonho, ambos éramos agentes importantes e a destruição dos arquivos poderia ter conseqüências a longo prazo. Mas eu a desejava tanto que a atenderia. "E agora você pode amar-me de novo?", perguntei. Ela concordou e começou a tirar a roupa lentamente, despudorada e obscena como uma estrela pornô. Então fizemos amor.

Quando acordei, estava triste. Como se pudesse conquistar o amor de alguém ao apagar alguns dados da memória de um computador.

Naquela manhã, telefonei para Kristýna e perguntei-lhe como estava.

Respondeu de maneira fria e seca. Jana está bem, ela sentia-se cansada. Estava lendo um romance americano em que a personagem tomava Prozac. Por educação, perguntou-me como eu estava. Disse que sentia sua falta. Sugeri que nos encontrássemos, mas ela arrumou desculpas: não estava bem-disposta e, como me disse, um pouco cansada.

Mamãe perguntou-me sobre Věra inúmeras vezes. Não gosto que ela indague a respeito de minha vida pessoal, mas, num momento de fraqueza, disse que havíamos rompido.

— Você está saindo com outra? — quis saber.

Assenti, tive vergonha de admitir que não estava saindo com ninguém agora.

Mamãe pediu que trouxesse essa nova namorada em casa, que gostaria de conhecê-la.

Não prometi nada, não poderia prometer nada. Quando mamãe tenta arrancar mais coisas de mim, começo a gritar com ela e a dizer que não suporto que ela interfira em minha vida.

Mamãe ofendeu-se e não está falando comigo.

No trabalho, há rumores de que ou deverão encerrar as nossas atividades ou tornarão impossível que continuemos operando. Somente alguns idealistas obstinados têm interesse em revelar os antigos crimes. E, para os demais, eles não passam de figuras cômicas. Ondrej disse-me que decidira deixar o trabalho, assim que ele se mostrasse inútil. Isso pareceu-me uma traição. Não sei quem poderá substituí-lo, mas sei que não tenho vontade de trabalhar sob as ordens de um desconhecido.

Antes de anteontem, estava sozinho no serviço e dediquei todo o meu tempo fazendo o meu mapa astral no computador. De modo surpreendente, não encontrei nada decisivo. Fazia sentido tudo o que se relacionava ao trabalho. Sinto algo parecido com o que Ondrej sente, e sei que sairei daqui mais cedo ou mais tarde. Mas como devo explicar essa constelação tranqüila no que diz respeito a Kristýna? Ou ela voltará para mim e as coisas continuarão como antes, ou o nosso relacionamento não era o evento catastrófico que eu imaginava. Começou e terminou para dar lugar àquilo que ainda viria.

Ontem comprei um grande ramalhete de rosas vermelhas e fui esperar Kristýna na frente do consultório.

Ficou perplexa quando me viu. Tive a sensação de que preferiria dar a volta e esconder-se. Mas veio até mim e cumprimentamo-nos. Recusou as flores e negou-se também a sentar-se comigo em algum lugar. Andamos pela rua juntos um pouco, eu com as flores, como um cortejador rejeitado.

Tentei explicar que não tive a intenção de ser infiel, apenas aconteceu. Věra veio atrás de mim e, naquele momento, não tive força suficiente para mandá-la embora. Jamais fingi ser um santo ou um monge, simplesmente sucumbi à tentação. Reconheço que agi como um fraco; meu pai teria agido bem melhor se estivesse no meu lugar, mas prometi que jamais agiria daquele modo.

Ela me disse que, talvez, eu seja estúpido ou ingênuo, mas ela não gosta de gente fraca, embora saiba por sua própria experiência que a maioria dos homens agiria da mesma forma. Ela sabia que não poderia confiar mais em mim, e o que é o amor, se não está baseado na confiança?

Perguntei se ela me amaria, se eu tivesse negado tudo.

— Eu saberia, de qualquer jeito — disse. — E, então, veria você como um mentiroso.

Não sou mentiroso, sou um idiota, por isso estou sozinho agora.

6

Todas as vezes que o telefone toca, sinto um aperto no coração, tenho medo de respirar até que a pessoa fale.

Quando deixo o consultório, vejo crianças que saem da escola e procuro não pensar no fato de que minha filha não está estudando, e nem mesmo sei se ela voltará à escola, ou se será capaz de voltar à vida normal. Mas, pelo menos, não tentou fugir de novo. Bem ao contrário: escreveu-me duas cartas em que se mostra arrependida e explica-me que fez tudo errado no passado. *"Mamãe, você era tremendamente impaciente consigo mesma, estava insatisfeita consigo e não conseguia amar-se".* Ouço a voz do terapeuta em suas palavras. Pode ser que tenha razão, que ambos tenham razão; eu deveria ser mais tolerante com todos e comigo também.

O telefone toca ao anoitecer e ouço uma voz feminina desconhecida, cujo nome nada significa para mim. Mas não é ninguém da Banho de Sol, parece ser alguém da vizinhança de meu ex-marido. Ela desculpa-se e afirma que hoje o carteiro tentou entregar a ele, em vão, o dinheiro da aposentadoria.

— Por acaso, seu marido não está no hospital, doutora?

Meu marido não é mais meu marido há muito tempo, não sei se o levaram para o hospital. Ainda que fosse internado, eu não saberia, ninguém me comunicaria.

— Mas alguém no prédio parece ter certeza de que a ambulância veio buscá-lo — assegura-me a vizinha. — Pensei que a senhora poderia vir até aqui, abrir o apartamento e verificar se algo aconteceu com ele.

— Mas eu não tenho as chaves.

— A senhora não tem as chaves? Pensei...

— A senhora deveria ter chamado a última mulher dele. É mais provável que ela tenha as chaves.

— Não a conheço. Jamais ouvi falar dela. Ele sempre falava da senhora. E sempre vi a senhora.

Então, o meu ex-marido falava de mim com os vizinhos, e o que ele lhes contava?

— E o que devo fazer, se a senhora não tem as chaves? — a mulher insiste.

— Não sei se alguém mais tem as chaves, nunca perguntei a ele. — Jamais quis ter as chaves do apartamento dele, embora ele tenha me oferecido as cópias faz algum tempo.

— A senhora não deveria chamar a polícia? Afinal, ele estava bastante doente, como a senhora sabe.

Decido ligar para o hospital em que ficou internado da última vez. E, se ele não estiver lá, digo que comunicarei o fato a ela.

— Doutora, talvez a senhora pudesse vir, a senhora é provavelmente a pessoa mais próxima, a senhora é uma médica...

Meu ex-marido não está no hospital e lá ninguém sabe nada a respeito dele.

Fui vê-lo há três dias. Estava muito debilitado. Tomou um pouco de chá adoçado, mas recusou-se a comer qualquer coisa.

— Não estarei aqui por muito tempo — anunciou-me. — Não tenho mais forças para lutar por minha vida. E, depois, tanto faz se alguém morre agora ou poucos dias depois.

Lamentei por ele, sabia o quanto ele gostava de viver e de vencer. Sentei-me ao lado dele, tomei-lhe a mão enfraquecida e acariciei-a.

Caiu em lágrimas. Depois, disse que lamentava muito como nos havia tratado.

— Fui um bobo e um egoísta. Deixei vocês em maus lençóis, mas paguei por isso.

— Não se desgaste, não há mais como alterar isso.

— Você acha que pode perdoar-me?

Disse-lhe que a dor já havia passado e que eu era grata a ele por todos os bons momentos que passamos juntos. E também era grata por Jana. E que eu não podia perdoar coisa alguma, quem pode perdoar é Deus.

— Deus! Tenho pensado nele estes dias todos — disse. — Deus não é o que as pessoas imaginam que seja. Deus é o tempo, ou o tempo é Deus. Ele criou o sol, a terra e a vida. Ele é eterno, infinito e incompreensível.

Decido então ir ao apartamento dele e tento tocar a campainha. Mas há silêncio lá dentro. A vizinha que me telefonou abre a porta.

— Doutora, a senhora acha que ele está lá dentro?

Como se eu pudesse saber.

— Pode ser que tenha passado mal e não consiga vir até à porta. Ultimamente, ele não tem saído.

Digo-lhe que o melhor a fazer é chamar a polícia.

— A senhora acha que eu devo chamar?

— A senhora é vizinha dele. A senhora sabe mais a respeito dele do que eu.

Pede-me que a acompanhe e fique com ela. Afinal, sou médica e mãe daquela linda garotinha.

Assim, sento-me no apartamento da desconhecida, enquanto a vizinha chama a polícia. Sei que seria errado levantar-me e ir embora agora. A mulher prepara-me um café e, quando pergunto se posso fumar, traz-me um cinzeiro. Não temos assunto para conversar, e então ela fala do meu ex-marido, de como ele cuidava do jardim do prédio, de como certa vez ele ajudou-a a trocar o pneu do carro e, enquanto tinha saúde, sempre a ajudava a subir as escadas com as compras.

Ele nunca me ajudou em lugar algum, não queria ter uma mulher mimada.

A polícia não chega. A vizinha telefona de novo e eles dizem que não há ninguém disponível no momento porque eles têm de cuidar de um caso de assalto. Pedem para termos paciência.

Até a polícia pede que eu tenha paciência.

Tomamos mais café, a vizinha oferece-me um doce, mas não tenho fome. Pergunta se não me incomodo de que ela ligue a televisão.

Não me interessam imagens em movimento e, por isso, nem assisto à televisão em casa.

Sou quase-médica, como digo sempre, mas ainda que não tivesse noção alguma de medicina, saberia que o homem no apartamento vizinho não atenderá jamais, nunca mais virá até à porta.

Finalmente, aparecem dois policiais com um chaveiro. Querem saber quem somos e se temos certeza de que há alguém lá dentro.

Não temos certeza, mas é melhor supor que sim.

É uma fechadura de segurança; portanto, será preciso usar uma furadeira. O chaveiro quer saber quem pagará pelo serviço dele.

A vizinha olha para mim — afinal de contas, sou a ex-mulher — e aceno com a cabeça.

O policial mais velho faz outra tentativa, toca, deixa a campainha tocar com perseverança burocrática; depois dá lugar ao chaveiro.

Demora alguns minutos para retirar a fechadura, a porta se abre e avisto os famosos diplomas pendurados na parede da sala. Ninguém quer entrar.

— Talvez a senhora devesse entrar, doutora — sugere-me o policial mais velho.

Abro a porta do quarto e avisto-o de imediato. As costas apoiadas no travesseiro, como um molde de cera de si mesmo. Meu primeiro, único e agora, para sempre, ex-marido. Os olhos mortos parecem olhar para mim diretamente. Nunca imaginei que eu seria aquela que lhe fecharia as pálpebras.

7

Por sorte não rasparam a minha cabeça, somente a de Monika, porque foi ela que me convenceu a fugir. Precisei cortar um vagão de lenha e fui obrigada a esquecer qualquer saída da clínica. Ainda assim, eles agiam como se estivessem sendo misericordiosos conosco, embora continuássemos apodrecendo aqui. Quando tirava o lenço da cabeça e via como a transformaram numa *skinhead*, Monika chorava todas as noites por seus lindos cabelos negros,

— Merda, nós não deveríamos ter parado na droga daquele bar — ela repetia. — Se tivéssemos ido direto à casa de minha tia, poderíamos estar lá ainda.

— Ou em cana — disse eu. — Se os tiras tivessem apanhado a gente, só Deus sabe para onde teriam levado a gente.

— E, apesar de ter de cortar lenha, às vezes até acho aqui legal.

Eles não me deixaram fazer tudo sozinha, especialmente Pavel, que ficava em volta, depois olhava para mim por um minuto e dizia: "Passe para cá!" E tomava o machado de mim. Ele tem braços de urso, como se urso tivesse braços e, num minuto, cortava tanta lenha quanto eu em duas semanas. Acho que ele me amava, porque era sempre muito bacana comigo e, quando fazíamos sessões de terapia em grupo, sempre me elogiava muito, que eu era legal, que fazia uma sopa de batatas gostosa e que eu era demais. Quando, outro dia, eu estava alimentando os nossos porquinhos no chiqueiro, ele veio por trás, passou os braços ao meu redor e tentou beijar-me. Mas eu fiquei com medo, porque o sexo é completamente proibido aqui, assim como qualquer espécie de droga. Eu teria gostado dele, é um cara tranqüilo, legal, não é um daqueles bobocas e, quando ele conversa, abre um sorriso de David Copperfield. Ele sempre queria que eu cortasse as cartas para ele adivinhar se eu tirava o rei de copas. "É truque dele, porque o rei de copas, sua babaca, significa amor", dizia-me Monika.

Outro dia, veio um rapazinho, que Radek chamou, para uma troca de experiências. O carinha não falou a respeito de drogas, mas sobre fertilizantes e toxinas sobre os trecos que a água da chuva joga nos rios e depois acabamos bebendo ou usando aquela água para fazer sopa. Ele era entendido também em latrinas secas, porque o futuro da humanidade estaria nelas. Perguntei-lhe como é que elas funcionariam num prédio de 18 andares, e ele disse que esses arranha-céus ruiriam logo, e que latrinas secas podiam ser construídas em qualquer lugar, a única coisa a ser arranjada é o mecanismo para o descarte de nossa merda, que ele chamava de excremento. Quando ele foi embora, ficamos atarantados a noite inteira, porque um cara desses não encontrávamos fazia muito tempo. Radek ficou chateado, porque não levamos a coisa a sério, e dissemos que, se tivéssemos em mente tudo aquilo que cai nas águas, estaríamos todos chorando e pensando para onde todos nós estamos indo.

Mamãe mandou-me uma carta em que diz que vovó e ela sentem a minha falta, e que ela esperava que eu resistisse e não fugisse. Escreveu também que descobriu uma coisa que não tem certeza se deveria contar-me, mas que ela precisa dizer, e escreveu mesmo. Contou que descobriu um meio-irmão, e agora tenho um meio-tio, e ele está numa cadeira de rodas, porque pulou no rio e bateu a cabeça numa pedra, e coisa e tal. Chocou-me com isso. Ela leu a respeito dele numas antigas cartas de vovô; não tinha uma pista sequer, vovó não sabe de nada até hoje, e mamãe diz que não é para falar sobre isso na frente de vovó. Ela diz que está me contando isso para que eu perceba o quanto é maravilhoso eu poder andar para cima e para baixo e ver que sou totalmente saudável, e que depende de mim o que farei da minha vida e também depende de mim que eu não me destrua. Tocou-me o fato por ter vindo dela, que está se destruindo de modo sistemático, como papai dizia para ela.

Essa carta mexeu muito comigo, porque pude ver que as pessoas são ruins por natureza, como a Monika afirma. Lembrei de como papai fugiu com uma fulaninha de merda, depois foi ela quem o abandonou, e agora mamãe descobriu um meio-irmão em cadeira de rodas, e pode ser que um dia eu descubra um meio-irmão aleijado a respeito de quem eles jamais falaram comigo, embora para descobrir talvez leve uns cem anos. Eu também sou má, e não contei a mamãe que, além do dinheiro da carteira, afanei a correntinha e o anel dela e que eu me deitava com os rapazes.

E também percebi que não tenho a menor idéia do que farei quando, finalmente, sair daqui, porque levei bomba na escola e também levaria nas matérias em que passaria, porque quase tudo aquilo que, por acaso, eu tenha memorizado, fugiu de minha cabeça. A vida é simplesmente horrível.

De repente, eu estava em crise e eu precisava muito de uma picada, ou beber alguma coisa, embora nunca tenha achado legal ficar bêbada. Contei isso para Radek e ele disse que a minha crise era natural e que era um sinal evidente de que não estava totalmente curada ainda. Ele disse que seria surpreendente se eu não tivesse recaídas assim de vez em quando. Elogiou-me, porque não tive medo de falar com ele sobre isso, e que ele não costuma fazer elogios; o máximo que faz é dar um sorrisinho. Também disse que devo ser paciente; paciência era importante e eu deveria olhar ao meu redor e descobrir as coisas belas que não vejo.

Mas, naquela noite, Radek apareceu sem mais nem menos e pediu que saísse com ele por um momento. Então saí. Subimos um pouco acima da propriedade, para um local de onde se tem uma vista superlegal de todos os arredores; de um lado, Blatná com suas montanhas e, no outro lado, as torres da central nuclear de Temelín, deve ser esse o nome do treco. A lua brilhava e aquelas torres pareciam foguetes prontos para disparar em direção à lua. Mas Radek não contemplava o cenário, olhava para o céu e disse:

— Há muitas estrelas, não?

— É, dá para ver legal — respondi.

Radek disse que há bilhões e bilhões delas, a maioria sem vida, certamente. A vida é o maior milagre e não importa se você acredita que foi Deus quem a criou, ou foi a simples evolução; ainda é o maior milagre de todos os tempos. E se não temos respeito pelo milagre dentro de nós, não podemos ter respeito pela vida que nos cerca, e a tragédia, disse, é que as pessoas não se respeitam e se autodestroem e destroem tudo ao redor de si. Nossa tarefa é levar adiante o milagre da vida.

Nesse momento, lembrei de papai, mostrando-me Saturno e seus anéis, e falando a respeito do Big Bang. Mas papai falava-me daquelas estrelas para instruir-me, e olhava para mim, e eu receava que ele quisesse que eu repetisse, depois dele, como aqueles anéis são estreitos. Entendi que Radek não estava falando de estrelas, falava de mim. Ocorreu-me que era uma pena que Radek não fosse meu pai, mas aí ele disse:

— Sua mãe ligou há poucos minutos para dizer que o seu pai morreu. — Acariciou os meus cabelos e disse para eu ser forte.

Ficamos ali parados mais um pouco; eu não conseguia dizer nada. Então, corri para baixo, mas tropecei num lugar e caí sobre a relva. Eu não sabia o que fazer e comecei a arrancar a grama, a enfiar a grama na boca, até ficar quase sufocada.

Capítulo Sete

1

Estou levando Jana para casa, para que possa assistir ao funeral; ela já se recobrou da morte do pai e tenho receio de que tenha gostado de poder fazer uma pausa, ainda que por pouco tempo, na disciplina militar da clínica; está tão ocupada consigo mesma que não tem tempo para preocupar-se com mais ninguém.

Ao longo das sessões de psicoterapia, ela aprendeu a pensar e a falar a respeito de si própria sem inibição. Conta-me como se sentia horrível. Explica que tentou fumar cigarros, pela primeira vez, aos 12 anos e maconha, aos 13 e, ultimamente, injetava ou cheirava tudo o que aparecia. Teve tantos rapazes que nem mesmo consegue lembrar-se deles, até porque nada significavam para ela.

— E você, realmente, dormiu com eles?

— É claro, mamãe.

— Desde quando?

— Nem me lembro mais.

Sinto uma dor na cabeça que vai se espalhando pelo corpo inteiro, tudo à minha frente começa a girar e a estrada vai se desfazendo. Vejo minha filhinha na minha frente, lasciva, deitada, se contorcendo. Pequena, não tem ainda 14 anos.

Paro diante de uma taverna de aldeia, para que a garotinha não seja atropelada.

Descemos.

— Mamãe, você está pálida, você está bem?

— Vai passar — digo. Tenho vontade de gritar e perguntar o nome e o endereço desses rapazes, apanhar uma pistola e fuzilar! A última bala para mim, porque fui uma mãe tão ruim.

Sentamo-nos no local que já está enfumaçado desde cedo e tomamos um café horrível. Gostaria de ter um momento para retomar o fôlego, mas ela é incontrolável.

— No final, não tinha mais interesse por coisa alguma — afirma a respeito de seu relacionamento com as drogas. — Estava sempre disposta a roubar, roubávamos de modo sistemático aquilo que podíamos, em lojas, nas praças; roubei também de você, mas você sabe disso. E, ainda assim, eu não dava mais bola para nada, se ia para a escola, se me apanhassem ou me trancafiassem. Não pensava em nada daquilo que pudesse acontecer, só queria saber da picada daquele dia.

Conheço a história de ouvir dizer, através de filmes, li a esse respeito, mas o pensamento de que minha garotinha passaria por isso tudo, de que eu viveria ao lado dela, não suspeitaria de nada e me recusaria a admitir tal possibilidade, que a deixaria sozinha, para que eu pudesse ficar com o meu amante, dói-me como se alguém estivesse enfiando agulhas em mim. No entanto, sou a mesma ainda. Aguardo, imóvel e despreparada, aguardo até que alguém enfie as agulhas em meu peito, apanhe o martelo e golpeie. Exatamente assim não desejei admitir que o meu antigo, e agora realmente finado, marido era-me infiel. Quis convencer-me de que nada parecido poderia acontecer comigo, de que as desgraças acontecem somente aos outros.

Minha menininha começa a descrever-me os horrores **da** abstinência e como ela sempre esteve pronta para fugir, o tempo inteiro.

— Mas agora eu concedo — emprega um termo que não se ajusta a ela — que apenas desejava fugir da vida e de tudo aquilo que me aborrecia. Em casa e na escola. De tudo. E também começo a compreender você e papai. A qualquer hora, direi isso a ambos.

— Você não poderá contar a seu pai nunca mais.

— Mas para você, posso. Analisarei você, a pessoa que mais me diz respeito. Quando você enxerga o que está fazendo de errado, e compreende as próprias fraquezas, pode viver diferentemente e tornar-se feliz — afirma, repetindo a lição que acabara de ouvir.

Ao chegarmos em casa, ela corre para o seu quarto, atira-se sobre o sofá e grita:

— Minha velha cama, meu velho Bimba, meu tamborzinho, sentia tanta falta de vocês!

— Na época em que você podia ficar aqui, chorava que desejava sair correndo para qualquer outro lugar — digo.

— Porque era infeliz aqui — explica-me.

Abraço-a. Seguro-a firmemente. Minha garotinha, por que você fez isso tudo; afinal, amei você tanto; eu não tinha ninguém mais, e não tenho ninguém além de você.

Enquanto trocamos de roupa, assegura-me que somente agora será capaz de apreciar-me por aquilo que sou e de gostar de ficar em casa. Ela fala com rapidez, como é seu hábito, e com a mesma gravidade com que, faz poucos minutos, perguntou se deveria pôr o cinto vermelho em vez do preto.

Damos um pulo até à casa de mamãe. Ela me informa que tenho os olhos vermelhos de chorar, e comenta que aquele homem não merece as minhas lágrimas, depois de ter-me arruinado a vida.

Somos nós que arruinamos as nossas vidas, penso sem dizer.

No crematório, o mestre-de-cerimônias nos coloca, às três, na primeira fileira de bancos. Junto ao caixão que escolhi, há três coroas de flores: uma é de Jana, a escola enviou a outra, e as letras na terceira estão apagadas. Talvez, apesar de tudo, alguém o tenha amado até o fim e por isso mandou as flores.

O diretor da escola em que o meu ex-marido — neste momento no caixão — lecionava até há bem pouco tempo vai ao púlpito, curva-se diante do catafalso e começa a discursar, com fervor, a respeito de um homem que amava a profissão e sacrificava o tempo livre em favor de seus alunos, com quem sempre era possível contar e que jamais fez qualquer mal a quem quer que fosse.

Recordo-me de minha última conversa com o homem que outrora amei e admirei e que, de modo estranho, está deitado no caixão que eu escolhi e nada mais sabe a nosso respeito, de nós que fomos deixadas aqui por um piscar de olhos divino a mais — abandonadas à mercê do tempo que passa.

Será que no fim da vida ele descobriu algo importante que desejava compartilhar comigo, algo que eu também pudesse contar à nossa filha? A supremacia do Tempo diante de Deus, o Tempo eterno, infinito e incompreensível. Isso significa que devemos orar ao Tempo?

Embora indiferente ao nosso destino, o tempo é cruel e também a única coisa justa no mundo. Permite-nos alcançar um patamar em que todos ficamos finalmente nivelados. Porém, antes de chegarmos lá, podemos vivenciar algo e fazer algo de nossas vidas, fica por nossa conta o que fazemos com elas. Arruinarmo-nos também fica por nossa conta. O Tempo, ou Deus, não importa como o denominamos.

O organista toca, agora, a abertura da *Missa de Natal* de Ryba; precisei trazer a partitura, porque não é comum no repertório fúnebre. Fecho os olhos e apóio-me à parede branca do cemitério de Rožmitál. Meu ex e único marido está vivo e parado junto a mim, sorri para mim: "Por que está tão triste, Kristýna?"

Não estou triste, estou terrivelmente cansada.

2

Já estou na cama, quando o telefone toca. Mamãe pergunta-me, com voz fraquinha, se me acordou.

— Aconteceu algo com você, mamãe?

— Não sei, começou a correr sangue do nariz novamente e a hemorragia não quer parar — afirma mamãe.

Apavoro-me, digo que já estou indo para lá, e mamãe, com a mesma voz enfraquecida, desculpa-se por incomodar-me.

O sangue aguarda-me logo na entrada, no piso, o sangue está no carpete do quarto, onde mamãe está sentada sobre a cama com palidez mortal.

Não devíamos ser enfermeiros de nossos parentes. Coloco-lhe gelo na nuca e digo que a levarei ao hospital. Mamãe afirma que para o hospital ela não vai; se tiver de morrer, morrerá em casa.

— O que é que você está dizendo, mamãe! Ninguém morre disso.

— Pode-se morrer de qualquer coisa.

— Quando se é teimoso.

Ela não é teimosa, garante, e já se sente melhor. A hemorragia nasal começou quando ela estava dormindo, e ela se assustou um pouco ao ver sangue ao seu redor; lamenta ter incomodado.

Sei que será difícil convencê-la e, de fato, parece que a hemorragia está parando. Assim, vou ao menos fazer um chá, dentro do qual coloco algumas colheres de mel. Então lavo o sangue do piso, troco a cama de mamãe e ajudo-a a vestir uma camisola limpa.

— Não estou atrapalhando você, estou?

— Não, não se preocupe, eu não tinha qualquer outro programa. — Sento-me ao lado dela e tomo-lhe a mão.

— Não ia sair com ninguém?

— Não.

— Mas você não está com muito trabalho?

— Tive bastante trabalho hoje. Agora, ficarei aqui com você.

— Não precisa! Já estou melhor.

— Ficaria sozinha em casa.

— Sei — observa mamãe. — Mas que espécie de companhia sou eu para você?

— A melhor, mamãe.

— Você não precisa convencer-me de nada. Mas você não deveria ficar sozinha o tempo todo. Não agora que Karel morreu.

— Mamãe, você se esqueceu de que estávamos separados há muito tempo?

— Não me esqueci. Mas você ficou esperando por ele do mesmo jeito.

Não quero falar a esse respeito, não quero falar a respeito de coisa alguma.

— Não por muito tempo.

— Na verdade, você está sozinha faz muito tempo. Você carrega tudo nas costas e isso está desgastando você.

— Prefiro ficar sozinha do que ter alguém pendurado no pescoço.

— Você está pensando naquele jovem de quem falou comigo?

— Não pensei em ninguém, em particular.

— E ele? Ele ama você?

— Não sei.

— Você não descobriu?

— Acho que ele me ama ainda, ou ao menos finge que me ama, mas não age sempre como se me amasse — digo.

— Mas, mamãe, você deveria descansar em vez de preocupar-se comigo.

— Devo preocupar-me agora; não sei por quanto tempo estarei aqui.

— Você estará aqui por muito tempo. — Levanto-me e arrumo a colcha sobre ela. — Deite-se agora. Não pense em nada. Descanse. Você perdeu muito sangue.

— Não, espere. Mas você não quer casar, quer?

— Mamãe, não penso em casamento. Já basta que um homem tenha me deixado.

— Você tem esse único homem na cabeça. Mas um outro não deixará você e, se deixar, voltará. Assim como seu pai.

— O que você quer dizer com isso?

— Antes de morrer seu pai me pediu perdão por todas aquelas amantes.

— Ele disse a você que teve amantes?

— Mas eu sabia. Sabia também sobre aquele filhinho dele. As pessoas contaram.

Calo-me, não sei o que devo dizer. Então pergunto:

— E por que você nunca nos contou?

— Era obrigação dele contar a vocês. Talvez tenho sido melhor vocês não saberem, uma vez que permaneceu conosco, não nos deixou.

— Talvez você devesse ter ido embora!

— Pensei nisso, mas eu tinha medo. Seu pai era um homem forte; pensei que ele poderia proteger-me.

— Proteger você do quê?

— Se os alemães voltassem.

— Mamãe, os alemães não são mais uma ameaça. Os russos vieram.

— Desses eu não tinha medo.

— E foi por isso que você não o deixou?

— E por causa de vocês duas. Além do mais, eu o amava. Ele sabia ser gentil.

Ocorre-me que mamãe jamais conheceu um homem gentil. E eu, conheci? Talvez homens gentis vivam apenas em nossa imaginação.

— Por outro lado, eu não queria um divórcio, depois daquilo que aconteceu à mamãe.

— Mas eram outros tempos.

— Sei, mas as pessoas devem ficar juntas. Aliás, foi sua avó quem sugeriu o divórcio. Ao menos, foi isso o que papai contou. Ela sabia o que o negócio significava para ele. Ela apenas fingiu ir embora; ficou conosco. — Mamãe começa a rememorar: — Lembro de como eles costumavam fazer lindas flores de couro, pano e arame. Eu ficava sentada ali, com eles, e mamãe conversava comigo, e contava histórias da Bíblia. Ela adivinhou que não poderíamos ficar juntos por muito tempo. No fim, estudou direito, e deveria entender daquelas leis de Nuremberg.

Percebo que mamãe jamais havia falado sobre a vida da mãe dela; somente a respeito da morte horrível de vovó.

— Ela falava também sobre as festas judaicas, como, por exemplo, o Dia do Perdão, o Yom Kippur. A gente deve perdoar àqueles que lhes fizeram mal e pedir perdão aos que prejudicamos. Veja você, consigo lembrar-me depois de tantos anos. Mas não fui capaz de perdoar a meu próprio pai, enquanto estava vivo. E arrependi-me. Devemos aceitar as pessoas como elas são. Com os seus erros. Com o seu egoísmo. Se não as aceitar-mos, a gente fica de fora.

— Fora do quê? — pergunto, embora saiba o que ela quer dizer.

Pode ser que ela não me ouça mais; está cansada. Ambas estamos cansadas. Ela fecha os olhos e não diz nada por um instante. Ainda seguro a sua mão.

— Portanto, perdoei o seu pai — acrescenta. — E você deve perdoar também. Você vai sentir-se bem melhor, verá.

3

Ao sair da casa de mamãe, acabei diante da antiga mansão de Čapek, embora não tivesse consciência de ter feito esse cami-nho. Está fechada e silenciosa, como sempre, mas há alguns carros estacionados na pequena praça; gotas de uma chuva que começa a cair tamborilam sobre o teto deles.

Lembro que, em poucas semanas, será o sexagésimo aniver-sário da morte de meu escritor favorito. Um homem corajoso, doentio; quando tinha a minha idade não lhe restavam mais do que quatro anos de vida. Com a minha idade, escreveu: *As pessoas têm um pedaço de cristal dentro de si, um pouco liso, duro e limpo, que não se mistura com nada e sobre o qual tudo deve deslizar.*

Gostaria de ter um pedaço duro de cristal dentro de mim, e deixar que as dores, os desapontamentos, o desespero e a so-lidão deslizem sobre ele.

Quando chego em casa, não há ninguém à minha espera. E não haverá ninguém, jamais, me esperando para tomar-me nos braços e acariciar-me. E, se Jana vier para casa, quanto tempo ficará? E meu primeiro e único marido? Durante esses anos todos esperei, inconscientemente, que ele tocasse a campainha e dissesse: Perdão, Kristýna, agi mal com você, mas descobri que é difícil viver sem você! Mas meu primeiro e único marido não tocará mais. E Jan, que garante que me ama, mas foi infiel na primeira oportunidade que surgiu? Devo acalmar-me e aceitar que a vida é assim mesmo: traição, abandono e perdão, e quem não se sujeita, sofre?

Sirvo um pouco de vinho para mim e ponho a *Patética* de Tchaikovski, para que a música chore por mim; embora esteja sozinha, não sou a única para quem a vida tem sido dura.

Eu não deveria beber, há muito tempo o vinho não me dá energia ou disposição; ao contrário, deixa-me mais fatigada. Em vez de vinho, devia tomar Nortriptylina, ou outro comprimido antidepressivo. Mas não me agrada a euforia do Prozac.

Sento-me no sofá e o sono toma conta de mim; estou deitada num campo em meio à relva alta e seca; acima de mim, nuvens e, abaixo delas, um fio de fumaça; depois, avisto uma figura flamejante que avança em minha direção. Atrás dela, as chamas. Não fujo. É o fim que chega afinal! Não tenho medo, estou paralisada, sozinha, solitária, como a pessoa deve sentir-se quando as chamas começam a engolfá-la e ela não tem forças para sair correndo.

A campainha.

O fantasma de minha tia louca e incinerada voltou para levar-me com ela.

Tenho medo de abrir e pergunto:

— Quem é?

Mas é Jan, está parado diante da porta, escorre-lhe água dos cabelos ensopados. Segura uma mala nas mãos.

— O que você está fazendo aqui?

— Não me mande embora! Preciso dizer algo para você — ele implora.

— Ainda está chovendo? — pergunto, sem saber o que dizer.

— Creio que sim, nem percebi — afirma.

— Então, o que você quer me dizer?

— Saí da casa de mamãe.

A mãe percebeu que ele estava abatido, arrancou dele a confissão de que me ama e que nada está bem entre nós. Contou-lhe também a respeito de Jana, a mãe fez uma cena e começou a gritar com ele, dizendo que não tinha juízo; então, ele enfiou algumas coisas na mala e saiu. Era o que desejava contar-me.

Não sei o que devo responder. Desentendeu-se com a mãe e possivelmente amanhã já estará lamentando, mas não quero pô-lo para fora à meia-noite, na chuva. Faço um chá e digo-lhe para que tire as roupas molhadas. Ofereço o meu próprio pulôver, mas ele tem as próprias roupas na mala. Tenho pena dele. Estou emocionada. Pode ser que ele realmente me ame e que não deseje repetir o que fez. E eu quase seguramente também o amo.

Preparo a cama para ele no quarto de Jana. Parece desapontado, mas aceita humildemente.

Não consigo adormecer à noite. Fico pensando no fato de que tenho o meu ex-amante no apartamento. E se o termo ex é adequado. Tudo o que deveria fazer é abraçá-lo. Se levantasse e fosse deitar-me com ele, estaria fazendo como a "ex" dele. Deveria pensar na razão que o trouxe aqui, se isto não seria também um daqueles jogos bem pensados — uma forma de ficar comigo. Em vez disso, tenho consciência de minha fadiga, de minha perplexidade, de meu temor de ser traída.

Adormeço pela manhã. Sonho que estou na propriedade de vovó Marie, em Lipová. Ela pede que eu leve uma caneca de leite e pão com manteiga para tia Venda. Cumpri a tarefa, mas, quando desejei sair, percebi que, em vez de uma porta, havia apenas uma abertura estreita na parede. Compreendi que seria incapaz de passar ali. Ficarei trancada para sempre nesse quarto, com minha tia louca, que incendiará a si própria e a mim. E tentei escapar desesperadamente por aquela fenda.

O sonho quase sempre é interpretado como memória do próprio nascimento, mas era mais um sonho a respeito de minha situação. Estou presa dentro de minha solidão e gostaria de escapar, mas encolhi a saída e não consigo passar. E pode ser que seja uma imagem de mim mesma: perdi a elasticidade e a esbelteza, estou engordando, ficando barriguda, não consigo vestir as roupas que usava há dois anos. Como alguém teria prazer ainda em olhar para mim, e fazer amor comigo, então?

De manhã, Jan e eu tomamos o café juntos. Ele precisa sair para o trabalho antes de mim.

— Você não me quer aqui, não é? — ele pergunta.

Não sei se o quero aqui, ou não, receio tomar qualquer decisão, tenho medo do desapontamento que poderíamos provocar. Não consegui segurar um homem que era mais velho do que eu e com quem tive uma filha. Como poderia segurar este rapaz se não concebi nem conceberei uma criança com ele?

Ele espera por minha resposta; digo que ele deve voltar para casa. Não quero que, em poucos dias, nos arrependamos por termos agido de maneira precipitada.

Observa que não está agindo de modo precipitado, sabe que me ama, acreditou, ainda acredita, que pode convencer-me disso, se eu conseguir perdoá-lo.

Calo-me, e ele diz que irá viver com um amigo.

Apanha a mala, acompanho-o até à porta e dou-lhe um beijo então.

Pode ser que não volte jamais. De qualquer modo, viria o dia em que ele não regressaria mais, ainda que eu lhe dissesse que o perdoei. Tudo chega ao fim, como a própria vida.

Caio no sofá por um instante. De onde estou sentada, posso ver a rua; tudo o que vejo são os telhados das casas do outro lado e o céu que começa a nublar-se novamente. As nuvens são magníficas. Feito delfins pulando em águas cinzentas. Choverá.

Se cair uma tempestade de novo, esse rapaz e a sua mala ficarão ensopados.

4

Tenho sonhos opressivos à noite. Neles, procuro Jana, que fugiu em meio a uma tempestade de inverno. Procuro por ela em meus esquis e me perco desesperada entre os montes de neve. Sei que ficarei congelada até morrer, mas não me importo; a única coisa que me apavora é que não poderei encontrar minha filha. Sonho com meu falecido marido; ele está vivo em sonho e ainda me ama; segura-me nos braços e garante que morreria sem mim, por amar-me tanto. Fico feliz no sonho por ouvi-lo dizer isso, mas sinto-me mal ao acordar. Afinal, até a avozinha que conheci apenas em fotografias, a que foi assassinada com gás, vem e espanta-se que eu não a conheça. Imagine só, afirma, apiedaram-se de mim e deixaram-me voltar.

Voltar significa retornar à vida. Compreendo isso.

Mas a pequena mensageira não permite que ninguém volte à vida.

E onde estou eu, afinal?

Nos últimos seis meses, envelheci cinco anos.

Sou intolerante e não gosto de mim. Comecei a gritar com Eva no consultório, porque tinha a impressão de que ela fazia hora sempre que precisava dela com urgência.

Sinto-me como meu ex-marido, quando foi atingido por uma doença terminal. Pode ser que a minha alma esteja sendo devorada por um tumor.

Pode ser que eu seja a minha própria doença.

Assei um pão de especiarias em forma de coração para Jana e escrevi uma longa carta para minha filhinha, dizendo que acreditava que as coisas ficariam melhores entre nós quando ela voltasse para casa. Devemos descobrir juntas por que é bom viver.

Telefonou-me dois dias depois:

— Oi, mamãe, sou eu.

— Sim, eu sei.

— Como vai você?

— Assim, assim. E você?

— Mamãe, obrigada pelo pão. O pessoal riu de mim, dizendo que melhorei de saúde com o pão. Estava ótimo, não ficou queimado desta vez. Nós o devoramos.

— Fico contente que tenha gostado.

— Nós dividimos o pão. Slavek disse que você deve ser o máximo. A maioria das pessoas aqui tem pais que não dão a mínima para eles.

— Agradeço pelo reconhecimento, mas o que há de novo?

— Mamãe, eu já me acostumei aqui. Às vezes, a vida é bem legal aqui. Verdade. Mesmo que se precise cuidar da cabra e até tomar o leite dela, que costuma ter um gosto horrível. Radek disse que estava satisfeito comigo e que você até pode visitar-me. — Ela fala um pouco mais sobre as vantagens de viver no sítio e fica alarmada que o telefonema possa custar muito dinheiro; assim, rapidamente, ela deseja-me tudo de bom, pede mais uma vez que a visite e, para minha surpresa, sugere que eu leve "aquele meu namorado ruivo".

Prometo ir lá, mas fico quieta quanto à menção ao "meu ruivo".

Recebi também um telefonema daquele que descobri ser meu meio-irmão. Perguntou se poderia visitar-me; ele tem algo para mim. Disse-lhe que sim; quis saber se deveria ir buscá-lo.

Não, virá sozinho; a única coisa que precisa saber é o andar em que moro e se há elevador no prédio. Moro no terceiro andar, temos elevador que funciona quase sempre.

Então, ele me aparece no sábado à tarde; uma senhora idosa veio trazê-lo, convidei-a para entrar, mas disse que tinha coisas para resolver ainda.

Meu irmão circula pelo apartamento como se fizesse isso há longos anos.

— Você tem um lugar bonito — afirma. — Muitos quartos. Gosto muito da figueira, vê-se que você cuida bem dela. Os tambores são de sua filha, não? Onde você a esconde de mim? — pergunta, enquanto dá uma olhada no quarto de Jana.

— Não está em Praga.

— Pena, gostaria muito de conhecê-la. Afinal de contas, é minha sobrinha. Não tenho parente algum da parte de mamãe. Também não conheci ainda sua irmã. Já que estamos falando disso, não sei o que é ter uma família. Mamãe passava a maior parte do tempo fora e não dizia nada quando estava em casa.

Ofereço vinho, mas ele diz que prefere chá com um pouco de rum, ou, francamente, um grogue.

Vou até à cozinha preparar o grogue e ele vem atrás de mim.

— Trouxe algo para você — anuncia. Mexe na cadeira de rodas e tira um objeto grande embrulhado em papel. — Pintei um quadro para você — explicou. — Quando você veio ver-me, eu disse algumas bobagens; sou um pouco estranho, às vezes. Mas não quero que pense que sou assim o tempo todo. Você não vai abrir?

O quadro é um retrato meu, não consigo julgar quanto é parecido comigo; não estou acostumada a visualizar minha imagem na linguagem das cores. O que mais chamou a minha atenção no quadro é que estou cercada de chamas.

— Você me colocou no meio das chamas, como uma bruxa!

— Não, não é bem assim — disse. — Essas chamas significam paixão. Você pareceu-me passional. Cheia de uma energia capaz de incendiar tudo à sua volta.

Logo eu, uma mulher velha e cansada.

Agradeci-lhe o quadro e disse que era interessante. Coloco água quente no rum e conto-lhe sobre a tia que ardeu em chamas até morrer. Afinal era tia dele também.

Depois, falou-me de sua juventude e de como a mãe era valente, como amou o pai dele, e que ela nunca mais viveu com ninguém. Meu meio-irmão também teve um amor, era uma estudante de enfermagem; depois, aconteceu o salto infeliz. Ela costumava visitá-lo no hospital e quando já estava em casa também; ficou ao lado dele durante vários anos, mas ele aconselhou-a que não desperdiçasse a vida.

Meu meio-irmão conta-me a história de seu acidente.

Apanho a caixa de fotografias e escolho algumas em que está papai: tanto sozinho, quanto conosco. Papai jovem, papai com mais idade, papai de camisa azul com lenço vermelho, segurando uma picareta numa brigada de trabalho; papai na tribuna; papai na solenidade em que o camarada presidente espeta-lhe uma condecoração por serviços prestados à traição; papai às vésperas da morte.

Fixo os olhos nele, no filho que é a cópia de papai, a maneira como examinou aqueles rostos estáticos, seus lábios finos e severos que não pronunciam uma palavra, e meu irmão devolve-me as fotografias.

— Então, ele era assim — digo. — Você não deve lamentar não tê-lo conhecido. Não era fácil conviver com ele.

— Posso imaginar.

— Ele deixou a sua marca em todos nós. E em muitas outras pessoas também. Você não foi o único a quem ele magoou.

Meu irmão terminou de tomar o grogue e acenou com a cabeça.

— Ele magoou mais minha mãe. Mas é assim que as coisas são: as pessoas machucam umas às outras; isso eu descobri. É uma cadeia. Você me machuca, então eu machuco você; quem não sabe disso, acaba se machucando mais — disse, compartilhando comigo a sua filosofia de vida.

Lembrei de como ele tentou machucar-me; mas, a partir do dia em que o visitei, não me mandou mais cartas ameaçadoras. É mais fácil machucar àqueles que nunca vimos, embora machuquemos de modo freqüente os próximos de nós. Mas isso não é uma reação em cadeia ou uma forma de retaliação; apenas o resultado de nosso egoísmo, uma expressão de nossa perplexidade diante da vida.

A senhora que trouxe meu irmão toca o interfone lá da rua. Negou-se a subir e pediu que eu empurrasse meu irmão para dentro do elevador; ela estaria esperando lá embaixo.

Agradeci pela pintura de novo, e por ter-me visitado. Quando abri a porta do elevador para ele, abaixei-me e beijei-o nos lábios. Sua respiração cheirava a rum, mas, ainda assim, lembrou-me a de papai, ainda que eu não tenha conseguido lembrar quando foi a última vez em que papai beijou-me.

5

Voltei para a casa de mamãe semana passada. Mamãe exultou, embora não tenha tido motivo para isso. Não vim por arrependimento; simplesmente não tinha onde morar. Levei algumas de minhas coisas à casa de Jirka, e dormi lá durante quase um mês, mas eu sabia que aquilo não era uma solução. Eu esperava que Kristýna me perdoasse e me deixasse viver com ela; ao ver, contudo, como hesitava, percebi que também não seria uma solução. Não ganho o suficiente para alugar um apartamento.

Encontrei-me com Kristýna algumas vezes, jantamos juntos; uma vez, lanchamos no apartamento dela, umas três vezes, convidei-a para ir a um restaurante. Desde a noite em que admiti que Věra entrou na minha barraca, não fizemos amor. Não creio que seja por conta daquele meu estúpido momento de indecisão. Kristýna parece mudada; parece ter perdido o entusiasmo que mostrava em relação a tudo, o que me atraiu pela primeira vez. Repete que está cansada. Disse-lhe que deveria encarar as coisas com mais leveza, tirar umas férias, mas respondeu que é cansaço da vida, e que férias não poderiam resolver isso.

Deveria reconhecer que está cansada da vida que leva.

Recentemente, subimos uma escadaria e percebi como respira com dificuldade. "Não se surpreenda", observou. "Os meus pulmões estão cheios de alcatrão." Ela também bebe mais do que deveria; quando eu ainda dormia no apartamento dela, a primeira coisa que ela fazia de manhã era tomar vinho. Depois disso, como não se sentir cansada?

Sempre sinto saudade dela, mas nossos encontros ocasionais não parecem ter levado a lugar algum; falta clímax; não nos abraçamos; conversamos, mas não nos tocamos mais, nem mesmo em palavras. Ficamos frios um com o outro, ou eu devo ter esfriado, ainda que lamente isso.

Hoje, a sexta-feira caiu num dia 13; fui trabalhar com o pressentimento de algo ruim. O pressentimento realizou-se. De manhã, a primeira coisa que me aconteceu foi meu diretor chamar-me e dizer que precisariam me dispensar. Recebeu uma ordem para reduzir o pessoal, e eu era o mais jovem. Seguramente, não serei o único. Será melhor um acordo do que uma simples demissão.

Como se a juventude fosse razão para ser demitido. Claro, ambos conhecemos o motivo verdadeiro. Tentei fazer o meu trabalho de forma correta, e desatar os fios que não deveriam ser desatados.

Disse-lhe que pensaria em tudo, mas não me parece que eu devesse ir embora em paz e voluntariamente. Quando afirmava isto, eu sabia que, em princípio, eu não me entregaria, ainda que não desejasse passar o restante de minha vida nesse lugar.

Assim que deixei a sala do diretor, liguei para Jirka, na estação de rádio. Prometeu-me mandar uma de suas redatoras para ver-me. Ela parece ser o membro mais inteligente de sua equipe política. À tarde ela me telefona. Combinamos um encontro para hoje ainda, às cinco horas, num restaurante perto da rádio.

Ela era mais jovem do que parecia ao telefone e o rosto pareceu-me bastante conhecido. Disse-lhe isso assim que nos sentamos no restaurante, e perguntei se ela não trabalhava também na televisão.

— Não — ela disse —, mas você me conhece de outro lugar. Se você se lembrar, há nove anos, em novembro, ambos fomos mandados para Ostrava, a fim de persuadir os mineiros.

Claro que eu me lembrava. Mas o grupo era grande, quase não tomamos conhecimento um do outro. Comecei a desculpar-me por não tê-la reconhecido.

— Mas isso foi há muito tempo. Também mudei a cor do cabelo, o penteado, engordei e envelheci.

Observei que a cor do cabelo caía-lhe bem, que não é absolutamente gorda e que parece ter vinte anos.

— Você é um verdadeiro cavalheiro — ela disse e sorriu, como se eu fosse um bom e velho conhecido dos velhos tempos.

Fiquei contente que nos tenhamos reencontrado assim como foi; senti que poderia ter mais confiança nela do que numa redatora completamente desconhecida.

Tentei explicar-lhe, de modo sucinto, o trabalho que fazia e mostrar quantos eram aqueles que se empenhavam para que eu parasse de vasculhar o passado, a fim de que a opinião pública jamais tomasse conhecimento dos atos que praticaram.

Ela fazia anotações num bloco. Disse que certamente eu seria convidado para ir ao estúdio na outra semana para ser entrevistado a respeito desse tema; disse ainda não ter ilusões de que isso me ajudasse, bem ao contrário.

— Não estou com medo por causa do emprego, adoro mudanças.

— Eu também — disse. — Sem elas, a vida seria aborrecida.

Assim começamos a bater papo sobre as nossas vidas. Ficou admirada que eu ainda fosse solteiro; ela já havia conseguido casar-se e separar-se.

Nossas confissões mútuas começaram a ultrapassar as fronteiras habituais da discrição. Ela queixou-se de suas más experiências com os homens, da agressividade e do egoísmo deles; enquanto isso, eu falei da ansiedade que sentia diante do vazio que me impede de aproximar-me totalmente de alguém. Não mencionei Kristýna.

Pela primeira vez em anos, pude ouvir o distante rufar de tambores indígenas, e isso entusiasmava-me. Ao longo da conversa, várias vezes as minhas mãos tocaram as dela; ela não as afastou.

Ocorreu-me perguntar se, por acaso, não poderia encontrar trabalho para mim na estação de rádio; não sou um principiante, tenho experiência com redação de artigos.

Com certeza seria possível encontrar, ela disse. O rádio é uma espécie de funil gigantesco que seleciona pessoas, um funil sem fundo. Chegar lá, não é difícil; difícil é permanecer. Acrescentou que seria bom se nos tornássemos colegas. Levantou-se. Precisava sair, infelizmente; tinha um encontro qualquer.

A menção ao encontro despertou em mim uma curiosidade quase ciumenta, mas eu disse que seguramente nos veríamos em breve.

Também pediu o número do meu telefone e deu os dela; do trabalho e de casa, se não a encontrasse na rádio. Disse esperar que nos encontrássemos dentro de uma semana.

É quase certo que ela diga a mesma coisa para todos aqueles com quem se encontra, mas eu tinha certeza de que ela também esperava algo mais de nosso encontro do que uma simples entrevista; por isso, a observação pareceu-me como se estivéssemos marcando um encontro de namorados.

Liguei para Kristýna de noite.

Temia que eu desejasse visitá-la, começou a desculpar-se, estava cansada.

Perguntei-lhe o que faria no dia seguinte.

Iria buscar Jana, respondeu.

— É bom que você saia.

— Se você quiser — disse para minha surpresa —, pode ir comigo.

Não estava certo de que desejava ir, mas nós nunca tínhamos ido juntos a lugar algum, e terei oportunidade de contar-lhe o que me aconteceu no trabalho. Também tive a idéia de que ela me dissesse que, afinal, pertencíamos um ao outro; mas, se começássemos a pensar, diria que jamais pertenceríamos um ao outro.

6

Dirijo rapidamente, como é meu hábito. Jan está sentado ao meu lado e parece-me contente. Não sei o que aconteceu para que o convidasse a vir comigo. Receio que compreenda o convite diferentemente daquilo que pensei. Mas eu própria não tenho certeza daquilo que pensei. Um ato de reconciliação ou apenas uma viagem conjunta para ver Jana, que juntos levamos à clínica?

Não consigo dizer o que realmente quero. Não quero ser má com este rapaz; não quero magoá-lo; não quero provocar aquela reação em cadeia: você me machuca, eu também machuco você. Não quero magoar, mas não tenho certeza de que ele não venha a magoar-me. Não sei como ele me vê neste momento, mas tenho a impressão de que agora ele está divagando, distancia-se de mim em pensamento.

Chegamos à Banho de Sol antes do almoço.

Descobrimos que Jana está na floresta com os demais e que retornará mais ou menos em duas horas.

Poderíamos sair e encontrá-la na floresta, mas, em vez disso, tomamos a direção oposta. Meia hora depois, chegamos a umas casas isoladas ao redor de um pequeno lago com peixes e, então, subimos ao topo por uma trilha. A névoa dissipou-se e o sol de outono tenta aquecer tudo de leve. Há uma floresta à direita do caminho; os lariços já se cobriram de amarelo por inteiro e brilham sob os raios de sol; à esquerda, há um campo recém-arado e a terra exala seu cheiro.

Subir até o topo é difícil para mim, respiro com dificuldade cada vez maior, mas procuro não demonstrar. Por sorte, ele não tem pressa, e conta que deverá ser demitido do emprego; pergunta-me se deve defender-se ou se deve sair, agora que está vendo que é uma perda de tempo. Poderia terminar o curso superior, e também gostaria de fazer uso daquilo que descobriu, ao longo dos anos, ao escrever e publicar. Não depende dele, não inteiramente; ele entende que esquecer o passado, o que a maioria das pessoas faz em nosso país, é imperdoável. Mas, se ele deixar o emprego, é provável que não encontre outro tão bem-remunerado. Poderia trabalhar como *freelance* na imprensa ou no rádio; tem alguns amigos por lá, e acredita que esse tipo de atividade seja agradável.

Ocorre-me que ele esteja falando a respeito disso tudo, porque, em parte, esteja pensando em viver comigo e sente certa responsabilidade em relação a mim. Respondo que a gente deve fazer aquilo que gostaria de fazer e que lhe parece útil, quando surge uma pequena oportunidade.

Pode ser que o impulsione o fato de eu ser mais velha, saber mais sobre a vida do que ele; precisa de alguém para aprovar as suas decisões na vida. A mãe dele deve ter preenchido essa função; mas, para um homem, é humilhante não conseguir libertar-se da mãe.

Nunca sabemos o que podemos significar para os outros; isso apenas os outros sabem, mas nem mesmo eles sabem julgar.

Finalmente, chegamos ao topo; há uma capela perto da trilha. A capela parece abandonada e o caminho até lá está encoberto pela grama crescida.

Pisoteamos a grama levemente. A capela está vazia; em vez de pinturas sacras ou estátuas, há manchas de mofo na parede; mas, sobre a mesinha gasta, estão dois vasos azuis.

Dois vasos azuis; contemplo-os surpreendida, como se alguém os tivesse colocado ali por mim. Para que dois vasos vazios numa capela deserta em cujas paredes nem imagens há?

Um para o sangue, outro para as lágrimas, posso ouvir o meu antigo lamento.

Ficamos parados imóveis ali, por um instante; não rezamos, não falamos, ouvimos. Não sei o que este lugar significa para ele, mas não há dúvida de que é diferente daquilo que significa para mim. De repente, posso ouvir a voz de meu pai, clara e potente, como era em minha infância, quando o temia, quando ansiava pelo amor dele. Ouço-o, mas não reconheço as palavras. Será que veio perguntar por que eu quebrei o vaso naquela época, ou para salvar os dois abandonados? E se ele veio para fazer as pazes?

Você deve falar de modo mais claro, papai!

Mas ele continua calado, não aparece mais, não fala mais.

Gostaria de ouvir ao menos a voz de meu único e ex-marido, por cujo amor também ansiei; mas ele tampouco virá ou dirá qualquer coisa novamente.

Na verdade, tudo o que queremos ouvir é que alguém nos ama; mas quase nunca ouvimos isso; o que ouvimos são palavras para decepcionar. E quando compreendemos isso, ou nos desesperamos ou buscamos uma forma de conforto.

Quase nunca há conforto.

A vida chega então ao final e o tempo fecha-se atrás de cada um e de todos.

Meu ex-marido compreendeu isso e tentou escapar, fugindo. Depois fugiu de mim também, mas quase não conseguiu e, por fim, curvou-se diante do Tempo ou do Deus Criador. Na verdade não conseguiu fugir de mim: fui eu quem fechou os seus olhos, afinal. Recordo-me do quanto sua morte foi triste e solitária e, neste local solitário, tenho vontade de chorar por ele.

Também tenho vontade de chorar por papai; ocorre-me que nenhum dos dois foi feliz, não conseguiam viver com aquilo que possuíam, sempre aspiravam a algo mais, algo diferente daquilo que a vida lhes oferecia. Faltou-lhes humildade. Falta-me também: não pude reconciliar-me com eles, nem com a minha própria vida. Deveríamos ser capazes de nos reconciliar com as pessoas, ainda que sejamos incapazes de nos reconciliar com seus atos.

Olho para o rapaz a meu lado; apareceu no momento em que eu não esperava nada e ninguém mais em minha vida, trouxe-me rosas e repetia que me amava; porém não agiu como se me amasse, ou não agiu em determinado momento, e nem mesmo tentou negar, por isso não consegui reconciliar-me com o seu ato.

Não sei durante que fração do piscar de olhos de Deus ele ficará comigo, mas isso não importa; tampouco sei quanto tempo eu durarei, por quanto tempo serei capaz de amar; pode ser que o meu cansaço me derrote; pode ser que eu já seja incapaz de aproximar-me de alguém a ponto de viver com esse alguém. Mas não me torturarei agora com isso; estou grata por este momento, pelo tempo que ele permanecer comigo.

Abraço-o repentinamente, beijo-o na capela em que não há nada além de dois vasos vazios; não faço mais nada, não digo mais nada; saímos depressa dali.

Pegaremos Jana esta tarde; ele parece contente e sugere que a levemos para jantar.

Vamos para a cidade e Jana conta, com um entusiasmo em que receio acreditar sem reservas, como está começando a compreender que estava trilhando um caminho completamente errado e como isso lhe aconteceu. Semana passada, tiveram uma sessão de debates numa escola em que narraram aos alunos aquilo por que passaram e como isso foi terrível.

— E as crianças?

— Ficaram totalmente arrasadas — minha filha disse, com orgulho. Está empenhada em aprender a compreender a si própria e a todos à sua volta. E a mim também.

— Você acha que me compreende.

— Claro, começo a entender você.

— Estou curiosa para ver.

— Compreender não significa concordar — adverte-me.

— Nunca pensei isso.

— Analisarei você e ensinarei a ter uma opinião a respeito de si própria. Você ficará surpresa — promete-me, e passa a falar de seus amigos que, a exemplo dela, estão começando a entender a si próprios. — E quando eles começam a auto-analisar-se, de repente eles ficam pequenos assim! — E demonstra essa pequenez com um espaço entre os dedos que mal daria para uma joaninha passar. Jan sorri para ela, mas eu posso lembrar-me da desobediência e teimosia, de modo que começo a ter a sensação de que alguma coisa está começando a acontecer com ela. Prometo deixá-la explicar como posso formar uma opinião a meu respeito.

Sentamo-nos para jantar numa taverna de aspecto muito decente. Após longas considerações, Jana escolhe um prato oriental com arroz e uma porcaria líquida dentro de uma garrafinha estreita; nós também pedimos um prato e, para demonstrar solidariedade com os dois, em vez de vinho peço água, pela primeira vez em muitos anos. Eles nem percebem, estão se divertindo juntos. Falam quase a mesma língua. Apreciam as Spice Girls e conhecem uma tal de Varusa, ou Marusya May, que toca guitarra elétrica, e concordam que Björk canta como se — ele ou ela — estivesse com a boca cheia de muco ressecado. Assistiram também aos mesmos filmes e ambos odeiam televisão. Jan pergunta se eles também jogam certos jogos lá no sítio, e Jana responde que jogam xadrez, embora ela não aprecie, e também jogam damas e, puxa, não se zangue, mas ele promete ensiná-la a jogar alguns outros jogos.

Olho para eles e ouço o papo animado; estão relaxados, e é uma conversa muito diferente daquelas que eu tive com Jan.

Quando Jan se levanta da mesa, por um momento, Jana diz rapidamente:

— Mamãe, ele forma um bom par com você, mesmo.

— Como você chegou a essa conclusão?

— Bom, vocês se completam. Você é triste e ele é alegre. Além do mais, você tem olhos azuis e ele, completamente castanhos.

— Eu também sou velha e ele, jovem.

— E os dois são bobos.

Foi assim que ouvi uma conclusão inesperada.

7

Domingo, mamãe apareceu como pássaro temporão antes do amanhecer, nem havíamos tomado o café-da-manhã.

Fiquei surpresa que tenha vindo sozinha, mas explicou-me que Jan precisou sair na noite anterior, porque daria uma entrevista para uma estação de rádio. Mamãe disse que estava contente porque teríamos um pouco de tempo para nós mesmas. E ela foi ver Radek — para dar-me tempo de tomar o café, ela disse. Gostaria muito de ouvir o que Radek diz a meu respeito.

Monika começou a gritar no quintal que o nosso porco comeu a minha galinha. A preta. Para começar, a galinha não é só minha, mas também é nossa, e por que ele não haveria de devorá-la, se ele é um onívoro?, gritei de volta para ela. Mas, na verdade, foi a fuinha. Da galinha, que ficava sob os meus cuidados, a única coisa que restou no quintal foram muitas penas pretas. Um horror.

Então, de repente, mamãe apareceu e parecia estar legal e, por isso, eu achei que Radek elogiou-me.

Quando saímos — mamãe e eu — da ensolarada Pé-na-Cova, sugeri a mamãe que fôssemos à igreja.

— Vocês, aqui, vão à igreja?

Não vamos muito à igreja, mas a idéia simplesmente pintou na minha cabeça porque era domingo e mamãe tinha vindo para ver-me. E mamãe disse:

— E por que não? Não entro numa igreja há anos.

Então, fomos à igreja local, que era bastante pobrezinha, quase nenhuma imagem, uns poucos anjos pintados sobre o teto, expulsando do céu uns pobres diabos. Apenas o céu apresentava manchas de ferrugem, ali onde escorria água do telhado quebrado.

Lá dentro, havia pelo menos sete velhotas, uma família de ciganos com os parentes e um bebê. Na igreja a que Eva costumava levar-me, de vez em quando, eu apreciava o cântico, o tocar dos sinos, o incenso e os ministrantes, em especial um que tinha orelhas grandes. Aqui os ministrantes eram completamente normais, mas o padre era muito jovem, pálido, e muito, muito magro; com certeza, riam dele na escola. Estava tão emocionado por termos vindo à igreja dele que não conseguia refazer-se do choque e tropeçava nas palavras. Quando começaram os cânticos, ele cantou fora de tom, mas, ao final, não era possível dizer nada, porque seis entre sete aposentados também cantavam desafinados. Quase gostei do padre; tive pena dele, porque deve sentir-se horrível naquela igreja deserta, não pode casar-se, nem pode ter filhos. E imagino o que ele teria dito, se eu fosse até ele e dissesse que ele me agradava, que gostaria de ficar e ter a companhia dele.

Então, ele começou a pregar a respeito de um certo São Francisco, que era terrivelmente pobre, humilde e paciente e, quando não o deixaram entrar numa taverna ou mosteiro, e ele estava com frio, molhado e faminto, ficou em estado de graça. Eu é que não ficaria; fiquei em estado de graça com as drogas, e realmente estou curiosa para saber em que estado de graça ficarei, quando sair daqui, e se conseguirei ficar longe das drogas.

As rezas eu não consigo ficar ouvindo, porque são invencionices e aborrecidas. E também fiquei pensando: o que acontecerá quando eu sair daqui? Eu teria de correr para a escola todas as manhãs, embora me aborreça; não consegui imaginar com quem iria bater papo, se nunca mais encontrasse o Ruda e os outros, que estarão todos se drogando ainda.

Então, rezamos um "Pai-nosso que estais no céu" e, naquele momento, pensei em papai e me perguntei se ele estaria mesmo no céu. Mas ele não acreditava nisso; ele acreditava no Big Bang, quando não havia céu ou terra, nada além daquela bolinha da qual tudo surgiu. E como poderia o pobrezinho estar no céu, se o levaram até um forno e o cremaram?

Isso ocorreu-me exatamente naquela noite em que mamãe trouxe-me de volta, após o enterro — pode ser que eu tenha me comportado mal com ele, porque sempre achei que ele nos ferrou legal. E pode ser que ele nem tenha querido fazer isso; ele, na verdade, era infeliz com mamãe que, quando tinha aquelas depressões, não queria saber de ninguém; ela não conseguia nem mesmo esboçar um sorriso e, quando chegava do consultório, ficava sentada na poltrona, fumava e ficava tomando o seu vinhozinho. Ele tentou aconselhá-la e ele fazia em casa tudo o que tinha de ser feito, e ainda dizia a ela: Kristýna, dá um sorrisinho para nós, mas era em vão e, por fim, ele fugiu. E também imaginei as chamas ardendo em torno dele depois que fecharam as cortinas do crematório para que não víssemos; de repente, lamentei tanto por ele que comecei a chorar. Monika levantou-se e, quando me viu chorando, perguntou: "Por que você fica aí berrando feito um bezerro, sua vaca?"

Então, eu contei que meu pai morreu e que ele foi cremado; daí ela disse: "É, teu velho morreu! Pena que a gente não possa tomar um pico." Mas não tínhamos nada, não tínhamos como, e eu decidi que era melhor não fazer aquilo de novo.

No dia seguinte, Radek disse-me na reunião que era bom que eu estivesse triste e tivesse chorado, porque era uma forma de reconciliar-me com papai e que eu não ficaria tentada a fazer alguma estupidez só por birra. E, com esse gesto, eu poderia reconciliar-me com mamãe, porque sempre tive ódio dela por viver se culpando, em vez de ter aceitado que a vida é assim mesmo.

Mamãe pareceu um tanto sensibilizada naquela igreja, embora não tenha cantado, nem tenha feito o sinal-da-cruz; mas ajoelhou-se, como todos fizeram, e abaixou a cabeça. Mamãe tem uma cabeça e um pescoço lindos. Não me surpreende que esse ruivo, que anda com ela desde a primavera, esteja caído por ela. Ele agrada-me também, e eu a ele; quando batíamos papo ontem à noite, foi legal e, de vez em quando, fazia sinais com os olhos, mas tomava cuidado para que mamãe não percebesse.

Assim que a missa terminou, caímos fora, e mamãe disse que ficou contente por eu tê-la levado à igreja, e que ela me levaria agora também a um lugar, para mostrar algo. Levou-me ao lago que na verdade é um charco horroroso, que chamamos de Buraco Fedorento. Tem uma trilha braba de lá até o alto. Mamãe devia estar muito bem-disposta, ou ela nunca havia subido num lugar daqueles. O tempo todo parecia que ela queria dizer uma coisa importante, tipo como se fosse casar com Jan, mas ela não me disse nada. Então, mantive-a ocupada, tagarelando sobre o jeito como vivemos aqui. Semana passada, tivemos neve e tempestade e, quando eu já estava na cama, os rapazes começaram a gritar que podiam ver a aurora boreal lá fora e que eu devia sair para ver antes que ela acabasse. Então, saí descalça na neve e eles debocharam de mim, sua babaca, que acredita nessa lorota de aurora boreal. E contei para mamãe como tomo conta de galinhas e patos, e como trabalharei contente na propriedade, quando Radek disser que estou curada, ou que estou melhor; ajudarei pessoas necessitadas — claro, pessoas como eu, que quase destruí a minha vida com as drogas. Disse também que agora consigo ver os problemas que causei, mas que eu realmente odeio a escola e lá não existe nada de que eu goste. Até em casa era bastante horrível, às vezes.

Mamãe perguntou se, naquela época, eu sentia falta de papai, e eu disse que sim, mas que ela é que sentia mais falta e sofria mais, e que foi isso que ferrou comigo.

Continuamos subindo em direção ao topo, a floresta à nossa direita; de lá, apareceram duas velhotas caçadoras de cogumelos. Ali por toda parte nascem cogumelos alucinógenos, e eu nunca soube que se podia viajar com eles, mas Monika é louca por eles, ficava completamente pirada com eles.

— É — mamãe disse —, sei que, de vez em quando, eu era insuportável, mas você deve compreender que isso é como uma doença, eu não conseguia controlar a depressão. E, às vezes, havia uma boa razão para eu tê-la.

Então expliquei que ela sempre via o lado ruim das coisas. Radek e eu conversamos sobre isso. Eu disse que quase nunca ela tem um pensamento positivo e, antes que eu começasse a aborrecê-la, lá estavam papai e meu avô de volta. E a opinião de Radek era que isso explicava uma série de coisas, e ele contou que ela mesma falou que estava num processo de autodestruição e que sempre se indispôs com o próprio pai, assim como eu vivia aborrecida com o meu. É horrível como as coisas se repetem, ainda que sejam coisas completamente estúpidas.

— Vocês dizem coisas muito bonitas a meu respeito — mamãe disse. — Vejo que sua análise foi muito boa. — Ela continua olhando para mim como se desejasse contar um segredo, mas, por fim, aponta apenas para uma velha ruína diante de nós.

— Está vendo essa capela? Quero que você veja lá dentro.

Quando a alcançamos, parecia mais patética ainda; estava completamente vazia, mais vazia do que a igreja; não havia nada lá dentro, exceto uma mesinha de pernas tortas e dois vasos com merda de passarinhos, ou coisa do gênero; não havia flores dentro deles. Não compreendi o que mamãe queria mostrar-me ali.

— Olhe — observou mamãe. — Não há santos, nem anjos. Apenas dois vasos, e nada mais.

Isso estava claro para mim, mas ainda assim não conseguia entender por que ela me mostrava; talvez porque tudo tivesse um jeito triste, abandonado, arruinado.

Mas mamãe contou-me que esteve ali ontem com Jan e que pôde entender que não importa o que as pessoas constroem ao redor de si; que naquele lugar você pode sentir mais do que dentro de uma igreja repleta de pinturas e imagens; e que depende de nós aprender como escutar tudo o que fala conosco, sobretudo escutar a si próprio; isto era a coisa mais importante. Ela também disse que sabia que tinha sido horrível, que gritava comigo, mas, na verdade, ela não gritava comigo, mas com alguma coisa dentro dela, porque ela não conseguia aceitar a vida como ela é, e não conseguia aceitar a si mesma.

Essa revelação deixou-me chocada. Também porque ela parecia tão bem; eu não estava mais acostumada com isso. Eu só queria saber quanto tempo isso ainda vai durar.

Ficamos ali paradas por mais alguns momentos e lembrei-me de papai. Como seria, se ele também estivesse ali conosco? Talvez ele também parecesse estar bem e feliz por estar ali conosco e não sozinho, como ficou no fim, sem deixar coisa alguma, nem mesmo aquela bolinha que criou tudo, o visível e o invisível. É muito estranho como as pessoas são incapazes de ficar juntas e torturam umas às outras. Queria dizer a mamãe que eu a amava, mas, quando olhei para ela, parecia realmente comovida e estava murmurando alguma coisa para si mesma, como se estivesse rezando, embora ela nunca reze. Pode ser que estivesse cantando alguma coisa para si mesma, como a canção do mosquito, que nem era sobre um mosquito, mas sobre o fato de que é muito bom estar vivo. Não quero perturbá-la; então, preferi ficar calada.

1999.

Este livro foi composto na tipologia Minion,
em corpo 11,5/16, e impresso em papel
off-white 80g/m², no Sistema Cameron da
Divisão Gráfica da Distribuidora Record.